LAURENCE CHEVALLIER
ÉMILIE CHEVALLIER
SIENNA PRATT

WITCH WAR

ARTICLE 3 - ON NE SE MONTRE PAS

WITCH WAR

ARTICLE 3 : ON NE SE MONTRE PAS

LAURENCE CHEVALLIER   ÉMILIE CHEVALLIER
SIENNA PRATT

Le Code français de la propriété intellectuelle interdit les copies ou reproductions destinées à une utilisation collective. Toute représentation ou reproduction intégrale ou partielle faite par quelque procédé que ce soit, sans le consentement de l'auteur ou de ses ayants droit ou ayants cause, est illicite (alinéa 1er de l'article L. 122-4) et constitue une contrefaçon sanctionnée par les articles L. 425 et suivants du Code pénal.

Copyright © 2023 Laurence Chevallier
© 2023 Émilie Chevallier © 2023 Sienna Pratt
Illustration couverture © Hannah Sternjakob
Crédit images © Canva-pro. Libre de droits.
Illustration contenu © Nicolas Jamonneau

Relecture finale : Émilie Chevallier Moreux

ISBN : 9782493374387
Black Queen Éditions

Deuxième Édition
Dépôt légal : Mars 2025

Impression : Libri Plureos GmbH, Friedensallee 273,
22763 Hamburg (Allemagne)

AVANT-PROPOS

La trilogie *Witch* est destinée à un public majeur et averti. Elle comporte des scènes explicites, aborde des sujets sensibles et contient un langage familier.

Maintenant que vous êtes au fait de ces informations, nous vous souhaitons un bon retour à Fallen Creek !

PROLOGUE

— Êtes-vous satisfait, Witchcraft ? demande la reine des vampires.
— Comment ne pas l'être, Elyris ? lui répond lord Raven, parfaitement détendu.

Le bureau de l'homme qui dirige la société secrète des sorciers noirs est plongé dans la pénombre. Un verre de sang à la main, la souveraine des créatures de la nuit le scrute sans que la moindre émotion trahisse ses pensées.

— Le procès des trois sorcières a eu lieu, commente-t-elle. L'une d'elles a été condamnée au bûcher, mais elle a été enlevée.

— Raison de plus pour me satisfaire de la situation. Que croyez-vous qu'il va se passer, à présent ? Le ver est dans le fruit. Nous n'avons plus qu'à attendre que la pourriture atteigne le noyau.

— Je ne serai pas si patiente avec Sixtine Shadow. Votre nièce représente un problème majeur.

— Ce n'est pas ma faute si vous laissez monsieur Butcher agir à sa guise.

— Drake a toujours été un électron libre. C'est pour cette raison qu'il n'a jamais été un acteur déterminant de notre communauté. Mais il est l'un de nos membres les plus anciens, vous comprendrez que je ne peux pas le châtier sans soupeser avec soin les conséquences de mes décisions. Il dispose, malgré ses défauts, de nombreuses allégeances. Quant aux autres, ils le craignent...

— C'est l'immortalité, le problème de votre race. Vos sujets s'ennuient, et ça dessert notre cause, remarque Raven en posant sa paume sur les doigts glacés de la reine.

— Et concernant Lennox Hawk ? Qu'allez-vous faire ? Il est un Amnistral, et dangereux, de surcroît. À présent qu'il est...

— Chaque chose en son temps, la coupe-t-il en retirant sa main. Et si je peux me permettre, Elyris, vous devriez prendre le vôtre, avec Sixtine. Vous précipiter pourrait compromettre ce que nous avons bâti avec tant d'abnégation. Soyez patiente, et vous serez récompensée.

— Je ne vous dis pas comment diriger le Magus, Raven, ne me dites pas comment gouverner les miens. Votre nièce a des ambitions qu'il me faudra rapidement modérer. Sa puissance pourrait me coûter quelques fidèles.

— Mais à quoi bon vous salir les mains ? Bientôt, ses propres amies se chargeront d'elle.

— Vous auriez dû les éradiquer toutes les trois après avoir éliminé Fausta Summers sous leurs yeux.

— Je ne l'ai pas fait sous leurs yeux, mais j'admets qu'il est fâcheux qu'elle se soit écrasée devant elles. Nos tentatives pour les assassiner ont échoué, et les sorcières se sont cachées parmi les loups. Finalement, je ne pouvais espérer meilleure issue ! Vous n'étiez pas au procès, vous n'avez donc pas vu le coven crier à l'hérésie. Leur acte aura réveillé les consciences.

— J'ai pourtant entendu dire que certains des membres restaient sceptiques quant au jugement rendu.

— Une foule parle plus fort que quelques éléments perturbateurs, rétorque le Witchcraft. Le Magus va devenir une milice. La Wiccard, un établissement d'enseignement gagné à notre cause. On ne pouvait espérer mieux !

— Ces espoirs concernent les sorciers, pas les vampires. Je ne peux laisser votre nièce grignoter plus de terrain au risque de voir les miens se soumettre à elle.

— Faites-moi confiance, Majesté, et gardez la tête froide. Tout vient à point à qui sait attendre.

Elyris n'est pas dupe et observe le Witchcraft, un air sinistre parant ses traits de porcelaine. Elle est consciente qu'il n'a que faire de la communauté vampire. Ce qui intéresse lord Raven, c'est le pouvoir. Or la souveraine est bien placée pour savoir qu'on ne peut faire confiance à un sorcier ambitieux. À croire que les Shadow portent tous en eux des désirs mégalomaniaques. Peu importe les paroles de cet homme, la reine est décidée à agir au plus vite. Elle soutient son regard et le toise avec morgue.

— C'est la guerre que vous attendez, dit-elle, rompant le silence pesant qui s'est établi entre eux.

Un rictus s'imprime sur les lèvres de lord Raven.

— C'est même bien plus que cela, ma chère Elyris.

CHAPITRE 1

KARL

La nuit est tombée depuis longtemps, sur la forêt comme sur mon cœur, tel un rideau qui se serait abattu sur le monde. Sur mon monde.
Nous avançons, Eli et moi, sur des sentiers que nous avons maintes fois foulés sous notre forme lupine. Mais ce soir, je suis indifférent à la vie nocturne qui foisonne tout autour de nous. Je ne vois que cette lumière, ce brasier au bout d'une torche que je porte. Ce brasier qui nous ouvre la voie jusqu'à…
La clairière.
La clairière dans laquelle Robin et moi, gamins, aimions tant jouer, comme les louveteaux impétueux que nous étions. Nous avons toujours feint de croire que nous étions les seuls à connaître cet endroit. Cela nous arrangeait. C'était une cachette rien qu'à nous. Un refuge, après le décès de notre mère, emportée subitement par cette étrange maladie… Et puis, après la mort de notre père, aussi. Quand j'ai procédé à sa crémation avant de lui

succéder, devenant un Alpha, et Robin, un Oméga. Quand tout, et surtout le destin, nous séparait, nous nous retrouvions encore ici. Oh, plus pour jouer. Le goût des pitreries nous avait quittés. Mais simplement pour être ensemble. Après tout, nous étions tout ce qu'il restait de la famille Greystorm. Depuis combien de temps n'étions-nous pas venus ?

Les arbres s'écartent devant Eli et moi, nous dévoilant un large espace dégagé, tapissé d'une herbe grasse et épaisse, que je sais d'un vert éclatant sous le soleil. Mais cette nuit, comme tout ce qui m'entoure, elle a la couleur des cendres.

Un instant, je vacille. Je ne me remets pas si bien de mon affrontement avec Nick Lormont, même si j'ai remporté ce combat. Mon corps en a souffert, mais je m'en fous. C'est mon âme qui saigne, ce soir. Mon cœur ploie sous le chagrin qui l'accable.

Demain, il sera toujours temps de reprendre le cours des choses. De conforter mon emprise sur ma meute, largement acquise à ma cause depuis ce duel à mort. Je glisse un regard à la femme aux cheveux de lune qui se tient à mes côtés, le visage baigné de larmes, les vêtements déchirés et la peau écorchée. Elinor. Ma compagne, ma liée. Une louve aujourd'hui, mais aussi une sorcière. Une transfuge. Je me suis battu pour elle, pour que plus jamais personne ne remette en question son statut au sein de la meute. Je ne sais si elle avait vraiment besoin de moi pour faire valoir son autorité, d'ailleurs. Après ce qu'il s'est passé auprès de ce bûcher… Plus aucun membre des Greystorm n'osera s'élever contre elle, désormais.

Ni, probablement, aucun loup sur le territoire américain, car les nouvelles vont vite, dans les tanières. Dans quelques heures, quelques jours, plus personne n'ignorera les événements de Fallen Creek. Elinor Moon est un atout majeur dans le jeu de ma communauté. Et quand ils sauront qu'elle porte mon enfant... Elle sera intouchable.

Étrangement, cette pensée ôte un poids de ma poitrine comprimée par le chagrin et l'angoisse. La situation est certes confuse, mais j'ai à présent la profonde certitude que les miens ne laisseront jamais tomber la femme que j'aime.

Comme si elle suivait le cours de mes réflexions, Eli lève ses yeux d'onde claire sur moi. Ses petits doigts se resserrent sur ma main, si large, et pourtant si faible, tremblante.

— Allons-y, Karl, me souffle-t-elle.

Je hoche la tête. Je veux faire un pas de plus, redécouvrir le décor autrefois familier de ces lieux, le ruisseau qui cascatelle sur les rochers un peu plus loin, et les arbres qui s'inclinent comme pour offrir un dernier hommage à mon frère. Mais il y a un élément nouveau, dans la clairière de mon enfance.

Une masse sombre, imposante, s'est invitée dans la trouée.

Un bûcher, encore. Celui de mon frère, auquel je n'ai pu donner une sépulture décente, pris que nous étions dans la tourmente et les prémices d'une guerre destructrice.

N'en finira-t-on jamais ?

Le drame qui s'est joué aujourd'hui ne suffisait-il pas ? Combien de représentants des trois races magiques devront mourir pour satisfaire à l'orgueil d'un monstre, d'un sorcier ivre de pouvoir ?

Tandis que ces pensées se heurtent violemment aux parois de mon crâne, vacillent comme les flammes de ma torche, Eli m'entraîne toujours plus loin, jusqu'à ce qu'enfin, nous soyons face à cette fragile structure en bois.

Mes yeux ne peuvent se résoudre à s'y poser et errent dans les ombres en lisière. Nous sommes seuls. Désespérément seuls. Et personne ne nous rejoindra. Personne ne le doit. Ce que nous nous apprêtons à faire, Eli et moi, relève de la haute trahison.

J'ai moi-même banni Robin de la meute Greystorm, nous n'avons plus le droit de lui offrir ces funérailles.

Mais alors quoi ? J'aurais dû le laisser pourrir dans une ruelle sordide ou finir dans une fosse commune ? Hors de question.

En exilant Robin, j'ai rempli mon devoir d'Alpha. Aujourd'hui, en lui rendant sa dignité jusque dans la mort, j'accomplis mon devoir de frère.

De frère... Mais quel frère ai-je été en abandonnant Robin ?

Je le savais malheureux, sur le point de basculer dans la folie, et je n'ai rien fait. Je n'ai pas levé le petit doigt. Comment pouvait-il s'en sortir, sans nous, sans moi ? Les loups ne sont pas faits pour la solitude. Nous sommes faits pour vivre ensemble, c'est ainsi que nous sommes forts. Invincibles.

Un sourire amer plie mes lèvres pâles. On pourrait aussi en parler, de mon devoir d'Alpha. Que fais-je ici ? Je devrais être avec ma meute. Au lieu de cela, je les ai abandonnés pour rendre les honneurs à un traître.

— Mon amour...

Eli, encore. Je me force à la regarder.

— Tu dois faire ce que tu as à faire. Tu reprendras le joug de tes responsabilités demain, ce sera bien assez tôt.

Elle a raison, mais tout de même...

— Chut, me dit-elle en posant son index sur ma bouche. Cesse de penser. Je vais t'aider.

De son autre main, elle vient supporter mon bras qui faiblit. Nous levons haut notre flambeau, faisons quelques pas en direction du bûcher.

Les doigts d'Eli lâchent les miens, et je la sens reculer d'une foulée. C'est à moi d'accomplir le geste ultime.

Alors que les larmes se fraient enfin un chemin sur mes joues, j'abaisse la torche et regarde les brindilles au pied du bûcher s'enflammer.

Perdu dans mes pensées, je n'entends pas le premier cri. C'est Eli qui me donne l'alerte.

— Karl, écoute !

Je lève la tête, fixe la nuit et son velours infini. La fumée bleutée, âcre et épaisse, qui s'élève déjà du brasier me cache les étoiles.

Un nouveau cri retentit, et un long frisson remonte mon échine malgré la chaleur des flammes devant moi. Ce n'est pas possible... Je ne peux pas le croire...

Je me retourne brusquement, rive mon regard à celui de ma liée. Le sourire sur ses lèvres me confirme mon intuition.

Ils arrivent.

Ils arrivent...

Les cris et les hurlements se multiplient. La clairière, la forêt tout entière, se pare de ces chants sacrés. Ces chants d'adieux à nos morts.

Mes yeux se fixent sur la lisière. Deux grandes formes surgissent des fourrés.

Un loup immense, bien que vieillissant, en premier. Quand il m'aperçoit, il se campe sur ses pattes au poil blanchi par l'âge, et dresse fièrement son museau vers la lune qui s'est échappée de sa gangue nuageuse. Son hurlement emplit tout l'espace. Mon cœur tressaille.

Derrière lui, une louve au pelage brun l'imite.

Si je m'y attendais... Sybil et Popeye.

Et ils ne sont pas venus seuls. Bientôt, toute ma meute arrive pour rendre un dernier hommage à mon frère. Tous, ils bafouent la coutume pour me prouver leur soutien, leur confiance, leur foi en moi. Je me sens galvanisé par leur présence, leur force est la mienne, leurs rêves d'un avenir meilleur sont les miens.

Alors, tandis que brûle Robin et que son âme, sans doute, rejoint les étoiles au-delà du ciel, par cette nuit si noire dans laquelle résonnent les chants des miens, je retrouve, tout au fond de moi, quelque chose qui ressemble à de l'espoir. Je ne peux pas abandonner maintenant. Eli attend mon enfant, et nous n'avons pas relevé tous les défis qui nous incombent. Il reste tant à accomplir...

Mais l'espoir n'est pas le seul à se dresser dans mon cœur. Rage et colère s'y lèvent de la même façon, en une tempête impérieuse et dévastatrice. Toutes ces lois que l'on nous a imposées. Ces mensonges dans lesquels nous avons vécu. Ces existences brisées. Celle de Robin, bien sûr, mais aussi celle de notre mère, ou celle, plus récemment, de Ruby... Eli aurait pu y laisser la vie. Et que dire de Sixtine, que mon frère a tant aimé, et qui est devenu un monstre. Mes pensées s'échappent vers Neeve. *Neeve...*

Les responsables m'apparaissent aussi clairement que les flammes qui inondent à présent la clairière de leur lumière et de leur chaleur.

Les vampires.

Ils sont les responsables de tous nos maux.

Ces putains de suceurs de sang.

Pourtant, une voix me souffle qu'ils ne sont pas les seuls.

Il y a ces sorciers noirs, aussi. Et peut-être sont-ils pires encore, car ils ont même trahi les leurs. Je revois le corps horriblement torturé de Neeve... Les corps martyrisés de mes Bêta, Tyler et Perry, sacrifiés en raison de leur amour pour cette sorcière aux yeux noisette. *Ils ont osé toucher à mes Bêta !*

La fureur balaie toute autre pensée dans mon esprit.

Lentement, je me tourne vers les miens. Je les admire, dans toute leur beauté sauvage, je m'enivre de leurs hurlements, tandis que l'incendie s'élance à l'assaut de la nuit et que la chaleur du brasier qui emporte mon frère loin de moi me cuit le dos.

Et je crie :

— Meute Greystorm !

Dans l'instant, les museaux se baissent, les mâchoires claquent et le silence revient. Un silence tendu, fragile, juste brisé par le crépitement des flammes.

— Ce soir, nous disons adieu à l'un des nôtres, mais nous accueillons un nouveau membre... Un nouveau membre dont l'aide nous sera précieuse. Il ne sera pas de trop pour nous soutenir dans ce qui nous attend. Le mal que l'on nous a fait ne peut rester impuni. Les actes innommables des sorciers et des vampires ne peuvent rester impunis, je vous le jure !

Ils savent que je n'ai pas fini. Je vois leurs muscles bandés comme des câbles d'acier, leur fourrure ondulant sous l'effet de la rage et du chagrin. Ils attendent. Ils attendent les quelques mots qui vont les délivrer. Après, ils laisseront libre cours à leurs instincts.

— Meute Greystorm, nous sommes en guerre !

Alors que tous les loups de ma meute se remettent à hurler à la lune, je reste debout, dos au brasier. Je m'effondrerai plus tard. Plus tard, quand nous aurons remporté la victoire.

CHAPITRE 2

LENNOX

*« Ne vous inquiétez pas, Lennox.
Le procès n'a lieu que demain.
Nous avons tout le temps du monde ! »*

P iégé…
    Il m'a piégé…
Neeve était déjà sur le bûcher.

Noir…
Il fait si noir…
Mal…
J'ai si mal…
Songes…
Seulement des songes…
Ou plutôt…
Des cauchemars…
Quand vais-je me réveiller ?
Puis les souvenirs…

Puis l'horreur !

J'attrape Elinor Moon par la main, le cœur aux abois.
La détresse de Mark Forest.
« Vous l'avez tuée ! », a-t-il dit.
L'effroi qui me fige.
Puis l'angoisse.
Je me téléporte avec Eli.
La cascade des Amoureux.
Un haut-le-cœur.
C'est ici que Neeve et moi avons été agressés.
Et c'est ici que je la vois dans les flammes… brûler !
Ça me coupe le souffle.
Mon cœur bat si fort que j'en tremble.
Des larmes s'invitent dans mes yeux horrifiés.
Un sort !
Vite un sort !
Inefficace.
Inefficace, putain !
Raven et son rictus malfaisant plaqué sur ses lèvres fines.
Le feu qui s'empare des deux loups qui accompagnent mon aimée dans la mort.
Mon aimée !
NEEVE !
Eli percute le mur invisible qui protège Raven.
Les sorciers noirs psalmodient leurs incantations.
Et Neeve hurle.
Des cris déchirants.
Des plaintes qui se glissent sous ma peau.
Je me jette dans les flammes.

Elle s'évanouit.
Je m'embrase.
Son corps n'est plus que meurtrissures, blessures et… brûlures !
Les loups qui nous sortent du brasier.
Mon corps à moitié calciné.
La douleur m'arrache des gémissements.
Le ciel s'assombrit.
La magie.
Une nuée de chauves-souris…
Sixtine est ici.
Ses yeux rouges. Si rouges…
Se tenant face à Eli.
Et moi.
Et moi…
J'attrape la main inerte de Neeve. Du moins ce qu'il en reste.
Josephine Forest pleure.
Derreck les supplie.
Une barrière magique me sépare de Neeve.
Les Forest, les Moon et les Shadow s'en mêlent.
La confusion.
On m'emporte loin d'elle…

Mes yeux s'ouvrent dans la pénombre. Je serre les mâchoires tant la douleur qui m'éveille est cinglante. Mes muscles roulent sous ma peau. Pourtant, je ne bouge pas.

Que se passe-t-il ?
Pourquoi cette nuit noire ?

Où suis-je ?
Je cligne plusieurs fois des paupières. Toujours la nuit.
Je me cabre dans un cri.
Mes canines percent ma lèvre inférieure.
Bon sang ! Que… Qu'est-ce…
Je me redresse d'un coup. Je suis assis sur une plaque de marbre, si j'en crois la matière froide et lisse que je sens sous mes doigts.
Je n'y vois rien !
Des craquements sinistres parcourent mon corps. Je m'en arracherais le visage tant c'est douloureux. Puis cette force… Cette force irrépressible qui grandit en moi.
La panique me gagne.
Non ! Non ! Non !
— *Illumina ilicet !* invoqué-je.
Ma voix caverneuse me fait frémir. Elle ressemble à celles qui s'élèvent d'outre-tombe, après la mort.
Que suis-je ? Que…
Une lueur surgit dans la pénombre. Elle s'amplifie et irradie mes pupilles, jusqu'à ce que la clarté me révèle où je suis et ce que je suis.
Mes canines s'allongent encore.
Mes yeux effarés se baissent sur mes jambes.
Des jambes plus musclées. Des jambes nues, où des poils se hérissent et se rétractent à un rythme effréné.
Et alors, je comprends.
Et alors, je hurle !

Et mon hurlement est celui d'un loup.

CHAPITRE 3

SIXTINE

Témoin d'un renouveau qui se fait attendre, la lune s'est parée d'une aura rougeoyante et d'une cape de brume. D'ordinaire, j'aurais apprécié cette attention, mais ce soir, j'y suis insensible.

Les fesses plantées dans la terre molle, les mains serrées autour de mes genoux, je patiente. Le regard arrimé au monticule fraîchement érigé devant moi, je me balance, comme si ce simple mouvement avait le pouvoir d'influencer le temps et de m'offrir enfin ce à quoi j'aspire.

Je suis cernée de sépultures vides, dont les croix de pierre s'effritent lamentablement. Le cimetière de la Fang House, situé à l'écart de la bâtisse, manque cruellement d'entretien. En même temps, il ne s'exprime en ces lieux aucun amour, aucun souvenir. Cet ossuaire ne constitue qu'un passage obligé vers l'éternité. Qui s'intéresserait à un tel endroit quand une friche suffirait ? C'est pourtant ici que j'ai *ressuscité*, si ce mot s'applique à ce que je suis devenue : une créature de la nuit.

Ce petit côté gothique et délabré apporte néanmoins une touche d'authenticité à nos traditions vampiriques. Et c'est moins glauque que si j'avais dû attendre plusieurs jours dans une morgue aseptisée. Cette simple pensée m'arrache un frisson.

C'est Drake qui s'est chargé du rituel d'inhumation, car j'en aurais été incapable. Je n'ai d'ailleurs gardé aucun souvenir de mon réveil. Mais il m'a dit que cela devait se produire ainsi. Alors, je patiente...
Que c'est long !
— Mon hirondelle ?
Que me veut-il ? Ne voit-il pas que je suis occupée ?
— Quoi ?
— Nous devrions rentrer, ça peut durer plusieurs heures, encore...
— Je t'ai déjà demandé de me laisser...
Je n'ai pas besoin de lever les yeux sur lui pour sentir qu'il se crispe. Certes, je suis dure avec mon... créateur, mais je suis préoccupée. *Ce n'est pas le moment.*
Et si je m'étais trompée ? Et si toute cette mascarade ne suffisait pas ?
— Sixt... commence-t-il dans l'espoir vain de me faire entendre raison.
Je ne réponds pas. Mon silence est plus éloquent que ne le seraient des mots. Moins violent aussi. Je n'ai pas envie de partager ce moment avec lui. Ce moment est à moi. Rien qu'à moi. D'autant que je serai seule à en assumer les conséquences s'il doit s'avérer décevant.
Et si cette transformation altérait sa personnalité ?
Qu'aurais-je pu faire d'autre ? C'était ça, la mort, ou devenir un putain de cabot égocentrique comme Karl ou

Eli. Non merci. J'ai bien vu que mon ancienne meilleure amie prenait son rôle de compagne d'Alpha à cœur et qu'elle était prête à tout pour agrandir sa meute. Mais il était hors de question que je la laisse faire. *Pas avec elle !* D'ailleurs, une morsure de loup aurait-elle été suffisante pour la sauver ? J'en doute. Pas assez radical.

Ce n'est que parce que nos familles sont intervenues qu'Eli ne m'a pas affrontée. Elle était déterminée, je l'étais plus encore. Et je ne l'aurais pas épargnée, même si découvrir son état m'a remuée.

Je revois sa main pâle, posée sur son ventre. Comme si, de cette manière, elle protégeait de moi son enfant à naître. *De moi !*

Je me rappelle ces petits battements de cœur qui résonnaient en son sein et que j'entendais si nettement.

Elle est enceinte, putain !

Elle va avoir un bébé… Ce que je n'aurai jamais. Elle pourra étoffer sa meute de dégénérés sans la moindre difficulté, c'était donc bien normal que je mette une option sur *elle* en priorité. Je ne pouvais pas perdre encore quelqu'un…

Robin…

Son visage aux traits si purs apparaît devant mes yeux qui se troublent aussitôt.

J'essuie mes larmes de sang avec rage. Pour lui, c'est trop tard. Inutile que je m'apitoie. Son souvenir ne gâchera pas ce moment. Je le chasse. Il *doit* partir…

Lassé de m'attendre, Drake s'éloigne enfin. Ses pas résonnent dans le silence sépulcral qui pèse sur le cimetière. J'imagine qu'il va patienter un peu à l'écart pour observer cette résurrection que je crève de voir se produire.

Et dire que nous avons failli arriver trop tard ! Tout ça parce que cette orgueilleuse d'Elyris trouvait drôle qu'une sorcière crame, bordel ! Une chance que j'aie été capable de déployer les ténèbres, sans quoi notre mission de sauvetage aurait tourné au massacre : nous aurions grillé sous ce soleil radieux ! Ou Neeve aurait fini racornie comme un chamallow trop cuit. J'imagine sa tête quand elle a dû apprendre que j'étais parvenue à mes fins et que j'avais entraîné dans mon sillage une bonne partie de ses partisans. À l'abri des ombres opaques, j'ai jeté un sort puissant de métamorphose ; nous sommes arrivés sur les lieux du drame en une nuée grouillante de chauves-souris, pour porter secours à mon amie. *Mon* amie.

La reine a peut-être la couronne et une immunité magique qui la protège de mes pouvoirs, mais moi, j'ai désormais le respect de nos pairs. J'ai réussi à faire ce qu'aucun autre vampire avant moi n'avait jamais accompli : j'ai vaincu le jour !

Un peu tard, cependant. Neeve et sa triplette d'admirateurs pas si secrets se tordaient de douleur dans un brasier vorace. Leurs peaux roussies, leurs cheveux grignotés par le feu, c'était atroce !

Mes poings se serrent. Je ne peux plus demeurer statique, j'ai besoin de me défouler !

Je saute sur mes pieds malgré mes escarpins boueux et fais les cent pas devant le tumulus toujours immobile.

S'il te plaît, réveille-toi !

Contrainte de me déplacer sur la pointe des pieds pour ne pas enfoncer mes talons aiguilles dans la terre collante, je sens mes mollets désagréablement contractés. Mais qu'est-ce qu'elle fout, à la fin ? Est-ce normal que cela prenne autant de temps ? Pourquoi est-ce si long ?

Si elle ne se réveille pas, je ne m'en remettrai pas…

J'ai pourtant fait le nécessaire ! Drake m'a expliqué comment faire…

Allez, allez, bouge ton cul, Neeve, et sors de ce trou, bordel ! Qu'est-ce que t'attends ?

Je ne sais même plus si je formule ces mots dans ma tête ou si je les hurle. Je tremble, l'anxiété et la colère se mêlant en un sourd désespoir : cette fois, je suis impuissante. Peu importe ce que je décide de faire, je n'ai aucun moyen de la ramener si elle ne revient pas d'elle-même.

Une nouvelle larme glisse sur ma joue.

Je déteste être ainsi envahie par mes sentiments. Mais je ne veux pas finir seule ici ! D'abord Eli qui nous abandonne, puis Robin qui crève… Je refuse que Neeve disparaisse elle aussi ! J'ai besoin d'elle, comme elle a besoin de moi pour renaître.

Ça suffit, maintenant ! Reviens !

Soudain, comme si mes dernières paroles avaient été entendues, le sol bouge. Quelque chose le soulève par en dessous, provoquant de petits éboulis depuis le sommet du monticule. D'un coup, une main aux ongles crasseux s'extirpe de l'humus. Elle nous la joue façon zombie, c'est dégueulasse ! Tant que son cerveau ne lui dégouline pas par les oreilles, ça ira… Enfin, je crois, et puis j'en ai vu d'autres.

— Neeve !

Une deuxième main s'arrache à la terre meuble. Les bras recouverts de boue prennent appui de part et d'autre de la butte. Le visage de Neeve apparaît en surface !

Bien que barbouillée, sa peau cadavérique, par contraste avec le rouge de ses lèvres tremblantes et les reflets cuivrés de sa chevelure en désordre, m'impressionne. Est-ce que je ressemblais à ça, moi aussi ? Je rage de ne pas m'en souvenir. Je la fixe un instant, sidérée par cette vision que j'ai pourtant tant attendue, happée par sa prestance malgré son état déplorable. Encore à demi ensevelie, elle dégage l'aura singulière d'un phare déchirant l'obscurité.

Elle est *vivante*, putain ! Quoique, je ne suis pas certaine que « vivante » soit le terme approprié.

— Tu es là !

Cette fois, je ne retiens plus mes larmes – de toute façon, j'en suis incapable – et je me précipite pour aider mon amie à sortir de sa tombe. Je la tire tant bien que mal après avoir balancé mes escarpins un peu plus loin. Pour ma robe, c'est déjà foutu. À genoux dans la terre, je l'arrache à cette mort qui a failli me priver d'elle à jamais.

Elle me fixe, ahurie ; elle ne comprend pas où elle se trouve. Ses yeux carmin s'écarquillent quand elle avise le cimetière autour de nous. Je saisis son menton et le ramène vers moi avant de plonger mon regard dans le sien. Ce simple contact me provoque un nouveau frisson : ce n'est pas un mirage, elle est bien là ! J'essuie tendrement ses joues pour en ôter la crasse et passe mes doigts dans ses cheveux flamboyants. Elle ne garde aucun stigmate de ce bûcher dévastateur. Elle rayonne, même si elle est sous le choc et maculée de terre. *Un brin flippant...*

— S... S.... Ssssixt ? souffle-t-elle d'une voix rauque et douloureuse.

Je hoche la tête et me jette dans ses bras. Contre ma

poitrine inerte, je sens la sienne. Et aux tréfonds de son être, un timide battement qui persiste. Elle n'est pas encore totalement des nôtres.

Lorsque j'ai transformé Neeve, elle était sur le point de nous quitter à jamais. Je lui ai fait boire mon sang. Puis j'ai sucé le sien. Les portes des ténèbres étaient si proches que j'ai cru l'avoir tuée.

— Maintenant ! a dit Drake.

Et j'ai ôté mes crocs du cou de mon amie, je dois l'avouer, difficilement. J'ai toujours si soif...

Mais elle était là, entre mes bras, et c'était déjà une victoire, malgré son corps brûlé, sa chevelure consumée. Puis nous l'avons enterrée.

C'est ici que les vampires de Caroline du Nord reviennent à eux depuis des siècles, m'a confié mon créateur. Alors, je le crois. Et voilà qu'elle se réveille. Mon amie ! Mais elle ne sera définitivement des nôtres qu'au moment où elle boira du sang humain. Le mien est celui d'une morte. Elle ne peut plus s'en abreuver.

Mon compagnon m'a dit plus tôt avoir « fait les courses ». J'ai deviné à son rictus qu'il a prévu un festin digne de ce nom pour accueillir le nouveau membre de notre clan. Et pas des moindres. *Une sorcière-vampire.* Je ne serai plus seule, et cette pensée m'inspire une émotion puissante.

Comme moi, Neeve sera une vampire. Sa nature était solaire, et elle s'est autrefois épanouie en compagnie de deux loups, mais je suis certaine qu'elle préférera vivre à mes côtés plutôt que de s'enterrer dans une tanière puante. À l'instar de Robin, bien que d'une manière totalement différente, elle aurait fait tache dans une meute aux règles strictes et aux normes étriquées. En tant que vampire, elle pourra laisser libre cours à ses envies et s'affranchir des codes ainsi qu'elle l'a toujours fait dans son quotidien de sorcière.

Ensemble, nous serons heureuses. Et invincibles.

Enfin... je l'espère.

Je desserre mon étreinte et la fixe à nouveau. Elle semble avoir repris ses esprits, car elle m'adresse un sourire.

— Bienvenue dans ta nouvelle maison, Neeve.

CHAPITRE 4

LENNOX

Mes yeux restent fixés sur mes jambes. Mes poils se rétractent. Je passe ma langue sur la pointe de mes canines, le corps traversé de frissons.

Un loup... Je suis un loup. Je hurle comme ces maudits lupins. J'ai mal dans mes os, dans mes muscles. Je suis si engourdi. Mes pensées sont confuses. Je me retiens de pousser un nouveau cri.

— Tu es enfin réveillé, prononce une voix grave sur ma gauche.

Je l'entends tandis que mon regard ahuri parcourt l'endroit où je me trouve.

Des murs en pierre m'encerclent, aucune fenêtre ne vient les percer. La lumière provoquée par mon sort faiblit. Je tourne la tête et discerne quatre pupilles orangées qui me scrutent dans la pénombre. Puis l'une des silhouettes se lève et allume deux torches suspendues près de ce qui paraît être une sortie.

— Karl Greystorm a préféré que tu reviennes à toi dans

l'obscurité de la crypte, le temps que tu comprennes ce qu'il t'arrive, dit encore la voix. Nous souhaitions être présents.

Cette voix, je la reconnais.

Les brandons se mettent à flamber. L'autre homme attise un brasero. Il est grand, massif, et sa peau d'ébène luit à la lueur de la flamme qui jaillit.

Un homme ? Non, pas un homme. Un loup ! Et il ressemble presque trait pour trait à celui qui s'approche de moi.

Mes souvenirs resurgissent.

La panique me saisit.

— Lennox, lance Perry Falck en tendant la main.

Je marque un mouvement de recul, mais dans ma précipitation, je chute de la dalle en marbre sur laquelle j'étais allongé. Je n'ai pas mesuré ma force.

— On est là, souffle Tyler en contournant la pierre.

Je lève des yeux effarés.

— Où est Neeve ?

Ma voix est toujours aussi caverneuse. Je me racle la gorge, tandis que les cousins échangent un regard accablé.

Non !

Je me dresse d'un bond. Ma rapidité me surprend. Perry fait un pas en arrière, pensant sans doute que j'ai l'intention de me jeter sur lui. Ce n'est pas l'envie qui m'en manque quand je me rappelle que ces deux-là ont couché avec Neeve !

Puis ce sont d'autres souvenirs qui explosent dans mon esprit. Ceux de deux loups cloués au pilori et dont les flammes s'emparent avant qu'Elinor ne les libère du brasier.

Ils étaient à ses côtés. Ils ont voulu la sauver au péril de leur propre vie. Une chose que nous avons en commun, mais… ils étaient là avant moi. Et maintenant… Non… Je refuse de le croire !

Les larmes inondent mes joues quand les deux loups baissent la tête, comme si leur chagrin était insupportable. Qu'en savent-ils, eux, du chagrin ! Mon cœur se disloque. Ma peine me brise. Je tremble et je suffoque. Non !

— Vous auriez dû me laisser crever, lâché-je, au comble du désespoir.

Car si Neeve est morte, que fais-je ici ?

— Elinor s'est battue pour te sauver la vie.

Une rage incandescente me remonte l'échine. Je fixe Tyler avec toute l'animosité qu'il m'inspire.

— C'est Neeve qu'il fallait sauver ! hurlé-je, anéanti.

Perry s'approche. Ses iris s'enflamment.

— Elle n'a rien pu faire ! Sixtine s'est emparée d'elle, et dans la confusion…

La surprise me saisit. Mes sourcils se froncent. Les rouages dans mon cerveau embrumé tentent de se remettre en branle.

— Sixtine ? répété-je.

Mes songes me reviennent à l'esprit. Je revois ses prunelles cramoisies me fixer, sa peau d'albâtre et la flamboyance de sa crinière noire aux reflets bleutés. Non… Neeve ne peut pas être… Elle n'est pas devenue…

— À l'heure qu'il est, elle a dû transformer Neeve.

Quoi ?

Mes yeux s'écarquillent. Putain, c'est un cauchemar ! Mais je dois savoir, je dois m'en assurer, je…

— Neeve était sur le point de mourir, et toi aussi,

Lennox. La nouvelle-née s'est confrontée à Eli avec toute sa clique métamorphosée en une nuée de chauves-souris. C'était le chaos. Les Shadow, les Forest et les Moon s'en sont mêlés, puis Sixt s'est enfuie en emportant le corps de...

Des larmes viennent baigner ses yeux aux lueurs vacillantes. Je ressens sa peine. Je ressens ses pensées. Je ressens tout. *Bordel...*

Je secoue la tête.

Je ne peux pas le croire. Non, je ne peux pas le croire ! Neeve !

— Est-on sûr que... commencé-je.

— À peine est-on arrivés ici que Karl t'a mordu pour te sauver. D'après lui, l'état de Neeve était pire que le nôtre. Il ne fait aucun doute que Sixtine a dû se précipiter elle aussi pour lui faire boire son sang.

Je ne respire plus. Mes pensées s'abîment dans ma détresse. J'entends trop nettement les battements de cœur de ces deux lupins. Je sens avec trop de clarté leur odeur, et je refoule l'envie de me frotter à eux. L'esprit de meute... Putain de meute ! Une porte claque et me ramène soudain à la réalité.

— Angus ! s'exclame Perry. Va chercher Karl et Elinor, tout de suite !

Le prénommé Angus tourne ses yeux vers moi et file aussitôt vers la sortie.

— Je suis arrivé trop tard, murmuré-je.

— Tu ne pouvais pas savoir. Raven s'en est assuré.

Raven... Je te maudis, noir sorcier !

J'observe les cousins en contenant ma fureur.

— Pourquoi vous êtes là ?

Ils échangent un regard, puis Tyler dit :

— Neeve… Elle nous a avoué… Enfin, non, elle ne l'a pas clairement exprimé, mais… on a compris.

— Compris quoi ?

Perry inspire.

— Ce qu'elle éprouvait pour toi. Et vu ce que tu as fait pour tenter de la sauver, on sait que tu étais fou d'elle, alors…

— Alors… quoi ? m'énervé-je.

— Nous étions trois dans ce cas.

Mon souffle se coupe. Un mélange de colère et de jalousie m'envahit. La rage s'empare de moi, et je me jette sur eux. La porte claque à nouveau et un ordre retentit.

— *Assez* !

Je m'aplatis au sol sans l'avoir voulu. Les cousins adoptent la même posture. Je trouve tout de même la force de lever les yeux.

Eli.

CHAPITRE 5

ELINOR

— *Assez* ! Déjà que je passe une semaine de merde, voilà que ce bon vieux Lenny vient y ajouter son grain de sel en agressant les Bêtas de Karl, qui se sont donné pour mission de veiller sur lui jusqu'à son réveil.

Ils étaient les amants de Neeve...

Cette pensée me serre le cœur, et je tente de la chasser en me frottant le front. Je suis lasse, si lasse... Mes yeux me piquent, j'ai encore trop pleuré aujourd'hui. Sybil ne cesse de me dire que ce n'est pas bon pour moi ni pour le bébé, mais qu'y puis-je ? Cette situation m'obsède, me rend folle, j'ai clairement envie de bouffer de la chauve-souris avec une petite sauce mitonnée par Popeye. Chaque seconde, je suis déchirée entre ma peine incommensurable et mon désir de vengeance.

— Eli... halète Perry.

Je réalise que, perdue dans mes pensées, je ne les ai pas encore libérés de mon emprise. Mais mon regard bute alors sur les trois loups allongés devant moi, figés au sol par la seule force de mon autorité.

Et parmi ces trois beaux gosses, il y a Lennox Hawk... Lennox Hawk. Mon ancien patron, celui qui m'en a fait voir de toutes les couleurs quand je bossais à la Wiccard Academy. Celui qui a assisté à ma déchéance sans jamais lever le petit doigt, alors que nous nous connaissons depuis l'enfance.

L'ex de Neeve, celui qui lui a brisé le cœur.

Ce cher, très cher connard... Une vague de jubilation me submerge. Est-ce normal que je prenne tant de plaisir à le contempler, ainsi couché devant moi ? Par les temps qui courent, ce n'est pas moi qui refuserais tout ce qui pourrait me remonter le moral, mais une pointe de culpabilité me tenaille malgré tout. Lui aussi a payé au prix fort sa tentative de sauver Neeve.

— S'il te plaît... gémit Tyler.

Oui, bon, eux ne méritent pas tout ce cinéma. J'inspire lentement, puis expire, relâchant doucement mon pouvoir d'Alpha, attentive au moindre geste suspect de l'Amnistral. Et j'en profite pour l'observer. Hormis le fait qu'il soit particulièrement bien gaulé – et sa transformation en loup n'est pas la seule explication à ce physique d'éphèbe –, il fait globalement peine à voir. Nu, de vagues traces de brûlures sur tout le corps, il tremble de tous ses membres, manifestement en état de choc. Dommage que je n'aie plus de petites pilules roses en stock, je suis sûre qu'il tordrait moins le nez, là, si je lui en mettais dans ses croquettes.

Mais quand mon ancien patron finit par se redresser aux côtés de Tyler et de Perry, mon sentiment de culpabilité revient en force. Et pourtant... Je ne peux m'empêcher de regretter que ce ne soit pas Neeve qui soit présente. Lennox ne mérite pas une telle réaction de ma part, mais ma peine est si grande… Mon désespoir si violent…

Bordel, le pauvre, il n'a tout de même vraiment pas l'air en forme…

Et je sais d'expérience que cela ne vient pas de sa transformation. Pour y être passée il y a quelques mois – et je frissonne encore de plaisir et de joie à ce souvenir –, il devrait au contraire se sentir plus vivant que jamais.

— Tu es au courant ? je lui balance sans préambule.

Je perçois la sécheresse de ma voix. Mais l'émotion est trop grande, trop forte, et je ne sais comment la gérer.

Lennox garde le silence et baisse la tête. Vais-je être obligée de le forcer à me parler ? Je n'aime pas faire usage de mon pouvoir d'Alpha, je refuse d'en abuser, mais je ne peux le laisser ignorer la gravité de la situation. J'ouvre la bouche, prête à faire le nécessaire, quand il souffle enfin :

— Pourquoi ?

Cette simple question et tout le désespoir que j'y entends me font m'arrêter net.

Pourquoi, bordel ?

Lennox doit percevoir mon hésitation, cet infime moment de flottement durant lequel je sens de nouveau les larmes me monter aux yeux.

Pourquoi, pourquoi, pourquoi…

Ce mot qui me hante depuis des jours. Qui m'empêche de trouver le sommeil. Qui me rend mauvaise comme une teigne, au point que j'en arrive à me détester.

De rage, je m'essuie les paupières d'un revers de la main. Il me fait chier, putain. Ne comprend-il pas que je partage sa détresse ? Et il en rajoute, impitoyable malgré son état déplorable.

— C'est elle que tu aurais dû prendre, pas moi... Pas moi... *Pas moi, Eli...*

Dans sa voix, des sanglots étouffés. Il ne s'autorise pas à leur laisser libre cours. Pas encore.

Je tente de calmer le maelstrom d'émotions qui se lève en moi. Il n'est pas au courant de tout. Quand il le sera...

— Que crois-tu, Lennox Hawk ? Que sais-tu exactement, de ce qu'il s'est passé ce jour-là, pendant que tu agonisais ? Que t'imagines-tu, putain ?

Je n'use pas de mon pouvoir d'Alpha, mais mon ton est dur, je veux que mes paroles le cinglent, le blessent, comme moi-même je suis blessée. Heurtée. À terre.

Il secoue la tête, ouvre les mains, la bouche, sans qu'un mot en jaillisse. Mais il n'est pas encore vaincu. Je vois bien qu'il s'accroche à de vains espoirs. Ce que je vais lui dire va le briser un peu plus. Très bien, nous serons deux, dans cette tragédie.

— Sixtine a pris Neeve. Elle ne m'a pas donné d'autre alternative. Comment oses-tu imaginer que j'aie pu te choisir, toi plutôt qu'elle ? Jamais je n'aurais fait une telle chose ! Mais je ne pouvais pas te laisser mourir... Neeve ne me l'aurait jamais pardonné... Je lui devais bien ça...

— Alors... souffle-t-il.

Mais il ne peut continuer. La même émotion nous serre la gorge et nous étouffe. L'horrible vérité est trop crue. *Inacceptable...*

Et pourtant, pourtant, je n'ai pas eu le choix.

— Nous avons tout tenté. Je me suis moi-même rendue à la Fang House, avec des éclaireurs, dans ce nid de suceurs de sang… Ils sont trop nombreux, Lennox. Ça grouille comme des asticots sur une charogne. Et maintenant que Sixtine est capable de les faire sortir en plein jour… Nous n'avons rien pu faire…

— Mais… que veut-elle ? Pourquoi l'a-t-elle prise ?

Un sourire amer naît sur mes lèvres crispées.

— Parce qu'elle désirait la sauver. Parce que sa solitude la bouffe et la rend folle… Parce qu'elle aussi, elle l'aime.

De cela, je suis persuadée. Je ne peux croire que Sixtine souhaite du mal à Neeve. Non. Mais elle ne pouvait supporter de nous savoir ensemble, sans elle. On pourrait réfléchir des heures durant aux événements de ce jour-là, l'issue serait toujours la même. Notre trio n'est plus. Notre amitié est morte. Les barrières qui nous séparent désormais me paraissent insurmontables.

— Est-ce que tu es sûre ? Est-ce que tu l'as vue ? Est-ce que tu as vu Neeve, Elinor ?

— Non.

Ce mot m'arrache la gorge. Non, je n'ai pas vu Neeve. Mais nous avons vu autre chose. Alors, j'enchaîne :

— Mes loups ont vu Drake, accompagné de Sixtine, enterrer son corps dans le cimetière de la Fang House. C'est fini, Lennox. Fini, tu m'entends ? Mais toi, je t'ai sauvé. Karl t'a sauvé. La meute t'a sauvé. Ne t'avise pas de l'oublier.

Mes poings se serrent et se desserrent de façon spasmodique. Des larmes brûlantes inondent mes joues, tandis qu'une nausée manque de me plier en deux. Est-ce ma grossesse, ou le chagrin et la colère ? Je ne saurais même plus le dire.

Mais je n'ai pas le temps de m'appesantir sur mon ressenti. Lennox se met à hurler, de fureur, de douleur, de désespoir. Il se retourne dans un élan destructeur, abat son poing sur le mur de pierre. Une fois, deux fois, trois fois… et en ramène sa main ensanglantée, avant de recommencer avec l'autre.

— Eli… m'interpelle Perry, visiblement inquiet, mais n'osant pas intervenir.

Lennox est en train de sombrer. La découverte de sa transformation ainsi que l'annonce de la perte de Neeve ont eu raison de lui.

D'un geste de la main, j'autorise mes deux loups à agir. Nous avons besoin de Lennox dans la guerre qui se profile. Ses pouvoirs de sorcier-loup, ses connaissances des trois races magiques ainsi que son indéniable charisme nous seront indispensables. Et surtout, je ne serai plus la seule dans mon genre. En Lennox, j'ai trouvé un compagnon, même s'il n'était pas mon premier choix.

Mais rien ne se passe jamais comme prévu. Lennox est enragé. Quand il sent sur son épaule le contact de la main de Tyler, il rugit de plus belle, se retourne et fait jaillir de ses doigts un éclair de pure obscurité. Tyler est projeté à l'autre bout de la crypte, heurte le mur, et glisse au sol, inanimé.

Putain, il vient de mettre KO un véritable colosse…

— Pas vous ! hurle-t-il aux cousins Falck. Pas vous ! Vous avez posé vos sales pattes sur elle, vous l'avez souillée, vous êtes responsables, comme les autres… Je vous hais, et je ferai tout pour vous détruire !

Perry lève les deux mains en une vaine tentative d'apaisement. Mais Lennox n'a plus aucune limite. Il n'a plus rien à perdre. Il craque. Qu'ai-je fait ? En lui ôtant tout espoir, j'ai gâché l'occasion de faire de lui un allié. Je ne l'apprécie guère, et il me le rend bien, mais Karl a été clair : nous devons le préserver.

Et pour être honnête, une infime part de moi-même est touchée par sa détresse. Car je ressens le même chagrin obsédant que lui, le même manque... Comme Sixtine, je ne veux pas être la seule à souffrir de *son* absence. Et il n'y a que Lennox pour me comprendre et partager cette hybridation inédite. Moi aussi, j'ai besoin de lui, et c'est à présent que j'en prends conscience.

Il faut réagir vite. Lennox lève à nouveau une main aux doigts couverts de liquide carmin en direction de Perry. Ses lèvres remuent sur un sort silencieux. Il peut le tuer ! Il va le tuer !

Mais soudain, le sort qui jaillit dévie de sa trajectoire pour se ruer sur... moi ! Putain, ce connard m'attaque !

En une fraction de seconde, je réagis. Une bulle de lumière blanche, lunaire, se forme autour de moi, en une protection inviolable. Malgré tout, je pose mes mains sur mon ventre. Ce qu'il me reste de plus précieux, de plus beau dans cet océan de merde, s'y trouve niché. Personne ne me l'enlèvera, fût-ce un homme aux abois, prêt à tout pour détruire ceux qu'il considère comme responsables de la perte de son aimée.

L'éclair noir de Lennox se brise en mille éclats d'obscurité. La crypte paraît soudain se vider de son air, et je suffoque, peinant à emplir mes poumons.

Je ne vais pas pouvoir tenir longtemps dans ces conditions. Je pourrais l'abattre sans mal, mais je ne pense pas pouvoir contenir ce fou furieux...

Et bordel, je le tuerais bien... si nous n'avions pas tant besoin de lui... si je n'avais pas tant besoin de lui...

Une porte claque dans mon dos. Je ressens une nouvelle présence écrasante. Karl...

— Couché !

Dans mon champ de vision, mon lié apparaît. Il avance d'un pas déterminé, tandis que Lennox se colle à nouveau au sol. Tout sorcier qu'il est, il ne peut résister à l'autorité de son Alpha. Si la situation n'était pas si dramatique, je pourrais en rire. Pauvre, pauvre Lennox... C'était lui qui faisait la pluie et le beau temps dans notre coven, il va devoir s'habituer à rendre des comptes... à un loup. Et à moi.

— Tu as attaqué ma liée, gronde Karl, les lèvres retroussées sur ses dents aiguës. Ne recommence jamais plus, ou je te tuerai de mes mains.

Lennox est au sol. Sa respiration est rapide. Cette fois, les vannes de son chagrin sont bel et bien ouvertes, et il pleure comme un enfant, sans retenue.

Karl me jette un regard, et je hoche la tête. Mon lié s'avance alors vers lui, s'agenouille, et caresse ses cheveux.

— Ce n'est pas fini, Lennox, lui murmure-t-il. Ce n'est pas fini. Focalise-toi sur ta vengeance, car je vais tout faire pour te l'offrir. Ils t'ont pris Neeve, mais moi, ils ont pris mon frère. Et tant qu'ils vivront, je les poursuivrai de ma vindicte.

Lennox lève enfin les yeux vers lui. Son visage est ravagé de douleur. Malgré moi, mon cœur se serre. Comment est-il possible que ces deux hommes puissent se trouver ainsi, si facilement...

— Ce n'est pas fini… ânonne l'ancien Amnistral, hébété de fatigue et de chagrin.

— Non. Rien n'est fini, et la guerre va commencer.

— Ce n'est pas fini, répète Lennox.

Il se redresse d'un bond, et alors que je m'apprête à le maîtriser d'un sort, Karl m'interrompt d'un geste de la main.

— Attends !

J'obéis, mais reste sur la défensive.

— Ce n'est pas fini ! crie cette fois Lennox.

Une petite voix en moi me souffle qu'il a définitivement lâché la rampe. Il se tourne néanmoins vers moi, et je frémis en apercevant la lueur fiévreuse dans ses yeux désormais parés d'un halo doré.

— Est-ce que l'un de tes éclaireurs sait si Neeve s'est déjà réveillée ?

Qu… Quoi ? Je ne comprends pas…

— Non, Lennox, personne. Mais comme je te l'ai dit, nous n'avons pas pu pénétrer dans la Fang…

— Alors tout n'est pas perdu ! Tu saisis ce que je veux dire ?

Je fais non de la tête, mais reste silencieuse.

— Eli, écoute…

— Quoi ? Neeve a été mordue, enterrée, et…

— On s'en fout ! Tu le sais, j'ai lu tous les livres que j'ai pu trouver sur nos races… Quand Neeve et moi avons visité la Witch School, en Virginie, je suis tombé sur un ouvrage traitant des nouveaux vampires. Je connais tout des rituels de transformation… Si Neeve ne s'est pas encore réveillée, et donc pas encore nourrie, alors, il reste un infime espoir de la voir revenir… en vie !

À ces mots, ses yeux se tournent sur Karl et je comprends ce que Lennox sous-entend. Mon cœur rate un battement. Se peut-il qu'il dise vrai ? Se peut-il... La faible chaleur qui naît dans ma poitrine me fait mal. Je ne veux pas y croire. Je ne veux pas. S'il se trompe, la chute me sera cette fois fatale...

Lennox s'avance vers moi en titubant. Il s'empare de mes mains avec ses doigts couverts de sang déjà séché. Je plonge mes yeux dans les siens, résiste un peu pour ne pas m'y noyer.

— Eli, martèle-t-il d'une voix éraillée. Si elle n'a pas bu de sang, nous pouvons encore la sauver.

Et alors, je me laisse aller à cette infime étincelle d'espoir.

CHAPITRE 6

DRAKE

*N*ous voilà de retour à la Fang House, alors que toute la maisonnée s'apprête à s'endormir, juste avant que les premiers rayons du soleil ne viennent caresser l'horizon. Le réveil de Neeve a été plus rapide qu'escompté, j'imagine que sa nature de sorcière n'y est pas étrangère.

— Je vais l'aider à se débarbouiller, m'annonce ma colombe en traînant sa copine vers la salle de bain.

Et moi, alors ? Elle ne veut pas me *débarbouiller* ?

Elle claque la porte derrière elle, et je délaisse à regret mes pensées lubriques. Il y a plus urgent à faire, à commencer par trouver de quelle manière présenter notre nouvelle *recrue* à Elyris. Déjà qu'elle n'a pas été particulièrement ravie par l'arrivée parmi nous de mon petit oiseau...

Notre souveraine n'a pas reparu depuis son altercation avec Sixtine, mais je la connais, elle reviendra. Et je crains que, pour elle qui est si attachée aux traditions et à la pureté de notre espèce, accueillir une fois de plus une hybride à la Fang House ne relève de l'insurmontable. Ça promet d'être drôle de la voir se débattre avec ses principes face à deux sorcières dotées de nos facultés vampiriques. Certes, Elyris n'a pas peur de leur magie, mais ce métissage leur confère une force telle qu'elles n'auront aucun mal à s'imposer au sein de notre communauté. De toute façon, vu les galères qui secouent le monde des Ombres, un problème de plus ne changera pas la donne...

Et franchement, il était temps que ça bouge un peu ! Non pas que j'en aie quelque chose à foutre, de savoir qui se mélange avec qui, des histoires de races, de ségrégation et de pureté... Je m'en balance comme de ma première morsure. Mais on commençait à bien se faire chier ! Des siècles de protocoles et de ronds de jambe, à siroter une gamine imprudente à l'occasion, ça devenait barbant. La petite guerre d'influences qui se profile nous promet de l'action et de profonds changements !

Je sens néanmoins que Sixtine n'est pas sereine. Anticipant la prochaine visite de notre souveraine, elle a fait murer les souterrains. Ce n'est pas idiot : Elyris n'aura d'autre choix que de se pointer durant la nuit, loin de la protection offerte par ces dédales qu'elle connaît comme sa poche. Le plus simple aurait été que Sixtine la bute, même si j'admets volontiers que ça aurait été un chouïa radical. Quand on parle d'Elyris, je deviens sentimental. Faut dire qu'elle a toujours été pleine d'attentions envers moi et qu'elle a un cul d'enfer sous ses jupons ridicules. Cela dit, mes dernières frasques n'ont pas semblé lui plaire, et son intérêt pour moi est retombé tel un soufflé.

Mais c'est de l'histoire ancienne, tout ça. Aux côtés de

mon phœnix, je prends un nouvel envol. Sa peau si douce, sa voix autoritaire et perverse, ses dons qui lui offrent un monde sans limites, et son sourire… Ah, ce sourire, comme celui qu'elle m'a adressé quand j'ai pressé son épaule pour qu'elle cesse de vider son amie de son hémoglobine. Cette reconnaissance qui inondait ses pupilles m'a rendu profondément heureux. Alors, si ça lui fait plaisir d'avoir une copine pour papoter autour d'un verre de sang frais ou pour l'aider à choisir les robes que je prendrai ensuite grand soin de lui arracher, je peux bien le lui concéder.

J'ai d'ailleurs fait preuve d'une attention particulière pour réaliser le rituel d'inhumation de Neeve. Comme pour celui de Sixtine… Les bras en croix, sa gorge pâle percée de deux petites morsures, offerte à une vie éternelle, un cadavre de chauve-souris enterré avec elle. Ce dernier élément a été encore plus simple à mettre en œuvre pour Neeve : Sixtine bénéficiant de la capacité de métamorphoser les vampires en ces modestes créatures de la nuit, il nous a suffi de ramasser le corps de Soren qui s'est fait buter par un loup, dès notre arrivée sur les lieux du bûcher. J'ignore si c'est la présence de cette dépouille dans la sépulture de son amie ou parce que Soren a été piétiné et dégoulinait un peu, mais Sixt n'a pas paru ravie de l'associer au rituel. À moins que sa retenue n'ait été le fruit de considérations plus pragmatiques : il n'y avait pas de cercueil pour protéger les fringues de Neeve – qui de toute façon étaient cramées –, c'est peut-être ça qui la chiffonnait.

Bref, Neeve est de retour. Mais dans la team vampires.

Il aurait peut-être mieux valu que je m'occupe de sa

transformation, quand j'y pense. Mais comment aurais-je pu le justifier...

Nous avons à peine franchi les portes de la Fang House que je charge déjà Nancy de préparer une suite pour notre invitée. « *Encore une sorcière ? T'es dans la merde, Tonton !* » me jette-t-elle dans un rire cristallin, balançant ses boucles blondes avant de tourner les talons en sautillant. Dans ses yeux en amande, je peux lire à quel point l'arrivée impromptue de Neeve égaie sa journée. Comme moi, elle n'a jamais souffert de se plier à des règles dont l'unique effet est de nous contraindre à un ennui sans fin.

Cela dit, elle n'a pas tort. Nous sommes tous dans la merde.

— Nancy ?
— Monseigneur ? ricane-t-elle.
— Va me chercher les trois humaines que nous avons mises de côté pour Neeve. Elle va bientôt crever la dalle...
— À ton service !

Elle quitte la chambre, guillerette et ravie de se voir confier cette mission d'importance. Neeve va siphonner son premier humain, ça promet des giclures sur les moulures et des hurlements à s'en faire péter les tympans. Enfin une ambiance festive !

Pourtant, le temps s'étire. Pourquoi Sixtine et Neeve sont-elles si longues à revenir ? Des images salaces s'invitent dans mon esprit. Un sourire courbe mes lèvres. J'espère qu'elles ne profitent pas sans moi, les coquines !

Alors que je m'apprête à retourner auprès d'elles pour m'incruster, Sixtine sort de la salle de bain, Neeve sur les talons. À présent propre, elle est superbe malgré son regard hagard et les tremblements qui la secouent de haut en bas.

Le manque.

Le néant.

La soif.

À la première occasion, elle se jettera sur n'importe quelle jugulaire à portée de canines.

Mon phœnix l'installe dans le fauteuil et vient glisser son nez dans mon cou. J'en frémis d'émotion, presque autant que la nouvelle-née.

Elle murmure quelques mots au creux de mon oreille :

— Elle n'a toujours rien dit, m'annonce-t-elle, visiblement contrariée. Elle ne va pas bien, tu lui as prévu à boire ?

Je lui adresse un sourire carnassier. *Le roi de l'hémoglobine, c'est moi, baby !*

— Ça arrive. Nancy est sur le coup.

— Assez, j'espère ?

— Tu me connais, je ne suis pas du genre radin. Le sang va couler à flots, elle ne manquera de rien !

À ces mots, Neeve sort de sa léthargie et plonge ses yeux dans les miens, une expression dégoûtée déformant ses lèvres carmin.

— Du sang ?

— Ben, oui. Du sang, chérie ! T'espérais quoi ? Du jus de grenade ?

Elle me fixe, ahurie.

T'es une putain de vampire, tu t'attendais à quoi ?

Je sens le regard réprobateur de Sixt qui pèse sur moi. Il vaut mieux que je la ferme, la présence de son amie la rend maternelle et susceptible. C'est quand même pas ma faute si sa copine est débile ! Elle a beau être canon, il semble lui manquer quelques neurones.

Que fout Nancy, bordel ?

Au moment où je m'avance vers la porte pour aller la chercher, ma nièce déboule dans la pièce avec l'une des jeunes femmes sélectionnées la veille dans les bras.

— Seulement une ? l'interrogé-je, perplexe.

— Taylor amène les deux autres. Sois pas grognon, Tonton, se moque-t-elle.

Gna gna gna ! Elle m'exaspère, putain ! Pour quelle raison avait-elle besoin de mêler son dégénéré de petit ami à cette affaire ?

— Bonjour, Sixtine, salue-t-elle mon colibri avec déférence.

Son attitude change de manière spectaculaire en une fraction de seconde. Alors qu'elle passe son temps à me les briser, elle affiche une dévotion sincère envers ma compagne. Nancy s'est rapidement éprise de Sixtine, d'abord parce qu'elle lui est reconnaissante d'avoir rompu notre morne routine, ensuite parce qu'elle incarne un idéal inédit. Elle a d'ailleurs été la première à lui prêter allégeance et à lui renouveler sa confiance en découvrant ses dons exceptionnels.

L'influence qu'exerce Sixtine est fascinante ! Serait-ce de la magie, ou seulement le fruit de son charisme naturel ? Et si, contrairement à ce que je m'imaginais, c'était elle qui avait jeté son dévolu sur moi et non l'inverse ? Me manipule-t-elle ? Dans l'absolu, ça ne changerait rien : elle est irrésistible, et même si savoir qu'elle possède sur moi un ascendant que personne n'a jamais déployé, je veux bien devenir son jouet, si cela lui sied. Du moins, le lui laisser croire me satisfait.

Ma nièce installe l'humaine affaiblie sur les genoux tremblants de Neeve. La sorcière l'observe un instant, telle une pièce de bœuf alléchante. Ses canines jusqu'alors discrètes s'allongent et retroussent ses lèvres rebondies, dévoilant ainsi la perfection de sa dentition.

Elle a soif.

Toujours arrimés à la peau fragile de la fille qui palpite, ses iris noisette s'éclaircissent jusqu'à redevenir carmin.

La voir se laisser guider par sa nouvelle nature m'ouvre l'appétit. Si elle ne se magne pas pour vidanger cette nana, je m'en chargerai.

— Vas-y, Neeve, l'encourage Sixtine qui s'est rapprochée. Une petite gorgée pour commencer…

Les lèvres de la nouvelle-née frémissent d'envie. Ses mains empoignent sa victime avec force tandis qu'elle penche la tête pour trouver quelle position sera la plus confortable pour se nourrir. La jeune humaine est toujours évanouie, ses bras tombent mollement de chaque côté de son buste. C'est dommage, quelques cris de détresse et un semblant de résistance nous auraient offert un peu d'animation.

Soudain, Neeve fond sur son repas. Sa bouche avide se colle à la jugulaire bleutée qui bat sous les chairs tendres de la fille. Sa langue la goûte, impatiente.

Elle est prête à s'abandonner à cette soif dévorante.

Elle va céder.

Mais…

Qu'est-ce qu'elle branle, bordel ?

Elle se fige, écarquille les yeux, manifestement

révulsée par ce qu'elle s'apprête à faire. Elle arrache son regard du corps de l'humaine et le reporte sur Sixt, coupée dans son élan de réjouissance.

— Non, mais, c'est une putain de blague ? articule péniblement Neeve, abattue par la soif. Je te rappelle que je suis végétarienne, bordel !

Quoi ? Végétarienne ?

Qu'est-ce que c'est encore que cette connerie !

CHAPITRE 7

NEEVE

*M*ais bordel… c'est quoi, ça ! Je repousse la jeune femme évanouie dans mes bras en grimaçant de dégoût. La pauvre fille vole jusqu'à violemment heurter le mur. Je n'ai pas mesuré ma force, je n'ai pas… Mais qu'est-ce qui se passe ? En une fraction de seconde, mon esprit s'est révolté, enflammé. Des images s'y percutent. J'ai la nausée… Je… Mais… Où suis-je ? Qui suis-je ? Que suis-je ?

Mes yeux naviguent dans la pièce, puis se figent sur Sixtine, bouche bée. Son mec aux cheveux peroxydés m'observe comme si j'étais un putain d'animal de foire. C'est quoi, son problème ? C'est quoi, le…

Non, non, non, non ! Ce sont des canines que je sens dans ma bouche. Mon estomac se tord, ma faim s'amplifie. Mon regard se reporte sur le corps de celle que j'ai éjectée à l'autre bout de la pièce.

Ça palpite. Ça m'excite. Mes canines s'allongent encore.

Je hurle. À m'en faire éclater les poumons.

— Neeve, tu dois manger, déclare Sixtine.

Je me tourne vers elle. Sixt... Elle est pâle, magnifique, implacable. Puis je me souviens... C'est un cauchemar. Vampire, elle est vampire et... je suis aussi une vampire, c'est ça ?

Comment... Comment est-ce arrivé ?

Mes pensées s'entrechoquent. Mes émotions me submergent. Des images défilent sous mon crâne. Des anciennes. Des récentes. Sixtine qui m'emmène sous la douche. Qui me lave. De la terre et du sang se mêlent à l'eau qui s'écoule dans le siphon. Mon regard apathique qui observe le phénomène. Ma conscience qui s'égare. Puis les souvenirs...

Un bûcher. Deux loups condamnés pour avoir voulu me sauver. Les flammes. La douleur. Lennox. Puis plus rien. PLUS RIEN !

Mes yeux ahuris reviennent au mec tatoué, puis je distingue une petite blonde à l'allure de première de la classe derrière lui. Elle pouffe de rire. Quand mon regard se pose à nouveau sur Sixtine, je refoule mes horribles réflexions et me lève. Trop vite. Ma coordination n'est plus la même et je marque un moment de surprise.

— Tu m'as fait quoi, bordel ! lâché-je.

L'effroi me saisit. J'effleure ma peau de mes doigts. Bah, tu m'étonnes que je sois glacée. Je suis une putain de vampire !

— Je t'ai sauvée.

— Sauvée ? T'appelles ça « sauvée » ? Qu'est-ce qui va pas, chez toi ?

— Tout doux, Roussette, me balance le blondinet.

Je le reconnais. C'est lui qui était dans la clairière lors des pourparlers de paix avec les loups et qui matait Sixt en se léchant les babines... Une expression adaptée si j'en crois la transformation radicale de ma meilleure copine... Et les autres ?

Perry, Tyler... Que sont-ils devenus ? Lennox ?

— Que s'est-il passé ? demandé-je à Sixt qui semble hallucinée.

J'ai tellement faim. Instinctivement, mon visage s'oriente vers la fille. Vers cette alléchante jugulaire. Peut-être que...

— Les loups ne sont pas morts, et Lennox, il est... Enfin, on peut dire qu'il a trouvé de nouveaux potes poilus.

— Des potes ? répété-je, ahurie par ce ton cinglant que je ne lui connais pas.

— Ta copine Elinor l'a enlevé, explique Blondinet. Il ne fait pas un pli que l'Amnistral de Caroline du Nord est désormais un cabot.

Quoi ? Mais... *quoi ?*

Sixtine m'observe, incrédule.

— Et toi... tu... bafouillé-je, sous le choc, tu m'as... transformée. Eli ne pouvait pas...

— Je ne t'aurais jamais laissée entre les mains de cette engeance puante !

Et c'est là que je vrille. Je me rue sur Sixtine, l'emportant dans ma chute et l'écrasant de tout mon poids.

— Pourquoi tu m'as fait ça ?

— Je t'ai sauvée ! crie-t-elle.

J'enserre son cou avec force, mais elle réagit à peine. Évidemment, elle ne respire pas.

— La faim te tenaille, Neeve. Il te faut du sang ! T'iras

mieux, après ça. Enfin, il te faudra sans doute beaucoup plus qu'une humaine, mais...

Du sang...

Je saute avec agilité et me réceptionne sur mes pieds près de l'humaine en question. Wow, c'était classe, mais un peu flippant tout de même ! Je considère ma potentielle première victime. Ses veines palpitent et me rendent hystérique. Mon ouïe me laisse percevoir ses pulsations cardiaques et... j'en entends d'autres. Très faibles, très... Mon cœur... mon cœur bat encore ! Bordel, mais je suis quoi ?

— Drake, mon chéri, lance Sixtine. Aide-la, s'il te plaît.

Drake le peroxydé au regard de givre s'approche plus vite que l'éclair et cramponne l'humaine par les cheveux. Il place sa gorge à quelques centimètres de ma bouche.

— Bois !

Mes yeux voyagent entre la femme et ce mec hyper bizarre. Le sang m'appelle et je me focalise sur la jugulaire. Mes lèvres s'entrouvrent. J'ai faim, j'ai si faim ! Mes canines s'allongent de nouveau. Je m'apprête à mordre, mais au dernier moment, et comme un peu plus tôt, une envie de vomir me saisit. Je recule, effrayée. Ma poitrine me fait souffrir. Mon ventre me torture. Ma tête va exploser. La soif me consume, mon corps hurle son désir de se nourrir et crie en même temps son aversion viscérale pour ce dont il a besoin. C'est insupportable. *Le sang... La soif... Mordre...*

JE.NE.PEUX.PAS.

Je me tourne vers Sixtine.

— Je ne boirai pas de sang, bordel ! Je n'en ai jamais

avalé et même si je suis une putain de vampire, je n'y goûterai pas. T'as craqué ou quoi ?

— Elle déconne, c'est ça ? commente Drake, éberlué.

— Enfin, Neeve, me dit Sixtine. Tu n'as pas le choix !

— Tu ne m'as pas laissé le choix ! Nuance !

— T'aurais préféré crever, c'est ça ?

— Ouais, bordel ! À quelle heure t'as cru que j'allais me réjouir de devenir... ça !

Ses sourcils se froncent. La petite blonde explose de rire derrière moi. Au moins une que ça fait marrer. Parce que ouais, tout ça n'est qu'une bonne grosse blague. Une putain de blague de mauvais goût.

— Drake, l'interpelle encore Sixtine, peut-être que le sang des animaux pourrait...

— Mais t'as pas compris ! craché-je. Je ne veux pas de sang !

Mais dès que j'évoque l'hémoglobine, mon ventre me fait de nouveau horriblement souffrir. J'ai soif... soif... tellement soif ! Mon intention se reporte sur la fille. Je lutte, mais... NON !

Je fonce tête baissée dans un mur. Mon crâne le percute avec violence.

Une fois.

Deux fois.

Trois fois.

— Mais arrête ! hurle Sixtine dans mon dos.

Je recommence. Que je m'évanouisse. Que je meure. J'ai si soif...

— Drake, Nancy, aidez-moi !

Ma meilleure amie vampire pose une main sur mon épaule pour me retenir. Mon bras se tend et je la propulse en arrière. Et je continue... encore et encore. Un trou se forme dans le plâtre. J'ai mal à la tête, mais je ne saurais dire si c'est parce que je la cogne contre le mur ou si c'est dû à ce qui me tombe dessus.

Pourquoi on ne m'a pas laissée crever ! Au moins, Lennox est entouré par des créatures vivantes, lui. Des créatures au sang chaud, des créatures dont le cœur bat. Car si le mien semble encore se manifester timidement, je n'ai aucun doute sur le fait que je suis foutue.

On me tire en arrière. Mes hurlements s'amplifient. Je me débats. Je les insulte. Je les honnis !

— Que peut-on faire ? demande Sixtine à Drake qui m'a saisi les jambes.

— À part l'enfermer, je ne vois pas. Elle doit s'abreuver ou elle va devenir timbrée !

— C'est pas pour dire, remarque la blonde, mais elle a l'air déjà cinglée, ta copine, Sixt !

Mes cris m'empêchent d'entendre le reste de leur discussion.

Car je ne veux plus rien entendre.

Je ne veux plus rien.

Ou presque.

Je veux mourir et ne plus jamais me réveiller.

Un cachot dans les souterrains. Je me fais la réflexion que les sorciers, les loups et les vampires ont au moins ça en commun. Le sens de l'hospitalité. Je les ai toutes fréquentées, leurs putains de prisons. Question accueil, la palme revient aux loups, finalement. On m'a tirée des geôles de la Wiccard pour ensuite me faire griller. On m'a emmenée ici pour me forcer à me calmer. Les liens qui me retiennent semblent avoir été forgés dans un acier indestructible.

Au moins, j'avais Tyler et Perry, chez les loups. Alors ouais, ils ont été un peu lourds au début, mais...

Je n'ai même plus mes pouvoirs pour me libérer. Le coven me les a arrachés avant le procès pour les enfermer dans une boîte. Ce simulacre de procès...

Je sens des perles humides dévaler mes tempes quand je pense à mes anciens amants. Puis soudain, je me cabre. J'ai mal, si mal... mon ventre me fait tant souffrir. Ma gorge se serre et je m'étrangle, la faim qui m'étreint est une telle torture. Tout est si confus.

J'ai l'impression que mes souvenirs s'estompent. Je me raccroche à l'image de mes parents et de mon frère Mark pour ne pas sombrer dans les abîmes du désespoir. Puis je me remémore Lennox. Je le vois se jeter dans les flammes... et mes larmes me submergent.

Parce que ça y est. Je prends la pleine mesure de ce qu'il m'arrive et je craque. Des gouttes silencieuses continuent de dévaler mes joues quand je me souviens de ce que j'ai perdu. De ce que je suis devenue.

Je ne les reverrai jamais.

Ils ne voudront plus jamais de moi.

— Neeve ?

C'est la voix de Sixtine. Elle, je ne désire plus lui parler. Ni la revoir.

— Je sais que... commence-t-elle. Écoute, je... C'était insupportable de te laisser, je n'ai pas pu, j'ai cru que...

— T'as mal cru, rétorqué-je froidement. Tu as fait de moi un monstre. Je te déteste.

Mes larmes ne se tarissent pas. Bien au contraire. Je ne pensais pas que les vampires pouvaient éprouver des émotions aussi fortes. Elles me ravagent. Me brisent en mille morceaux. Est-ce parce que je n'ai pas mordu de chair ni bu de sang ? Possible… La soif resurgit, plus dévastatrice encore, et je crie.

— Je suis navrée, s'écrie Sixtine. Neeve, je suis vraiment désolée. Quand j'ai su que tu étais là-bas, je n'ai eu qu'une obsession : te sauver. Je pensais que tu serais heureuse d'être avec moi…

Je clos les paupières, tentant de contrôler la souffrance qui m'arrache les tripes. La peine qui m'oppresse. La torpeur qui m'envahit.

— Tu ne voulais surtout plus être seule, ici, avec eux, asséné-je.

Elle ne dit rien. Car nous savons toutes les deux que je dis la vérité.

— Je vais t'aider, Neeve.

— Plante-moi un pieu dans le cœur, et qu'on n'en parle plus. De toute façon, je vais crever si je ne bois pas de sang, alors…

— Neeve !

— Va-t'en, Sixt.

Un silence. Le néant. Puis mes hurlements.

CHAPITRE 8

KARL

Du bout des doigts, je pianote sur mon bureau. En face de moi, le fameux Lennox Hawk. Abattu, hagard, désespéré. Et la bonne santé que lui confère sa nouvelle nature de loup n'y change rien, manifestement.

J'avoue, c'est une première pour moi. La dernière personne que j'ai transformée, c'est Eli. Ma compagne, ma liée, après qu'elle est venue me trouver pour me déclarer sa flamme. Elle était volontaire, et bien plus encore.

Les circonstances voluptueuses de cet acte me reviennent en mémoire, et je peine à ne pas m'y abandonner. D'ailleurs, l'homme en face de moi a relevé le regard et me toise d'un air soupçonneux. Eh oui, difficile de garder certaines choses secrètes, entre loups.

Je repense alors à la période de paix relative, comme un souffle suspendu, qui a suivi l'arrivée d'Eli... Avant la mort de Robin, la transformation de Sixtine, et avant ce putain de procès... Le bonheur simple de notre lien, nos étreintes passionnées et l'évidence d'une vie ensemble. Retrouverons-nous tout cela ? Oui, il le faut. Ma détermination resurgit du fond de mes entrailles. Pour ma meute, pour Eli et pour notre enfant à naître, nous sortirons victorieux de la période troublée qui s'annonce.

Mais au lieu de se réjouir ou, pire, de rester indifférent face à mes réminiscences et à la force qui m'anime soudain, Lennox se rembrunit un peu plus, si tant est que cela soit possible. Un sacré boute-en-train...

Je me laisse aller contre le dossier de mon fauteuil. Je ne peux en vouloir à cet homme de réagir ainsi. Sa vie, ses convictions, son avenir, tout ce en quoi il croyait vient d'être chamboulé, et ce de façon définitive.

À l'inverse d'Elinor, il n'a pas choisi sa transformation. On ne lui a pas demandé son avis. Et si je me mets deux minutes à sa place... Que l'on me propose demain de troquer ma nature lupine contre des pouvoirs magiques, ma réponse serait immédiate et sans appel : plutôt crever.

— Lennox... commencé-je en me raclant la gorge.

Mais je m'interromps. Mon nouveau loup me fixe de son regard furieux. La rage qui y brûle me glace. Bon, je sens que je vais sortir les rames. Mais cette situation est de ma responsabilité.

— C'est moi qui t'ai transformé, lui balancé-je, décidant qu'il est temps de cesser de tergiverser.

Après tout, je n'ai pas affaire à n'importe qui. J'ai en face de moi l'Amnistral de Caroline du Nord, le très distingué directeur de la Wiccard. Un homme de pouvoir doublé d'un érudit et, selon les dires d'Eli, capable de se téléporter.

— Tu n'aurais pas dû.

Je dissimule un sourire. Jamais l'Amnistral ne m'aurait tutoyé auparavant. Qu'il y vienne de lui-même prouve que de profonds changements sont à l'œuvre dans son esprit. Sa nature se modifie, qu'il le veuille ou non.

— Peut-être. Je ne sais pas. Mais une chose est sûre. Il était hors de question que je te laisse mourir.

— Pourquoi ?

— Parce que je ne me réjouis de la mort de personne. Enfin… sauf de ces enfoirés de suceurs de sang. Ce que tu n'es pas.

Je vois son visage se fermer, ses lèvres se tordre en une vilaine grimace. Lui n'est pas un suceur de sang, mais Neeve, à présent…

— Mon altruisme n'est pas seul en cause, je ne te le cache pas. Tu es quelqu'un de puissant. Quelqu'un de fiable, j'en suis certain. Nous aurons besoin de toi pour ce qui s'annonce.

— Tout ça n'a plus d'importance.

— Ah oui ?

Encore ce regard presque haineux. C'est qu'il pourrait me bouffer tout cru, le louveteau.

— Ne veux-tu donc pas tenter de sauver ton amour ? Ne veux-tu pas te venger ? Ne veux-tu pas participer à l'hallali ? La liste des choses qui nous attendent est longue, et tout ceci promet d'être… exaltant.

Et dangereux.

La fureur dans ses prunelles sombres vacille. Est-ce de l'envie que j'y découvre à présent ? Nous sommes tous les mêmes, sorciers, loups, vampires, humains. L'amour et la vengeance sont des moteurs puissants. Peut-être même les seuls valables.

— Sache que je serai à tes côtés, Lennox. Je m'assurerai de ton intégration au sein de ma meute, mais aussi de ta sécurité. Il est hors de question que les sorciers viennent te priver de tes pouvoirs, de ta force. Mais... il y a une contrepartie.

Je le vois bien, il brûle de me demander laquelle.

— J'exige ta loyauté.

Lennox baisse enfin les yeux, se triture les mains qu'il a posées sur ses genoux. Il hésite, il ne veut pas s'engager. Il n'a pas encore compris qu'il est déjà trop tard et qu'il n'y a pas de retour en arrière possible.

Je patiente. Je ne suis pas pressé. Je sais qu'Eli est partie se calmer dans la cuisine de Popeye. Autant lui laisser du temps, à elle aussi.

Enfin, au bout de longues minutes de silence, Lennox relève la tête.

— Il y a une contrepartie à ta contrepartie.

Je soupire. Je n'avais pas franchement prévu de négocier...

— Je veux qu'on aille chercher Neeve.

Évidemment. Eli m'a demandé la même chose un milliard de fois depuis le drame. Ma réponse a toujours été la même, et elle risque de décevoir cet homme éploré, brisé.

— Je ne peux pas me permettre de mettre la vie de mes loups en danger, Lennox. Et ça inclut la tienne. Nous avons déjà eu de la chance de nous en tirer si bien devant le bûcher. Et encore, grâce aux forces réunies des familles Moon, Forest et Shadow.

— Si bien ? T'appelles ça « si bien » ? Sixtine a enlevé Neeve, me voilà transformé en loup, et les communautés magiques sont sens dessus dessous ? Et toi, tu dis que ça ne s'est pas si mal passé que ça ? Tu plaisantes, j'espère ?

La colère de Lennox me heurte de plein fouet, mais je secoue la tête avec lenteur. Je dois garder à l'esprit que nos visions des événements diffèrent, même si nos objectifs peuvent – doivent – se rejoindre.

— Peu importe. Je ne peux pas courir ce risque, dis-je plus fermement, me fichant de lui couper la parole. Plus tard, peut-être.

Il faut qu'il comprenne que dans une meute, le collectif est tout aussi déterminant, voire plus, que l'individu.

— Plus tard ? s'étrangle Lennox. Mais plus tard… Ça ne rime à rien ! Si nous attendons, nous ne pourrons pas la sauver, et…

Je fige mon regard dans le sien, baigné de larmes. Je ne veux pas user de mon pouvoir d'Alpha sur lui. Je désire obtenir son adhésion, pas le voir sombrer. Je souhaite qu'on se comprenne, entre loups. Qu'on apprenne à se respecter.

Surtout que…

— Tu es un Bêta, Lennox.

— Mais… que… Je ne saisis pas.

Je secoue la tête, écarte les mains.

— J'en suis sûr. J'ai suffisamment d'expérience, à présent, pour m'en apercevoir. Tu t'es réveillé bêta. Et tu vas devoir…

On toque à la porte. J'adresse un regard entendu à Lennox.

— Entrez.

Le battant s'entrouvre, et ma tornade blonde fait irruption dans la pièce. Elle semble plus calme, mais ses paupières sont gonflées et son nez tout rouge.

— Que fais-tu là, Eli ?

Elle sursaute, ses joues s'empourprent sous l'effet de la colère. J'essaie de rester imperturbable, mais je commence à me demander si ces deux-là ne vont pas m'avoir à l'usure.

— Lennox a dit que, peut-être, Neeve... Je veux qu'on aille la chercher.

Merde... mais ils se sont passé le mot, c'est pas possible.

Exaspéré, je me lève pour faire les cent pas dans la pièce. Je m'arrête un instant devant l'immense baie vitrée qui s'ouvre dans la falaise.

— Vous vous rendez compte de ce que vous me demandez ? soufflé-je d'une voix rauque. À l'heure qu'il est, la transformation de Neeve est probablement complète. Nous rendre à la Fang House relève de la mission suicide, les risques pour la meute sont bien trop importants.

Un profond silence me répond. Respirent-ils encore, suspendus qu'ils sont à mon verdict ? Et puis je réalise. Je comprends. Il n'existe qu'un seul et unique moyen d'unir ces êtres sur le point de se déchirer à jamais.

Mais... c'est une décision qui peut s'avérer lourde de conséquences. *Pas question.*

— Vous pensez que c'est si simple que ça ? Vous pensez que je peux vous laisser vous sacrifier ?

Je me retourne soudain et les toise avec lassitude.

— Savez-vous, tous les deux, qui a orchestré mon combat contre Lormont ?

Lennox et Eli secouent la tête.

— Non, évidemment. Et qui a témoigné contre Neeve ?

Toujours le silence. Mais moi, je sais ce qu'il en est. Les rumeurs qui ont circulé à la suite du procès sont aujourd'hui des certitudes. J'ai été trahi par l'un de mes lieutenants les plus loyaux. Jamais je n'aurais pensé cela possible, mais il faut croire que la mort de sa liée, Macha, lors de l'attaque des sorciers sur Eli, Neeve et Sixtine l'a définitivement transformé. Au point qu'il en arrive à commettre la pire des félonies.

Où est-il, putain ?

— Jake, craché-je. Jake, mon Bêta. Celui qui m'accompagnait depuis mon accession à cette fonction. Lennox, imagines-tu vraiment que je puisse me passer de toi, alors que ta nature ne fait aucun doute à mes yeux ? Et toi, ma douce, toi, ma liée, comment peux-tu concevoir que je puisse prendre le moindre risque te concernant, d'autant plus maintenant que…

Ma voix s'étrangle. Déjà que je ne me remets pas du danger qu'elle a encouru en tentant de sauver Neeve, Perry, Tyler et Lennox… Si elle disparaît, avec mon enfant à naître…

Les deux hybrides, mi-sorciers, mi-loups, ne disent rien. Ils semblent figés dans une entente que rien ne peut altérer. Non, une seule chose peut les soulager de leurs tourments, mais je ne suis pas prêt à la leur accorder… Pas encore… Même si…

Les pertes que nous avons subies, les morts que nous pleurons me reviennent à l'esprit. Quand ce carnage cessera-t-il ? Quand pourrons-nous goûter à la paix que nous méritons ?

— Je ne peux me résoudre à accéder à votre demande. Mais je peux vous promettre une chose, scandé-je d'une voix forte. Leur sang. Leurs larmes. Leur désespoir. Nous défierons nos ennemis, tous nos ennemis. Pas un ne s'en sortira. Pas un ne risquera de resurgir des ombres quand nous nous y attendrons le moins. On ne se mélange pas ? Trop tard ! On ne trahit pas ? Nous connaissons déjà le goût de la perfidie, et il est amer. On ne se montre pas ? Rien à foutre. C'est fini, tout ça. Nous vengerons ceux que nous aimions et qui nous manqueront à jamais. Neeve comprise.

Je reprends mon souffle. Eli se précipite vers moi, et je lui ouvre mes bras. Mais Lennox reste immobile. Je ne vois briller dans son regard que la force de son entêtement inébranlable.

Alors que le moment s'éternise, on vient encore toquer à la porte de mon bureau.

— Entrez, grondé-je.

Angus s'avance. Nous observe tous les trois, hésitant.

— Je... Désolé de te déranger, Karl, mais c'est important.

Il repousse une mèche un peu longue de ses cheveux blonds, et je vois flamboyer ses yeux noirs. Quelque chose le trouble.

— Parle, Angus. Ne crains rien.

— Les parents d'Eli sont devant la tanière, ainsi que ceux de Neeve. Son frère est aussi présent. Qu'est-ce que je fais ?

De surprise, Eli se raidit. Je l'écarte de moi, la regarde pour guetter son assentiment. Est-elle prête à retrouver les siens dans ces circonstances tragiques ? Elle me fait signe que oui, mais j'aperçois son souffle court et ses lèvres blêmes.

Angus ne bouge toujours pas. D'un geste, je l'autorise à me confier ce qu'il a encore sur le cœur.

— Karl... La meute s'agite. Ils sont inquiets de voir tant de sorciers devant la caverne.

Je ferme les yeux, me concentre sur mes perceptions. Oui, Angus a raison. Je sens la nervosité de mes loups. Mais je dois pourtant entendre ce que les familles Moon et Forest ont à dire.

— Je comprends. Prends plusieurs loups de confiance pour les faire escorter. Nous n'avons pas d'autre choix que de nous adapter, et il est temps que les choses changent.

Angus incline la tête. Je n'ai pas son entière adhésion, mais il s'acquittera de sa mission.

Je garde Eli contre moi tandis que tout ce petit monde investit mon espace privé, comme pour la protéger de tous les malheurs qui pourraient lui arriver.

En file indienne, Josephine et Derreck Forest, suivis de leur fils Mark, apparaissent. Aujourd'hui, je ne conçois nulle jalousie pour l'aîné de la famille Forest, dont les regards appuyés sur ma liée lors de notre première rencontre m'avaient quelque peu agacé. Non, je ne ressens qu'une profonde pitié. Je constate néanmoins avec surprise que Sybil l'accompagne et le soutient. Mais je n'ai pas le temps de m'appesantir sur cette vision, car les parents d'Eli entrent à leur tour.

Ma liée s'échappe de mon étreinte pour s'envoler vers Remus et Agatha Moon. Des sanglots déchirants les secouent, et ils s'accrochent les uns aux autres comme si leur vie en dépendait. Et c'est peut-être bien le cas... Les mots qu'ils se murmurent, je les entends à peine, mais je les imagine si bien. Je sais qu'Eli ne regrette en rien sa décision de vivre à mes côtés. Pourtant, à cause de ces putains de lois archaïques et des charges qui pesaient contre elle, elle a souffert de ne plus voir les siens. J'aimerais tant pouvoir lui laisser le loisir de profiter de la douceur de cet instant. Malheureusement, cela ne sera pas possible.

Toujours immobile, Lennox a baissé la tête, je n'ose imaginer la tempête d'émotions qui doit à présent le ravager. Mais Josephine s'approche de lui et pose une main délicate sur son bras, cherchant son regard. Son sourire baigné de larmes exprime une telle tendresse, une telle compassion que mon cœur de loup se serre de chagrin pour mon nouveau Bêta. Je refuse de concevoir une vie sans Eli. Alors… pourra-t-il seulement se reconstruire ?

Au bout de longues minutes et après quelques mots échangés avec Angus, je prends une décision que je n'aurais jamais envisagée quelques jours plus tôt.

Et effectivement, je ne peux que me féliciter de cette décision d'entraîner tout ce petit monde dans les profondeurs de la tanière, en direction de notre cuisine chaleureuse. Certes, ma meute est quelque peu tendue, et certains regards en disent long sur les traumatismes subis récemment. Mais globalement, mes loups ont compris que nous affrontions une menace inédite, et qu'il faudra donc prendre des mesures audacieuses pour accomplir notre vengeance et gagner la guerre qui s'annonce. Ouvrir nos portes et nos cœurs en est peut-être une.

Alors que Popeye nous sert quelques boissons fortes – sauf pour Elinor, évidemment, qui a droit à l'exceptionnel chocolat chaud de notre cuisinier, sous l'œil stupéfait de sa mère –, les langues se délient. C'est apparemment Josephine Forest qui assume le rôle de porte-parole. Cette femme me plaît, sa probité ne fait aucun doute.

— Nous voulons… hésite-t-elle. Nous voulons nous venger. Venger Neeve. Et tous ceux qui ont subi le courroux de ces traîtres.

Je souris avec douceur, dévoilant à peine mes canines un peu trop longues.

— Alors, nous sommes sur la même longueur d'onde.

— Mais… intervient Remus Moon. C'est que…

Sa voix est frêle, presque brisée. Eli m'a dit que son père était le Witchcraft de sa communauté, mais je ne vois qu'un homme trop gras, voûté, fatigué et usé.

— Après ce qu'il s'est passé… Après ce bûcher qui nous rappelle à tous des heures bien sombres de notre histoire, les nôtres ont peur. Même si certains ont vu clair dans le jeu de lord Raven, ils seront peu nombreux à prendre position contre lui. Je peux les comprendre, mais… Bon sang, il a introduit des Noctombes parmi nous ! complète la mère d'Eli d'une voix douce mais ferme.

— Nous n'avons même pas de nouvelles des parents de Sixtine. Le manoir semble vide, soupire Derreck Forest. Mais notre décision est prise. Nous ne nous laisserons pas faire, et nous agirons de concert avec vous, si vous nous acceptez comme alliés.

— Oui, nous sommes décidés à affronter Raven et sa clique... De toute façon, nous sommes déjà allés trop loin, renchérit Josephine. Serez-vous avec nous ?

À ses côtés, son fils Mark serre et desserre les poings. Je reste un instant silencieux, pensif. Tout ceci pourrait bien tourner à notre avantage. Et... oui, j'entrevois de nouvelles solutions.

— Lennox ? dis-je.

Tout entier à son chagrin, ce dernier sursaute et me fixe d'un air hagard.

— Tu peux leur expliquer ta théorie sur la transformation de Neeve, s'il te plaît ?

— Ce n'est pas une théorie, c'est écrit dans nos ouvrages. Si un loup alpha transforme un vampire nouveau-né avant qu'il s'abreuve de sang, il inverse le processus et agrandit sa meute d'un nouveau membre. Ça s'est déjà produit avec des humains. Il n'y a aucune raison que cela ne s'applique pas à Neeve.

Une lueur d'espoir vacille au fond de ses prunelles obscures. Le silence qui s'étire entre nous est lourd de sous-entendus. Seul Popeye le rompt en reniflant bruyamment. La possibilité de sauver Neeve a dû l'ébranler aussi.

— Alors... murmure Josephine, les yeux brillants.

Je fais oui de la tête.

— Il y a encore une chance de la ramener, annoncé-je. Puisque nous avons cinq sorciers de notre côté, les risques sont acceptables. Nous nous en occuperons dès cette nuit.

À ces mots, Mark Forest éclate en sanglots et s'effondre dans les bras de Sybil.

CHAPITRE 9

SIXTINE

*A*lors, c'est ça que Neeve pense de moi ? Que je craignais tant ma solitude que je l'ai transformée en monstre ? Juste pour moi, sans me soucier des conséquences que cette évolution aurait sur elle... Est-ce vraiment ce que j'ai fait ? Elle a peut-être raison, après tout...

Portée par mes doutes et ma culpabilité, mes pas me font traverser les couloirs glacés jusqu'au grand salon, bondé en cette fin de nuit. Lorsque je pénètre dans la pièce, les discussions se font moins vives, les regards plus insistants, sans pour autant se montrer irrévérencieux. Dans leur grande majorité, ceux qui se trouvent dans cette pièce voient en moi leur sauveuse, tandis que je ne ressens qu'un profond malaise. Ils admirent ma différence quand elle me rend désespérément seule. Vu le spleen qui m'étreint, je n'apprécie même plus la démesure et le luxe de cette baraque. À la Fang House ou ailleurs, c'est pareil. Neeve m'en veut. Ma meilleure amie me déteste. Et préfère mourir plutôt que de demeurer à mes côtés, putain !

Je me laisse tomber sur une banquette libre. Je me sens si mal… Quelques larmes de sang s'échappent de mes yeux. Je les essuie mollement et flingue ainsi les manches de ma nouvelle tenue. *Encore…*
À quoi me sert-il de faire bonne figure si je n'ai plus personne avec qui partager mes victoires ? Moi qui croyais que Neeve serait mon alliée, me voilà plus isolée que jamais. Seule. Désespérément seule. Et animée par une tristesse pathétique. Ça faisait bien longtemps que je n'avais éprouvé un tel sentiment. Si longtemps que je suis incapable de me souvenir précisément de la dernière fois.

Persuadée que Neeve se réjouirait de partager cette vie avec moi, je n'ai pas envisagé une seconde que cela puisse ne pas être le cas. Qu'est-ce qui la révulse à ce point, si on exclut cette nécessité de s'abreuver au cou des mortels, bien entendu ? Est-ce si grave d'être un vampire ? Je reste convaincue que j'ai fait le meilleur choix possible. Sans mon intervention, elle se serait consumée jusqu'à la moelle et ne serait plus là à présent pour protester contre quoi que ce soit.

Négligemment assise sur une banquette face à la mienne, Nancy m'observe. Elle a dû me suivre pour veiller à ce que je ne fasse rien de stupide. À moins qu'elle ne se soucie vraiment de cette peine qui m'affecte et m'enserre le cœur.

Autour de nous, les servantes s'affairent à refermer un à un les volets avant que le jour ne se lève. Il faut bien préserver mes congénères. Comment est-ce possible que personne n'ait eu l'idée de faire installer des volets électriques centralisés ? Avec la centaine de fenêtres dont dispose cette bâtisse, nous gagnerions un temps considérable...

— C'est l'heure, commenté-je, autoritaire. Allez tous vous coucher !

Sans un mot, les vampires présents obtempèrent et quittent le grand salon. À l'exception de Drake et de Nancy qui me fixent avec intérêt.

— Que se passe-t-il, ma colombe ?

— Neeve...

— Elle est chamboulée par sa mutation, mais elle s'y fera, n'aie crainte, tente-t-il de me rassurer.

— Elle m'en veut, tu sais. Elle est végétarienne...

— Encore une lubie insensée ! Je n'ai jamais rien vu de tel ! lâche-t-il d'un ton excédé. Elle doit boire. Sinon, elle deviendra cinglée. Si elle se montre enfin raisonnable, tout rentrera dans l'ordre.

— On ne va quand même pas la forcer !

Drake se rapproche et me serre contre lui avec une tendresse que je ne lui connais pas. Cette étreinte n'a rien de sauvage ni d'impérieux, et un instant, j'ai l'impression qu'il saisit mon dilemme.

— Et pourquoi pas ?

Je me plonge dans son regard. Qu'est-ce qui lui échappe, là ? Moi qui pensais qu'il me comprenait...

— Elle est mon amie...

Que sait-il de ce lien qui nous unit ? À part cette mascarade de loyauté et de complots de cour, se souvient-il de ce qu'éprouvent les gens ? L'amitié et l'amour sont-ils des sentiments qu'il a encore la capacité de ressentir ? L'a-t-il jamais pu ? Je n'ai aucune idée de l'homme qu'il a pu être, avant d'être transformé. Pourquoi ne l'ai-je donc jamais interrogé à ce sujet ? C'est plutôt dans ma nature de chercher des réponses. Mais Drake... Il est différent. Et il m'aime, de cela je suis certaine. C'est sans doute le seul en ce monde, alors à quoi me servirait-il de raviver le passé ? Je n'ai que lui, peu importe ce qu'il a été. Ce qu'il suggère, en revanche, est inenvisageable. J'ai déjà abusé en contraignant mon amie à devenir l'une des nôtres sans son consentement, je ne m'abaisserai pas à la nourrir de force.

Neeve... Elle m'en veut...
Entre mes côtes ne subsiste que le néant. Et la douleur de la perdre à nouveau. Je ne l'avais plus revue depuis ma transformation. La dernière fois, nous étions toutes les deux des sorcières, colocataires plus ou moins épanouies, de loft en geôle. Nous nous aimions alors encore comme des sœurs.

Et puis, il y a eu cette nuit-là.

Robin...
Une larme dévale ma joue. C'est cette fois avec rage que je l'essuie.

Drake pose une main possessive sur mon épaule. Je la rejette avec violence. Tout ça, c'est à cause...

— Sixt ! J'ai pensé à un truc ! Je ne sais pas si c'est possible, mais...

La voix fluette et enjouée de Nancy me sort de mes réflexions lugubres.

— T'es une sorcière, pas vrai ?

J'acquiesce sans comprendre. La question est idiote, il faut dire.

— Tu connais *True Blood* ?

Je la regarde, circonspecte. Elle désire sérieusement

discuter d'une série dont j'ai à peine vu deux épisodes avant de me replonger dans le boulot ?
— Qu'est-ce que tu racontes, Nancy ? intervient Drake dont les doutes se devinent à ses sourcils arqués.
— Laisse-moi finir, rabat-joie ! le rabroue la poupée blonde avant de reporter son attention sur moi. Tu te souviens, dans la série, certains vampires consommaient du sang artificiel. Tu pourrais en fabriquer pour Neeve. Avec tes pouvoirs, tu peux tout faire, non ?

Je tiens mes dons des ombres, alors non, je ne peux pas tout faire, même si…

Drake ricane, pas du tout convaincu par l'alternative proposée par sa nièce. Il n'a pas tort. Je veux tellement trouver une issue favorable pour Neeve que je suis prête à acquiescer à la moindre suggestion… C'est ridicule.

— Sérieux, Nancy ? Du sang de synthèse ? raille-t-il entre deux éclats de rire. On aura tout entendu !

Il se laisse aller à un rire gras et écœurant. C'est bon, on a compris qu'il n'adhérait pas au concept !

— Tu ne crois pas que si ce genre de truc débile était possible, ça existerait depuis longtemps ? insiste-t-il.

Qu'est-ce qu'il est lourd, putain !

C'est sûr que si la moindre innovation est accueillie de cette manière, ce n'est guère encourageant ! Qui sait, l'idée de Nancy n'est peut-être pas aussi fantaisiste qu'elle en a l'air… Si je parviens à créer du sang de synthèse grâce à ma magie, peut-être que Neeve acceptera enfin de se nourrir et retrouvera ses esprits ! Un élan d'espoir me saisit en imaginant l'avenir qu'elle et moi partagerions pour l'éternité.

— T'es la meilleure, Nancy !

Je serre la jolie blonde dans mes bras malgré les protestations de Drake qui ne semble pas avoir compris qu'il n'existe aucune autre option envisageable.

— C'est une hérésie, enfin ! s'exclame-t-il en retrouvant soudain tout son sérieux. Elle est une vampire, à présent, elle *doit* boire du sang ! Il n'y a aucun débat là-dessus, c'est la tradition !

Il commence à me gonfler, avec ses règles à la con ! Il peut toujours prétendre qu'il est pour le changement et la nouveauté !

— La quoi ? déclaré-je, froidement. Venant de celui qui a passé les derniers siècles à détourner le moindre argument d'autorité, ça a quelque chose de comique. Et puis, je débarque, alors ta tradition, tu peux bien en faire ce que tu veux ! J'ai bien vaincu le jour, pourquoi donc ne pas élargir nos options culinaires ?

Il semble surpris par ma réaction, mais ne répond pas. Il a enfin compris qui était la boss, ici. Et manifestement, ce n'est pas lui.

— Nancy, va me chercher toutes les poches vides que tu pourras trouver dans la Fang House.

— À vos ordres, Votre Majesté, obéit-elle en se fendant d'une révérence exagérée qui fait naître un sourire de satisfaction sur mes lèvres.

— Drake, aide-moi à pousser les meubles.

— Pour ? boude-t-il.

Laisse tomber, je n'ai pas besoin de toi !

Impatiente de m'atteler à la tâche, d'autant que les cris de Neeve – toujours emprisonnée au sous-sol – s'amplifient, j'esquisse une ellipse du bras. Suivant mon geste, les meubles s'écartent, comme soulevés par une tempête, et se fracassent contre les murs ou s'y encastrent.

— Je n'ai rien contre renouveler la déco, mais…

Je le coupe. Le temps nous manque, Neeve souffre le martyre, ça urge !

Du bout des doigts, je trace un pentagramme sur le sol. À mesure que je parcours les lattes centenaires, le dessin apparaît en une nuance plus foncée.

— Et le feu de camp dans le salon, est-ce essentiel ? m'interroge-t-il, dubitatif.

— Mortel, s'extasie Nancy en nous rejoignant, les bras chargés de poches translucides.

Je la remercie d'un sourire et achève de faire taire Drake. L'heure du renouveau arrive, et il sera grandiose !

— Ça fait plus authentique. C'est qui, la sorcière, ici ?

Je vois bien que non seulement il n'est pas convaincu, mais qu'en plus, mes espoirs d'aider mon amie le contrarient. Qu'est-ce qui le dérange, à la fin ? Je ne parviens pas à le cerner.

J'achève les préparatifs de base et entame une incantation. Je n'ai jamais été la championne des formules, il n'y a qu'à voir comment Drake m'a approchée la première fois : ce putain de taxi n'est jamais venu me chercher malgré mes tentatives pitoyables. Avec deux grammes dans le sang, ce n'était peut-être pas super clair… Mais cette fois, c'est différent : je ne peux pas rater cette occasion de sauver Neeve !

« Par les ombres, aidez-moi,
Sauver Neeve, il faudra. »

Il ne se passe rien. Ce n'est certainement pas la bonne tournure. Pas assez travaillé. Il faut continuer. J'enchaîne les phrases alambiquées et autres vers peu convaincants. Sans effet.

Les heures défilent et je persiste. Drake s'est assoupi dans un fauteuil à peine abîmé, Nancy somnole plus loin, sur une banquette privée de pieds et de dossier. Mes yeux me piquent, j'irais bien faire un somme, moi aussi, d'autant que la nuit ne va pas tarder à tomber. Il ne sera alors plus question de roupiller. Mais Neeve ne dort pas non plus, ses hurlements ne se sont pas taris. Je les entends d'ici. Je dois continuer pour elle.

Que peut-il manquer à mes formules ? Pourquoi n'ont-elles pas fonctionné ?

Je prends une grande respiration, enclenche l'enregistrement sur mon téléphone comme pour les fois précédentes et entame une nouvelle incantation.

« Je fais appel à notre mère Nature qui nous a tous enfantés, au pouvoir des ombres et aux lueurs salvatrices de la lune.

Offrez à Neeve cet élixir dont les vertus sauront la repaître et la faire renaître.

Que son corps s'en nourrisse.

Qu'elle se relève en tant que créature nocturne. »

Au beau milieu de cette incantation qui s'apparente plus à une supplication qu'à un sort, un hurlement encore plus déchirant que les précédents retentit depuis les sous-sols. Neeve souffre tant qu'elle crie à s'en arracher les cordes vocales.

Le vent s'élève dans le salon. Je touche au but. Je continue. Je dois y arriver !

« Qu'elle me revienne grâce à ce breuvage.
Que la nuit soit son nouveau rivage.
Que sa soif se tarisse à chaque gorgée.
Accordez-lui, comme à moi, une éternité méritée. »

Soudain, le pentagramme s'embrase autour de moi, sous les yeux effarés de Drake qui bondit de surprise, tandis que les poches posées sur le sol se remplissent d'un liquide fuchsia. Ça fait presque envie, cette potion, on croirait du jus de fraises Tagada !

— Wow, c'est dément ! s'écrie Nancy qui, réveillée par le crépitement, sautille à présent autour des flammes.

Ça a fonctionné ! Je vais peut-être réussir à sauver Neeve !

D'un geste de la main, j'éteins le brasier. Je saisis une poche et me tourne vers la porte, pressée d'offrir à mon amie ce premier repas qui, je l'espère, soulagera ses maux et me la ramènera. Mais avant que je n'aie esquissé un pas et atteint la sortie, le battant s'arrache de ses gonds et retombe dans un bruit sourd de chaque côté du chambranle, dévoilant Elyris.

— La reine, annonce son valet ridicule, impassible face au vacarme et à l'humeur de sa souveraine.

Putain, la reine ! Il ne manquait plus qu'elle ! D'autant qu'elle n'a pas l'air ravie…

Elyris avise le désordre sans paraître s'en préoccuper, puis fixe son regard dans le mien.

— Sixtine. Comment était le feu de joie ? ricane-t-elle.

Quelle salope !

La rage se répand dans mes veines, irradie et me consume. Je sens mes canines devenir plus proéminentes et mes forces grandir. Je vais la défoncer !

Je repose délicatement la poche sur les autres et m'élance vers l'importune. Elle veut jouer, on va jouer, mais selon mes règles. Elle n'est pas prête. Repassant dans ma tête les films de kung-fu hongkongais dont je suis friande, je me jette sur elle, les jambes en avant. Mes pieds joints, encore chaussés de leurs escarpins Jimmy Choo, percutent sa poitrine. Elle ne cille même pas. Mais au moins, j'ai flingué son bustier.

Avec souplesse, je parviens à me réceptionner sans dommage et m'élance pour un nouvel assaut. Imperturbable, la reine s'avance dans la pièce, intriguée par les poches qui trônent au centre du pentagramme.

T'y touches même pas en rêve !

Je balance mes talons et me rue dans son dos dans l'espoir de l'étrangler. Je serre sa gorge dans mon coude tandis que je lui assène de violents coups de poing dans les côtes.

— Comme elle est mignonne, ta recrue, jette-t-elle à Drake qui assiste, figé, à notre empoignade.

De quel côté va son allégeance, putain ? Il ne pourrait pas m'aider ? À moins que cette grognasse n'appartienne à la tradition, elle aussi ?

Comme si elle avait à peine souffert de mes attaques, elle fait volte-face et, de sa main, enserre ma gorge. J'ai beau me débattre, elle me soulève au-dessus de ses jupons et me repousse avec violence. J'atterris douloureusement sur le cul quelques mètres plus loin, au milieu de ce qu'il reste des meubles.

— Au panier, gamine.

Mais pour qui se prend-elle, à la fin ? Je me relève d'un bond et fonds sur elle. Je finirai bien par lui faire mal !

— Ça suffit ! tonne Elyris qui se déplace si vite à présent que c'est à peine si je la distingue.

Un instant, le temps s'arrête. Juste assez pour que je comprenne qu'elle m'a eue, quand je m'écrase avec violence sur le parquet jonché de débris : elle vient d'essayer de me tuer. Drake se tient devant moi et fait face à la reine. Cette fois, je peine à me redresser. Le pied arraché d'un fauteuil s'est enfoncé dans mon flanc. Ça fait mal, bordel ! Nancy l'extirpe d'un coup sec et me murmure quelques mots inintelligibles à l'oreille. La plaie se referme presque aussitôt, mais la douleur persiste un moment. Je me relève malgré tout, juste à temps pour voir Nancy détaler dans le couloir ! Qu'est-ce qu'elle fout ?

— Pourquoi ? Pourquoi te dresses-tu contre moi, Drake ?

— Ce n'est pas ce que je fais, Elyris.

Lorsqu'il prononce son nom, je perçois quelque chose sans parvenir à mettre le doigt dessus. La connaît-il si bien ? Suffisamment pour l'appeler par son prénom quand tous se contentent d'un « Votre Majesté » pompeux ?

— Nous étions proches, tous les deux. Que s'est-il passé ? l'interroge-t-elle sans donner l'impression d'attendre une réponse.

Essaierait-elle de me rendre jalouse ?

— Je n'aime pas partager.

Je confirme. Drake est – un tout petit peu – possessif.

— Et moi, je devrais te partager avec cette...

Le visage de Drake se déforme de rage. Même Elyris s'en aperçoit et s'interrompt avant de finir sa phrase accompagnée d'un geste de dégoût.

— *Elle* ?

Un rugissement retentit quand la reine est emportée par une créature si rapide que je ne la vois que lorsqu'elle cesse enfin de s'agiter. Neeve ! C'est donc pour ça que Nancy s'est barrée ! Elle est allée la délivrer !

Assise sur le ventre d'Elyris, mon amie est en furie, elle la griffe et hurle à pleins poumons, faisant trembler les murs de la Fang House qui s'éveille peu à peu. Anesthésiée par la surprise, sa victime se laisse défigurer par une Neeve submergée par une crise de démence qui la dépasse et par la force brute des nouveau-nés. Lorsqu'elle reprend ses esprits, Elyris la repousse du plat de la main. De l'autre, elle tient son visage tuméfié et lacéré. Pour la première fois, elle recule. C'est le moment d'inverser la tendance !

— Nancy, les poches ! crié-je.

Je saisis le bras de Neeve et l'entraîne à ma suite. La nuit est enfin tombée, le monde s'offre à nous ! Sans un regard en arrière, je quitte au pas de course la Fang House avec mon amie, Nancy et Drake pour escorte. Derrière nous, quelques sbires de la reine tentent de nous poursuivre. J'entends leurs pas rageurs sur le bitume, mais nous sommes plus rapides.

Plus que quelques foulées, et nous serons à l'abri. Je lance un sort pour m'en assurer.

À nous quatre, la liberté !

Certes, je m'enflamme, après cet affrontement qui a mis mes nerfs à fleur de peau. Mais Neeve est avec moi. Elle s'est confrontée à la reine, pour moi. Un sourire scintillant anime mes traits lorsque nous franchissons les grilles du manoir où j'ai vécu toute mon enfance.

— Wow, c'est canon, ici ! s'extasie la nièce de Drake en admirant les lieux.

Mes doigts s'emparent du heurtoir. Je frappe à la porte en mesurant mes forces, l'esprit étrangement galvanisé à la perspective de retrouver mon ancienne demeure.

— Ouvrez ! Ouvrez-moi !

Mais qu'est-ce qu'ils attendent, là-dedans ?

Derrière nous, des pas des vampires à nos trousses retentissent, de plus en plus forts, de plus en plus proches. Ils ont contourné mon sortilège. Ils arrivent !

— Sixtine, c'est toi ? demande la voix endormie de ma mère depuis l'intérieur.

— C'est moi, Maman, ouvre, s'il te plaît.

Fébrile, elle entrebâille la porte. Elle me fixe, perdue entre incrédulité et sidération. En état de choc. Il lui faut un moment pour reprendre ses esprits et briser le silence.

— Que veux-tu ? Qui sont ces gens ? me demande-t-elle, apeurée.

On n'a pas le temps pour des présentations en bonne et due forme !

— Des amis.

À la fois ébranlée et épouvantée de me revoir, elle passe le seuil et me serre dans ses bras, occultant la présence de mes compagnons.

Elle relâche son étreinte et avise soudain Neeve.

— Tu es là aussi, ma chérie ! Nous t'avons crue…

Sous le coup de l'émotion, sa voix s'entrave dans sa gorge. Elle se rappelle ce que je suis. Ce que nous sommes. Enfin, presque, pour Neeve…

— On n'a pas le temps, Maman.

Elle me regarde, perplexe. Sérieusement ? Faut-il que je lui explique ce que j'attends ?

— Invite-nous à entrer, bon sang !

CHAPITRE 10

LENNOX

Je cours avec la meute. La transformation a été douloureuse. Ces nouvelles sensations me déstabilisent. L'odeur de la forêt. Ma vision qui s'aiguise. Mon ouïe aux aguets. Le bruissement des feuilles mortes sous mes coussinets encore sensibles.

Un putain de loup…

Nous progressons sous les lueurs de l'aube qui approche. Nous sommes une vingtaine, tous menés par Karl et Eli. Les Forest et les Moon nous surplombent grâce à un sortilège de lévitation. C'est avec eux que je devrais être, pas avec cette bande de lycanthropes primaires.

Mais Karl a dit *« suivez-moi »*, et ma condition actuelle ne m'a pas laissé le choix. Comme mes nouveaux frères lupins ne l'ont pas eu.

À mes côtés, Tyler et Perry allongent leur foulée. Ils gardent un œil sur moi et ça ne fait que m'irriter davantage. D'autant que je commence à éprouver plus nettement les liens qui m'unissent à la meute. Cette sorte de fil invisible qui m'enchaîne à elle. Nous y sommes tous reliés, et c'est Karl qui le maintient fermement, afin qu'il ne puisse jamais se briser.

Eli tourne son museau vers moi. Son pelage couleur de lune scintille sous la voûte céleste. Dans ses yeux, je lis ce qu'elle ne dit pas. Ou je le ressens, je ne sais pas.

« *On va la sauver* ».

L'excitation et l'empressement me font presser l'allure. Je suis presque au niveau de Karl, dont les iris flamboyants d'Alpha sont fixés sur le chemin. Plus que quelques centaines de mètres, et nous serons arrivés.

Soudain, deux loups surgissent devant nous. Ils se métamorphosent aussitôt qu'ils aperçoivent la meute et hurlent :

— Attendez !

Karl bondit, se transforme et atterrit sur ses pieds. Quand il se redresse, il est… nu. Ainsi qu'Eli qui l'imite dans un craquement d'os. Je me serais bien passé de cette vision, comme de me foutre à poil devant la mère de Neeve. Mais je sens que le moment est important, alors je me concentre et redeviens humain. Ou sorcier. Ou… je ne sais même plus qui je suis. *Sauver Neeve.* Voilà tout ce qui m'intéresse !

Elinor jette un œil sur moi et je vois bien qu'un frémissement taquine sa bouche. Serais-je considéré comme un ingrat si j'avoue qu'à l'instant je la déteste copieusement ? Josephine s'avance vers nous. Je plaque mes mains sur mon sexe, et Eli se pince les lèvres pour ne pas pouffer. *La garce !*

— Que se passe-t-il ? me glisse Josephine à l'oreille.

— Je ne sais pas, je…

— Sixtine a quitté la Fang House avec Neeve, déclare l'un des deux loups. *Des éclaireurs.*

Karl s'agite. Eli le scrute avec nervosité. Je tremble quand Josephine pose une main sur mon épaule nue. Cette situation est invraisemblable.

— Ils étaient accompagnés d'un vampire aux cheveux peroxydés et d'une petite blonde.

— Drake Butcher, grogne l'Alpha.

Un grondement remonte sa gorge. La fureur qui le saisit m'atteint et attise ma rage.

— Où sont-ils allés ? ajoute-t-il en serrant les poings.

— Ils ont pris la direction du manoir des Shadow et...

Je n'écoute plus et m'empare des mains d'Elinor et de Josephine. Au diable ma pudeur. Il y a des priorités qui ne sauraient attendre.

— Qu'est-ce que... commence Karl.

La seconde d'après, nous sommes tous trois téléportés devant les portes de la sombre et somptueuse demeure des parents de Sixtine. Josephine se plie en deux après notre arrivée. Elinor se retient de vomir. *Encore...*

— Mais putain, qu'est-ce que t'as fait ?

Je m'approche de l'entrée sans la regarder et déclare :

— Le manoir est à quinze minutes de là où nous étions. Nous avons déjà perdu trop de temps et je ne suis pas disposé à attendre les ordres de ton... lié.

— C'est ton Alpha !

Je me tourne vers Eli.

— Il n'est rien du tout pour moi tant que Neeve ne sera pas hors de danger.

— C'est risqué, Lennox, commente Josephine, dont le

teint très pâle révèle qu'elle ne s'est pas tout à fait remise de la téléportation. Mais je constate que tes pouvoirs d'Amnistral sont intacts.

Ce qui est étonnant, pensé-je. Qui aurait cru que Raven me les aurait laissés ? Il aurait pu invoquer sa puissance de Witchcraft pour me les retirer. Cette réflexion me taraude, mais ce n'est pas le moment de m'y appesantir. Je frappe à la porte à l'aide du heurtoir en forme de tête de corbeau.

— Qu'est-ce que tu fais ? s'insurge Eli.

— Derreck a dit que le manoir semblait vide, déclaré-je. Si c'est le cas, on n'a rien à faire là, car un vampire doit être invité pour entrer dans une demeure. J'imagine que les Shadow se terrent en raison de leur complicité avec Raven, et s'ils sont ici…

Je ne m'attends pas à ce que l'on nous ouvre, et pourtant, le battant grince et dévoile lentement… Drake Butcher ! Mes souvenirs me ramènent à la clairière, après que le corps décharné de Neeve a été sorti des flammes. Ce type accompagnait Sixtine. Sans doute le responsable de sa mutation en créature de la nuit et le meurtrier de Robin, d'après ce que les cousins Falck ont laissé échapper. Eli grogne à sa vue. Je tends le bras devant elle quand elle fait un pas en avant. Un rictus se forme au coin de la bouche du vampire. Ses yeux s'enflamment, rougeoient et parcourent lentement mon corps nu.

— Il aurait fallu que ce soit toi qu'on transforme, je le savais !

— Tu parles à qui, Tonton ? interroge une voix fluette.

Une petite blonde qui lui ressemble se poste aux côtés de Drake et me reluque sans retenue.

— Hum… Salut, toi !
— Où. Est. Neeve ? craché-je.

Le vampire penche la tête sans répondre. La blondinette me sourit. Je sens Elinor se tendre et Josephine se presser derrière moi.

— On ne dit pas bonjour, les naturistes ? souffle Drake, avec un putain d'air goguenard plaqué sur le visage.

— Va te faire foutre ! lâche Eli.

Je prends une profonde inspiration.

— Je te le demande à nouveau, où est Neeve ?

— Elle siphonne un ou deux humains. Elle n'a pas de temps à perdre avec un clébard, rétorque Drake sans se démunir de son arrogance.

Non… Non… Je ne peux pas croire que nous arrivions trop tard !

— Tu vas nous dire où est ma fille ou…

Mais Josephine s'interrompt quand un hurlement déchirant nous parvient de l'étage.

NEEVE !

Je regarde Elinor. Durant quelques secondes, mes pensées se bousculent. Elle est enceinte, il ne faut pas qu'elle entre ! J'ai beau ne pas l'apprécier, l'idée qu'il lui arrive du mal à elle et à son bébé m'est insupportable. Neeve m'en voudrait si cela se produisait. Quel idiot de l'avoir emmenée et de lui faire courir un tel risque !

— *Protecta statim !*

Mes pouvoirs d'Amnstral font éclore un voile scintillant qui enveloppe les deux femmes.

— Lenny ! s'exclame Elinor, avant que la bulle transparente ne se soude au-dessus d'elles.

Prisonnière avec la sorcière-louve, Josephine hoche la

tête, devinant ce que je m'apprête à faire. Je lis « *Sauve-la* » sur ses lèvres et clos les paupières.

Je me téléporte à l'étage. Mais c'est un silence pesant qui m'accueille.

Crie encore, mon amour. Crie encore, je t'en supplie, et je te retrouverai.

Des secondes qui me semblent des heures. Mon cœur qui tambourine dans ma poitrine. Je déploie mon flair, en quête de mon aimée.

Je m'agite tandis que les deux vampires me cherchent partout dans la demeure. Je me terre dans l'ombre. Si je reste ici trop longtemps, ils me sentiront. Et je n'ai toujours pas vu Sixtine !

Un hurlement ! Je m'élance dans le couloir sombre et me sers de la rapidité acquise avec ma nouvelle condition de loup pour me rendre là où le cri me mène. J'ouvre une porte et ne réfléchis pas quand j'invoque :

— *Claudere periculum* !

Le battant se scelle. Ma vision se trouble en découvrant Neeve étendue sur un lit, à s'arracher le visage avec ses ongles en criant. Je me jette sur elle et empoigne ses bras.

— Mon amour ! Mon amour, je t'en prie ! l'imploré-je.

Je ne contrôle plus mes mots. Des mots si longtemps retenus, pauvre sot que je suis de ne pas les lui avoir clamés avant ! Désormais, je dois lutter pour la maintenir, pour éviter qu'elle ne se fasse plus de mal.

Son corps se fige. Ses pupilles tentent de s'arrimer aux miennes, mais en vain. Ses joues sont ravagées et du sang coule de ses yeux couleur carmin. Mais même ainsi, elle reste la plus belle femme qu'il m'a été donné de rencontrer. Alors, mes larmes débordent. Mon visage est dévasté par le sel qui les macule en la découvrant dans cet état. *Vampire.* Ses longs cheveux roux forment une corolle autour de sa tête. Son oreiller est jonché d'un nombre incalculable de mèches qu'elle a dû arracher au cours de sa transe douloureuse et qui repoussent perpétuellement.

— Len... Lenny... articule-t-elle avec difficulté.

J'acquiesce, incapable de parler tant je suis saisi d'effroi. Puis le silence retombe.

Pa Pam... Pa Pam... Pa Pam...

Son cœur ! C'est faible, mais il bat ! L'élan d'espoir qui monte en moi est si puissant que je pourrais défaillir. Je resserre mes doigts sur ses bras.

— Je vais te sortir de là, je vais...

La porte explose soudain. Les débris sont projetés à l'intérieur de la pièce, et je découvre Sixtine, raide comme un piquet, sur le seuil. Elle me toise et approche d'un pas.

— Lennox Hawk ! tonne-t-elle, alors que Drake se place derrière elle.

En constatant ma position au-dessus de Neeve, ce dernier éclate de rire.

— Oh, eh bien, maintenant, je comprends pourquoi tu t'es présenté à poil ! claironne-t-il.

La petite blonde pouffe derrière sa main. Sixtine, elle, demeure imperturbable.

— Rentre auprès de ta nouvelle famille, Lenny, dit-elle froidement.

— Pas sans Neeve.

Lentement, je détache mes doigts de ses bras et me place devant le lit.

— Tu crois pouvoir te mesurer à moi ? lance Sixtine. Tu rêves ! Neeve reste avec moi.

— Pas question.

— Je peux lui régler son compte, maintenant ? s'enquiert Drake auprès de sa... progéniture.

Sixtine l'ignore et s'avance dangereusement. Derrière moi, Neeve se remet à hurler.

— Elle. Reste. Avec. Moi, répète Sixtine en martelant ces mots.

— Je peux encore la sauver, déclaré-je, désirant trouver en elle je ne sais quel vestige de son humanité.

Mais à la lueur enflammée qui s'invite dans son regard, je sais que mon espoir de la ramener à la raison est vain.

— Lenny, ne me force pas à te faire du mal.

— Tu m'en as fait le jour où tu as décidé de l'enlever elle, plutôt que moi. Je ne bougerai pas, répliqué-je.

— Ma colombe, laisse-moi m'en occuper.

Sixtine ignore Drake sans ciller.

— J'ai trouvé de quoi la nourrir.

La nourrir. Le cœur de Neeve bat certes faiblement, mais il bat. Elle n'a pas encore dû s'abreuver de sang humain. Elle ne l'a pas voulu, et je suis si fier d'elle à cette pensée. Malgré la folie qui la ronge en raison de son refus d'achever le processus de transformation, elle résiste. Je peux la sauver. Je *dois* la sauver ! Alors, d'un geste souple, je bascule en arrière, l'attrape par la taille et m'apprête à nous téléporter, quand je sens soudain une terrible douleur à la jambe. Sixtine vient de me briser le tibia de ses mains. Je crie et Neeve se dégage, poussant son amie derrière elle avant de se tourner vers moi.

— Neeve... murmuré-je.

Elle m'observe, se tenant à un mètre de moi. Les blessures sur son visage se referment lentement. Ses larmes de sang refluent sur ses joues. Je halète sous la puissance de la douleur qui me cisaille la jambe, puis je tends un bras fébrile. Elle contemple ma main, comme si elle hésitait à la saisir.

— Viens, la supplié-je.

Mais Sixtine se poste à ses côtés. Drake s'avance, prêt à me tuer. Les yeux de Neeve bifurquent vers lui avant de revenir sur moi. Un silence s'étire. Puis elle me dit :

— Je t'aime.

Ses paumes heurtent soudain mon torse. Mon corps est éjecté en arrière et fait exploser la fenêtre. Je suis projeté dans le vide. Loin de Neeve, je tombe, ahuri et le cœur meurtri.

Parce qu'elle a prononcé ces trois mots.

Parce que je sais ce qu'ils signifient.

Son amour pour moi que je n'espérais plus, mais surtout un adieu…

CHAPITRE 11

NEEVE

*I*l chute...

Mes yeux tentent de se fixer sur son corps qui s'abîme dans le vide. Bientôt, il percutera le sol. Mais c'est Lennox, il s'en tirera. Il me scrute, surpris, nimbé de cette tristesse qui m'accable autant que lui. Il se téléporte avant l'impact. J'ignore si ce sont mes nouvelles facultés vampiriques qui me font percevoir la réalité autrement, mais son saut dans le néant a semblé se dérouler au ralenti. Il se matérialise un peu plus loin, grimaçant sous la douleur que Sixt lui a infligée. Je distingue vaguement deux silhouettes qui courent vers lui. Est-ce Elinor ? Oui, cette crinière si éclatante en pleine nuit ne peut être que celle de ma meilleure amie. Puis c'est une femme aux cheveux sombres et courts qui lui porte secours et se rue sur sa jambe qui le torture.

Maman.

Je la vois appliquer ses mains sur son tibia. Une lueur verte se dégage de ses doigts. Un sort accélérant sans doute la guérison d'un Lennox devenu loup. Je l'ai senti à son odeur. Je l'ai entendu à ses battements de cœur. Ils étaient si rapides, et son corps était si chaud, alors qu'il tentait de me ramener à la raison. Une raison tapie au fond de moi, mais j'ignore où. J'ai bien peur qu'elle ne soit perdue à jamais.

Sixtine se place à mes côtés.

— C'est bien, Neeve, dit-elle. Lennox n'a jamais été fait pour toi.

Elle a tort. Il était fait pour moi. Il l'a toujours été. Je le sais à présent, alors que plus rien n'est possible entre nous.

— Elinor semble aller comme un charme, ajoute-t-elle, coupant court à mes réflexions. Elle n'a pas besoin de toi, Neeve. Elle a Karl, l'enfant qu'elle porte et cette meute de chiens. Qu'aurais-tu fait parmi eux, franchement ? Tu vaux tellement mieux que ça.

Eli est enceinte. Ces mots résonnent dans ma tête. Je ne sais pas quoi en faire, mais un élan dans ma poitrine m'incite à entrouvrir les lèvres. Elinor va avoir un bébé. Un faible sourire atteint ma bouche, mais je reste mutique, pétrifiée, les yeux figés sur Lennox qui se relève et me scrute en contre-bas. Je lui ai dit « Je t'aime ». Parce que c'est le cas. Mais mes mots sonnaient le glas de notre histoire. Et je sais qu'il en est conscient. Bien que mon cœur soit à l'agonie, je crois que je suis soulagée qu'il comprenne enfin qu'il n'y a plus d'espoir pour nous. Ma nouvelle condition de vampire est incompatible avec une autre race. Avec Lennox, avec Perry, avec Tyler, ou avec qui que ce soit. Et j'ai tellement soif...

Des mouvements en lisière de forêt attirent mon attention. Je sens Sixtine se crisper à mes côtés. Drake, nettement plus détendu, se poste à ma gauche en compagnie de Nancy, la petite blonde effrontée.

— Le clan Greystorm, souffle-t-il.

Des dizaines de loups sortent du bois. Leurs pas sont lents, à l'unisson, comme s'ils étaient chorégraphiés. Leurs muscles roulent sous leur pelage. Leurs yeux brillent dans la nuit. Je suis hypnotisée par ces multiples regards et par le silence qui pèse sur le manoir.

— S'ils pénètrent ici, on est grave dans la merde, Tonton, déclare Nancy d'une voix enjouée, tellement en décalage avec la situation.

— Ne m'appelle pas comme ça ! s'insurge Drake.

Nancy éclate de rire et place ses mains sur la rambarde.

— Youhou ! Les loups ! On est là !

— T'es conne ou quoi ? lâche son oncle. Ils n'ont pas besoin d'être invités pour rentrer !

— Tu as peur, Drake ? ironise-t-elle. T'as tellement changé !

— Ferme-la.

— Vous avez fini ! lance enfin Sixtine, excédée. Drake a raison. Je peux jeter quelques sorts, mais Eli est avec Josephine. À elles deux, elles peuvent me contrer. Nous devrions...

Nancy s'esclaffe sous les yeux éberlués de Sixt. Puis elle tend le bras vers la gauche, désignant un chemin de terre qui débouche sur la cour du jardin. Un rictus s'imprime sur ses traits. Mon regard suit cette direction. De multiples ombres surgissent de la pénombre.

— Les renforts arrivent ! claironne Nancy. J'ai sans

doute oublié de vous dire que j'ai mandaté Taylor pour qu'il ramène toute la bande de la Fang House par ici.

— Mais... Elyris, elle... commence Sixtine, abasourdie face à la horde qui se déploie dans la cour.

— Elyris ne peut pas plonger le jour dans l'obscurité, rappelle Nancy.

Drake et Sixtine élargissent des sourires aux dents longues. Moi, j'observe ce spectacle, éprouvant la faim qui me tord les entrailles. Ma soif qui devient si forte que des spasmes agitent mes membres. Je reporte mon attention vacillante sur Lennox. Il se tient près d'Elinor et de ma mère, le regard figé sur le balcon où je me trouve. À présent presque encerclés, tous trois reculent. Un loup hurle à la lune. La meute stoppe son avancée.

— Neeve ! crie Eli. Viens, je t'en prie.

Elle fait deux pas en arrière. Menés par Taylor, les vampires achèvent de les cerner. Des pupilles rouges luisent dans la nuit.

— Neeve, nous pouvons t'aider ! ajoute-t-elle d'une voix suppliante.

N'a-t-elle pas encore compris que je suis foutue ? Pourquoi sont-ils venus ? Pourquoi m'infliger ça, alors que je souffre déjà tant ?

Une douleur se loge dans mon ventre. Des larmes de sang perlent à mes paupières. Je recule et entre dans la chambre.

— C'est le moment d'attaquer, déclare Drake à Sixtine.

— Hum... Oui, tu as raison.

Je n'ai certes plus mes pouvoirs. Ils végètent dans une boîte depuis qu'on me les a ôtés, juste avant le procès.

Mais je peux sentir la magie qui s'élève derrière moi. Je fais volte-face et découvre Sixtine, les bras levés. Une sorte de brume sombre se dégage d'elle. Elle s'apprête à invoquer un sortilège qui s'abattra sur les loups. Un soudain élan de panique s'empare de moi.

Je n'ai pas mes pouvoirs…

Je ne suis plus une sorcière, et même pas tout à fait une vampire.

Solution… Solution ! Voilà ce que mon esprit me souffle, comme s'il se réveillait à la perspective qu'il arrive du mal aux gens que j'aime.

Mon regard fébrile parcourt la chambre et tombe sur la chaise du bureau. Je me jette sur elle à toute vitesse et brise un pied avant d'en placer l'extrémité sur mon cœur. Mais le bruit fracassant attire l'attention de Sixtine.

— Neeve, qu'est-ce que…

— Arrête ça ! clamé-je.

Elle sursaute en constatant que le pieu s'enfonce dans ma poitrine.

— Neeve !

— Arrête. Ça ! répété-je, alors que la pointe acérée me perce la chair.

— Je ne compte pas tuer Eli, Lennox et ta mère, je ne suis pas un monstre ! lance-t-elle. Mais les loups, ils…

— Si l'un d'eux crève, je crève aussi, répliqué-je sombrement.

Son expression interloquée se mue en effroi.

Mais mon stratagème fonctionne, sous l'œil rageur de Drake.

Drake...

Même deux semaines après l'arrivée d'une nuée de vampires au manoir, je cherche à éviter cet homme. Il me fait froid dans le dos. La dévotion qu'il manifeste envers Sixtine est à la fois de la folie et de l'amour. Un amour pervers. Ses surnoms d'oiseaux qu'il claironne à chaque fois qu'il s'adresse à elle me rendent dingue. Je le hais. C'est viscéral.

Le sang magique dont je m'abreuve continuellement a calmé ma démence, mais je ne supporte pas ce que je suis. Alors je ne parle pas. Ne m'implique pas. J'observe, et je n'aime pas ce que je vois.

Nous sommes attablés, comme si nous allions partager un repas. Deux verres de sang frais trônent devant Drake et Sixtine qui se dévorent des yeux. Bientôt, ils danseront sur le carrelage en damier noir et blanc du grand salon à l'ambiance gothique.

Sixt oublie un instant ma présence tant elle est subjuguée par celle de Drake. J'ai appris que c'est cet homme qui a fait de ma meilleure amie ce qu'elle est devenue. Je m'accroche à ses réminiscences d'émotions humaines pour me persuader que je ne l'ai pas complètement perdue, mais j'ai peur. Pas pour moi, car je suis foutue. Pour elle. Uniquement pour elle. Ses délires de domination ne font que s'exacerber et Drake ne fait rien pour les étouffer. Je le déteste. C'est plié.

Il se lève et invite Sixt à danser. De la musique classique s'élève dans la vaste pièce. Drake enlace Sixtine, le regard énamouré. Mon esprit s'envole vers Lennox, puis j'évite d'y penser. Je les contemple tandis qu'ils arpentent la salle et ne manque pas les œillades de Drake à mon intention. Elles ne sont pas discrètes et me signifient clairement que je les gêne. Alors je reste et hausse le menton, me rappelant ce qu'il m'a fait, pas plus tard qu'hier.

— C'est le jour où la sorcière inutile va s'alimenter comme un vrai vampire ! a-t-il lancé en traînant par les cheveux une humaine qui hurlait.

J'admets que j'ai reculé. Son regard était flippant. Son attitude, menaçante. Je l'horripile et c'est réciproque. Que je ne me nourrisse pas des humains relève de l'hérésie, de son point de vue. Il n'est pas le seul à le penser, pour être franche, mais les autres ont abandonné l'idée de me convaincre.

Drake a délaissé la chevelure de la femme et l'a attrapée à la gorge avant de la soulever comme un vulgaire pantin. Il l'a dressée devant moi et a souri. Les yeux révulsés de sa victime hantent encore mes réflexions.

— Bois.

— Non.

— C'est quoi ton problème, Neeve ? T'es une sorcière sans pouvoirs, alors ça te défrise que Sixt soit plus puissante que toi, n'est-ce pas ? Tu veux te distinguer d'une autre manière, c'est ça ?

Comme si j'en avais quelque chose à faire... Quel con.

J'aurais aimé répliquer, mais son rictus glaçant ne m'inspirait rien de bon. Je l'ai observé, sur mes gardes. Ses canines ont poussé et se sont plantées dans la fille qu'il a siphonnée devant mon regard hébété. L'enfoiré !

Une fois qu'elle a été vidée de son sang, il a lâché sa dépouille sur le sol. Mes yeux se sont portés sur elle. Un sentiment de rage m'a envahie, d'impuissance aussi. J'ai pensé à Sixt qui s'alimente de la même façon que lui. Puis à Eli et à son bébé, à ma famille, à mon frère, à Tyler et à Perry. Leurs visages tournoyaient dans mon esprit, alors j'ai relevé mon regard sur Drake.

— Moi, je peux te dire ce qui te défrise, mon petit colibri, ai-je déclaré, un sourire narquois pointant à mes lèvres.

Son air furieux n'a fait que l'amplifier.

— T'as les boules, Drake. Ça se voit à des kilomètres, et c'est pathétique.

— De la part d'une fille aussi insignifiante que toi...

— Aussi insignifiante *pour toi*, l'ai-je coupé, mais pas pour Sixtine, et ça, tu ne le supportes pas.

— Dans tes rêves, la rouquine. Sixt n'a d'yeux que pour moi.

— Si tu as envie d'y croire... l'ai-je raillé.

Il a serré les poings. Une petite victoire dont je me suis délectée.

— Ma présence te fait grave chier, ai-je ajouté en m'approchant de lui. Mais va falloir t'y habituer, connard, car tu vas devoir me supporter pour l'éternité.

Ses yeux se sont plissés. Il contenait sa rage et j'ai kiffé. D'humeur plus guillerette, j'ai mordu dans une poche de sang magique sous son regard meurtrier. Le liquide s'écoulait sur mon menton, puis sur mes fringues. À la fin, j'ai dressé mon majeur et j'ai rejoint Sixt qui entrait, une expression de défi parant mon visage.

— J'interromps une discussion ? a demandé Sixt.

— Pas du tout ! ai-je affirmé. Drake me disait justement que toi et moi ne passions pas assez de temps ensemble, et je suis tellement d'accord avec lui.

S'il avait eu un pieu dans la main à cet instant précis, je serais morte dans la seconde. Mais il n'en avait pas, et Sixt était là. J'ai agrippé son bras et ai entraîné mon amie hors de la pièce, luttant pour ne pas rire. C'était jouissif…

Du moins, quelque temps. Me chamailler avec Drake fait partie de mes petits plaisirs quotidiens, mais ça devient lassant. Je quitte le grand salon en soupirant. Tandis que je monte les escaliers, je me demande si ce jeu de le provoquer ne va pas vite me gonfler. Je m'ennuie à en crever. Certes, une part de moi est bel et bien morte, mais j'aimerais autant que l'autre trouve un peu d'entrain dans ce qui commence à ressembler à une routine bien huilée. C'est ce que je me dis alors que je longe le couloir de l'aile est du manoir Shadow. Putain, que c'est lugubre, avec ces portraits accrochés partout, façon famille Adams.

Petite, je venais jouer ici à cache-cache avec Sixt et Eli, et je flippais déjà. Mais je me souviens de nos rires, quand on faisait exprès de se faire peur. Cette pensée me drape de nostalgie. Lorsque mes yeux se dirigent sur la porte tout au fond, menant vers une autre partie du manoir, un frisson me glace. Les parents de Sixt doivent être terrifiés. Ils sont enfermés dans cette aile depuis qu'ils ont été contraints d'inviter à entrer tous les potes vampires de ma meilleure amie.

Personne ne leur fera de mal. Les types qui les surveillent ne voudraient pas finir pulvérisés par Sixtine et ont bien trop à gagner à demeurer à ses côtés. Malgré sa toute-puissance, même Elyris n'a pas réussi à les retenir. Ces créatures sont cantonnées à sortir uniquement la nuit, et pour certains, cela dure depuis des siècles. Sixtine leur offre la possibilité de s'affranchir de cette contrainte. Qui pourrait leur reprocher d'avoir préféré la nouveauté en choisissant le camp de mon amie ? La reine, sans doute. Mais à part elle...

Je comprends d'ailleurs mieux pourquoi ils lui sont si dévoués depuis que j'ai appris à connaître Nancy. Je me présente dans le petit salon où elle a l'habitude de squatter. Elle s'enfile un verre de sang, et je tire mon support de perfusion à roulettes pour me joindre à elle. Un sourire flotte sur ses lèvres tandis qu'elle me regarde approcher.

— Viens vite, Stiles Stilinski est à un cheveu d'être transformé en loup, bordel ! s'exclame-t-elle en tapant des mains.

Je m'assois à ses côtés, plaçant le pied à sérum près de moi, puisque je suis dans l'incapacité de me passer de ce putain de sang magique. Ma soif s'est un peu tarie grâce à lui, mais dès que je ne m'en abreuve plus, la folie reprend ses droits. Pas que je sois complètement saine d'esprit, mais c'est un bon jour comparé à d'autres. Je dois donc me coltiner ma perf à longueur de temps.

Depuis que Lennox a quitté les lieux en compagnie de la meute, je ne cesse de penser à lui, à Elinor, et à ma famille aussi. Je les sais en sécurité, c'est déjà ça. Mais ils me manquent. Nancy me dit que mes souvenirs vont peu à peu s'estomper. Pas disparaître, mais ils ne devraient plus autant me torturer. Ça n'a pas l'air très vrai, en ce qui me concerne. Peut-être parce que je n'ai pas bu de l'hémoglobine humaine et que mon cœur bat encore un peu. Qu'en sais-je, après tout ?

— Qu'il se fasse transformer une bonne fois pour toutes et qu'on n'en parle plus ! lâché-je.

Nancy passe tout son temps libre à regarder des séries.

Bien que j'aie fréquenté plus qu'étroitement une meute de loups, je n'aime pas tellement *Teen Wolf*. Je préfère *Charmed* et *Buffy*. Quoique *Charmed*, c'est tout de même vachement cliché niveau sorcellerie, mais merde, Cole est carrément sexy, quoi qu'en dise Sixt qui n'a jamais supporté cette série.

D'ailleurs, après la fin de son épisode, Nancy passe à la tueuse de vampires. Angel, son vampire énamouré, à l'air constamment déprimé, est sur le point de redevenir Angelus, le tueur sanguinaire.

— Il est nettement plus crédible comme ça ! balance Nancy quand il s'attaque à une gorge humaine avec une tronche effrayante. C'est quand même cool qu'on n'ait pas cette gueule-là, tu trouves pas ?

Tu m'étonnes...

— Dis, tu me files un peu de Magic Blood, s'te plaît ? ajoute Nancy.

Je soupire et sors du petit sac que je porte en permanence une poche du breuvage magique qu'a concocté Sixtine pour moi et que Nancy a baptisé « Magic Blood ». Je dois toujours en avoir sur moi. Nancy affirme que ce n'est pas aussi consistant que le sang humain, mais que ça a un goût de fraise. Elle n'a pas avalé autre chose que de l'hémoglobine depuis des millénaires, alors elle a tendance à souvent m'en chiper. Elle plante sa paille dans la poche et s'enfile une gorgée en creusant les joues.

— Vous faites quoi ? demande Sixtine qui apparaît sur le seuil du salon.

— On mate *Buffy* ! réponds-je.

Elle sautille et vient se placer sur le canapé. Manque plus que le pop-corn. Depuis quelques jours, Sixt est plus enjouée, et je fais mon maximum pour entretenir sa bonne humeur. Je suis consciente que ça gonfle Drake qu'elle se montre si joyeuse grâce à moi. Faut dire que j'ai arrêté de lui reprocher ma nouvelle condition. Je m'y fais et je sais que l'intention de Sixt était de me sauver. Après avoir ingurgité du Magic Blood, mes pensées sont devenues plus cohérentes. Certes, je lui en veux de ne pas avoir laissé mon corps calciné et à peine vivant aux loups. Mais je ne peux réprimer ce que je ressens pour elle. Et ce que je ressens en réalité et que je masque avec tant de volonté, c'est du chagrin. La véritable Sixtine est morte, des mains – ou plutôt des crocs – de cet enfoiré de Drake. Lui, je ne peux pas me l'encadrer. D'ailleurs, quand il se présente à son tour, je l'envoie chier. Pour changer.

— Manquait plus que ton toutou, Sixt ! lâché-je sans même adresser un regard à ce connard.

— T'es méchante, réplique mon amie sans pour autant dévier son attention de l'écran.

Un rictus se forme sur mes lèvres. Je jette un œil à Drake qui me fusille des siens. Son silence et son aura ténébreuse pourraient me faire flipper, mais il doit savoir que sa dulcinée le vaporiserait s'il me faisait le moindre mal. Je ne me fais pas prier pour le lui rappeler à travers toutes les piques que je lui adresse.

Mon attention glisse sur Sixtine. Elle sourit. Nancy m'a dit qu'elle ne l'avait jamais vue avec une telle expression avant que j'intègre le nid. Drake grogne et s'affale dans un fauteuil, l'air sombre. Je parie qu'il aurait voulu prolonger cette danse d'une manière plus poussée si Sixt ne s'était pas aperçue de mon absence. Elle ne reste jamais bien longtemps loin de moi.

— Fais pas la tronche, bébé, lui lance son amante. Je m'occupe de toi juste après cet épisode.

Drake se redresse un peu, excité de l'entendre.

— D'accord, mais évitez de le faire encore devant tout le monde, déclare Nancy. C'est vraiment malaisant. Personnellement, je préférerais me laver les yeux à la javel plutôt que de voir ce con et ma meilleure amie copuler. Au regard des bruits obscènes qui proviennent souvent de leur chambre et que je discerne bien trop nettement à cause de mon ouïe nouvellement aiguisée, je sais que ces deux-là sont particulièrement actifs. La Sixtine humaine n'était pas versée dans la débauche, pourtant. Elle a bien changé. D'ailleurs, elle lui jette une œillade vicieuse. Dieu merci, une présence à la porte m'arrache à ce moment de gêne. Nancy se lève, toute guillerette, et se lance dans les bras de Taylor, son petit ami éclaireur aux dents longues et parfaitement taré.

— La reine s'est tirée ! clame-t-il. On suppose qu'elle est partie se réfugier dans son domaine de La Nouvelle-Orléans.

Drake lui accorde une soudaine attention. Sixtine sourit.

— Elle a enfin compris qu'elle ne pouvait pas rivaliser avec moi, dit-elle. Le fait qu'elle soit immunisée contre la magie ne lui donne pas la capacité d'en user. Les nôtres ont saisi où se trouvait le vrai pouvoir et cette grue ne peut que se rendre à l'évidence. Cette nouvelle me ravit, Taylor, merci.

La poitrine du vampire se gonfle à ces mots. Il vient s'installer à côté de Nancy et s'octroie une gorgée de Magic Blood.

— Tu crois que tu pourrais en faire au chocolat ? demande-t-il à Sixtine. Je ne me souviens plus du goût du cacao, mais j'adorais ça, avant de crever.

— Je doute qu'Elyris te laisse prendre les rênes des clans vampires sans lever le petit doigt, marmonne Drake qui n'a cure de la remarque de Taylor.

À ses yeux, le Magic Blood est un blasphème. Ça m'amuse que ça le fasse chier. Je tends la poche à Sixtine qui en avale un peu, tout en me délectant du regard noir de Drake.

— Que peut-elle faire ? souffle Nancy alors qu'Angelus se tape un sanglant festin à l'écran. Bordel, ce qu'il est sexy !

J'ai parfois du mal à la suivre.

— Je préfère Spike, rétorque Sixtine qui ne se détourne pas de la série.

— Les mecs peroxydés, c'est ton truc, faut croire, lance Nancy en observant son oncle.

Une virgule se forme aux coins des lèvres de Drake.

La discussion sur la reine Elyris est close. Pourtant, je ne peux m'empêcher de penser que Sixtine prend cette affaire avec bien trop de décontraction. J'ai conscience que je ne suis pas comme eux. Je ne suis comme personne, à vrai dire... Une sorte d'hybride chelou. Sorcière sans pouvoirs. Vampire, pas tout à fait. Peut-être est-ce cela qui me donne le sentiment d'avoir davantage la tête sur les épaules que les quatre créatures à mes côtés.

Des siècles m'attendent avec cette bande de cinglés. J'espère tout de même qu'on aura d'autres séries à regarder.

CHAPITRE 12

SIXTINE

Je profite d'un moment de calme auprès de Neeve. Pour accueillir l'essentiel de la Fang House au manoir Shadow, nous avons dû procéder à quelques aménagements conséquents. Les travaux ne sont pas de tout repos et en attendant de consolider la protection anti-loups, anti-mages et anti-intrusions, Drake et moi devons coordonner les équipes de surveillance de jour comme de nuit. C'est éreintant. Alors, je savoure cette pause installée à ses côtés dans le grand salon, la télévision toujours allumée diffusant un agréable bruit de fond.

— Et tes parents, comment ça va ? m'interroge mon amie entre deux gorgées de Magic Blood.

Cette paille de la fée clochette qui fait tourbillonner le sang magique lorsqu'elle l'aspire, c'est tout à fait Neeve. Pailletée et décalée. Je me demande où elle l'a dégotée, d'ailleurs. En tout cas, c'est moins stressant que cette perfusion qu'elle se trimballe la plupart du temps.

— Ça a l'air d'aller, commencé-je en me plongeant dans le souvenir attendri de ma visite récente. Paradoxalement, les retrouver et vivre sous leur toit me fait un bien fou. Comme si cette proximité m'offrait l'ancrage dont j'ai besoin dans la tempête qu'est devenue ma vie. Il faut reconnaître que les choses ont drastiquement changé ces derniers temps, et sentir mes parents si proches est un soulagement que je me garderai néanmoins de révéler à quiconque. Cela pourrait être considéré comme une faiblesse, et je préférerais éviter qu'un vampire les utilise pour m'atteindre dans un moment de folie. Pourtant, même si je feins une froide indifférence à chaque fois que je les quitte, ces étreintes dont ils me gratifient me gonflent d'amour.

Les mains de ma mère contre mon dos me provoquent des frissons qui redoublent lorsque les battements de son cœur s'invitent dans ma poitrine. Malgré la tristesse de me savoir morte et membre d'une communauté qu'ils exècrent, je crois que ma famille est fière de moi et surtout, qu'ils m'ont pardonné mes erreurs. Il ne m'en fallait pas davantage.

— J'ai pris le thé avec eux, hier. Maman n'est pas trop dépaysée, même si ses amies et son personnel de maison lui manquent et qu'elle se sent un peu à l'étroit.

— Et ton père ?

— Même s'il n'est pas fan de Drake – OK, c'est pire que ça, je l'admets –, il a compris que grâce à cette *captivité*, ils sont en sécurité en attendant que les choses se tassent.

Que les choses se tassent... Drôle de manière de qualifier la guerre sans merci qui se profile...

— En sécurité, c'est vite dit. Il y a quand même une flopée de vampires qui traînent dans les couloirs de leur baraque. Et ils n'ont plus aucun soutien dans les parages, alors…

Neeve suspend sa phrase, consciente du mal que la moindre atteinte sur mes parents me ferait endurer. Les Moon et les Forest ont pris le parti des loups ; ils n'ont rien contre ma famille, leurs intérêts sont simplement divergents, dorénavant. Quant à mes fidèles, aucun d'entre eux ne se risque à les approcher. Du moins, tant que ma souveraineté sur le nid de Caroline du Nord sera reconnue.

— Tu sais aussi bien que moi que personne n'oserait toucher un seul de leurs cheveux. Je suis Sixtine Shadow, celle qui a maîtrisé le jour !

Neeve pouffe. J'aime l'entendre rire.

— Et puis, j'ai placé les vampires les plus loyaux pour surveiller les allées et venues à proximité de leur aile, je vois mal qui s'y frotterait… insisté-je. D'ailleurs, grâce à toi, ils sont équipés d'une poche de Magic Blood pour les cas d'urgence, si c'est pas une avancée majeure, ça !

— Carrément !

Elle se tait un instant et me fixe, une expression étrange sur ses traits.

— Ça fait plaisir de te voir comme ça, ajoute-t-elle d'une voix vibrante d'émotion contenue.

— Comme ça, c'est-à-dire ?

— Plus sereine. Je ne t'avais plus vue sourire depuis un moment, tu sais.

Je sais.

— C'est vexant, si je te trouve plus fun morte que vivante ? lance-t-elle, hilare.

Elle abuse !

Mais elle a raison... Elle se laisse submerger par un rire communicatif qui m'emporte à mon tour. Que c'est bon de la retrouver ! En même temps, vu le monceau d'emmerdes qui nous est tombé sur le coin de la gueule ces derniers temps, afficher une mine réjouie n'aurait pas franchement été de circonstance. Et puis, j'ai tout de même passé l'arme à gauche, dans l'intervalle !

Quelqu'un toque soudain pour s'annoncer.

Je me tourne vivement et aperçois Deborah dans l'embrasure de la porte ; une vampire si fripée que sa transformation lui a vraisemblablement épargné un trépas imminent.

— Debbie ! Tu as quelque chose pour moi, j'imagine ? demandé-je en trépignant d'impatience, le regard fixé sur ce qu'elle tient dissimulé dans son dos.

— Tu imagines bien, confirme-t-elle, un large sourire sur ses lèvres pâles, son visage auréolé par quelques mèches poivre et sel échappées de la tresse lâche qui rassemble ses cheveux. Un sac entier !

Elle tend devant elle, triomphante, un banal cabas de courses en tissu, gonflé par son contenu : une multitude de poches vides en provenance directe de l'hôpital du coin. C'est nettement plus simple à subtiliser que les pleines.

Les yeux de Neeve pétillent. J'aime la voir reprendre des couleurs, à l'idée de l'abondance que le contenu de ce sac va lui procurer. La seule limite au Magic Blood, c'est l'imagination de mon amie.

— Alors, chocolat pour Taylor, et pour toi ? lui demandé-je, euphorique, en battant des mains.

— Hum, laisse-moi réfléchir...

Tandis qu'elle explore les souvenirs enfouis de notre enfance pour déterminer quelle sera sa lubie des prochains jours, je l'observe. Ses joues rosées se sont regonflées et ses cheveux enflammés ondoient comme jamais. Neeve a toujours été d'une beauté frappante, mais là, elle en devient magnétique.

— T'as fini de me mater, chaudasse ? ricane-t-elle. Magic Marshmallows !

— Pardon ?

— Magic Blood saveur Magic Marshmallows.

Comme lorsque nous étions gamines. Nous nous gavions de ces sucreries à longueur de journée comme s'il s'agissait de la meilleure nourriture au monde. Pas étonnant que Neeve souhaite associer ce goût de nostalgie à ce qui la maintient à présent saine d'esprit. S'il n'y a que ça pour la retenir auprès de moi, ce sera facile.

— OK, je te prépare ça !

Je me tourne vers Deborah, qui se tient toujours à côté de moi.

— Tu pourras les agencer dans la réserve de la chambre de mon amie ? demandé-je. Disons... les deux tiers ? Le reste ira en cuisine, dans le réfrigérateur du cellier.

La vieille vampire acquiesce sans un mot.

Je saisis le sac et place les petites poches vides que Deborah a pris soin de nettoyer sur le sol, parfaitement alignées. D'un geste de la main, j'invite mes amies à s'éloigner et trace un pentagramme invisible sur le parquet, autour des rangées de sachets de plastique qui ne tarderont plus à se gorger de sang artificiel aromatisé.

Même si j'ai encore un peu de mal avec ce sort et qu'il arrive de temps à autre que je me loupe, j'ai clairement progressé. À ce rythme, je pourrai nourrir Neeve pour... l'éternité.

Passer l'entièreté de ma vie en compagnie de ma meilleure amie et de Drake constitue un rêve éveillé. Même si l'absence d'Eli entache la perfection de ce tableau, son souvenir, bien qu'encore présent, m'affecte de moins en moins. Elle a fait ses choix, et moi les miens : chacune chez soi, toutes les deux en harmonie avec notre nature. Tant que je peux veiller sur Neeve – et mes parents –, le reste m'importe peu.

Mon sort achevé, je claque un bisou sur la joue de Neeve.

— Bon app !
— Tu te casses ?
— J'ai rendez-vous avec Drake.
— Sérieux ? Tu m'abandonnes pour ce loser ?
— Neeve, je la réprimande. Il n'a rien d'un loser ! Si tu savais ce qu'il est capable de faire avec sa langue, tu n'oserais plus jamais l'associer à cet adjectif, crois-moi !

Je pouffe comme une gamine devant sa mine décomposée.

Note pour plus tard : trouver à Neeve un – ou deux – vampire spécialiste du Kamasutra *et digne de son expérience sexuelle pour combler mes absences.*

— À plus, petite fée !

CHAPITRE 13

DRAKE

— *D*rake, ça te tente, un bain à remous ? me propose Sixtine en se glissant, féline, derrière moi.

Bien qu'ils soient fréquents, les contacts avec mon phœnix continuent à me faire frissonner de la tête aux pieds et suscitent une érection immédiate, aussi savoureuse que douloureuse.

Je fais volte-face et me fige à quelques centimètres de ses lèvres.

— Ça dépend. Les pruneaux fripés, c'est pas trop mon truc. Mais si tu as mieux à me proposer, je ne refuserai pas… murmuré-je d'un ton suggestif.

Je lutte pour ne pas me jeter sur sa bouche dont le magnétisme court-circuite ma volonté. Elle me rend fou et j'adore ça.

— Oups, j'ai oublié mon maillot de bain.

Mimant un air gêné qui ne trompe personne, elle recule et place sa main devant ses lèvres, puis fait glisser la bretelle de sa robe. Elle abandonne sa tenue, désinvolte, sur le parquet de notre chambre, me laissant pantelant à la vue de ses jambes fuselées au-dessus de scintillants talons dorés.

Elle est divine.

Jamais je n'aurais imaginé partager une telle osmose avec une partenaire. J'avais jusqu'à présent possédé toutes celles qui s'étaient données à moi – ainsi que celles qui ne le souhaitaient pas, d'ailleurs –, mais jamais aucune n'avait généré en moi des sensations pareilles. Au-delà du plaisir charnel, au-delà de la satisfaction de la savoir mienne, j'aime me dire que je lui appartiens en retour. Cela m'offre une plénitude dont le possible caractère éphémère m'effraie à présent que j'y ai goûté. Une addiction contre laquelle je ne peux lutter même si j'ai parfaitement conscience qu'elle me perdra.

— J'ai attendu si longtemps, grogné-je en me jetant sur elle, avide.

Mes lèvres parcourent la délicatesse de son cou et s'égarent sur sa chair parfumée tandis qu'elle arrache ma chemise, impatiente. Je l'imite et, sans cesser d'explorer les vallons de son corps, ôte le peu de tissu qui couvre encore sa peau.

— Pas tant que ça, j'étais avec toi y a pas une heure… suffoque-t-elle entre deux baisers.

C'est vrai. Pourtant, chaque instant passé loin d'elle est un déchirement. Une heure, c'est trop.

— Une si longue heure, corrigé-je d'une voix rauque et altérée par le désir qui me consume.

— Il faut bien que je nourrisse Neeve. Allez, viens…

Qu'est-ce que cette horripilante sorcière vient faire au

beau milieu de notre partie de jambes en l'air ? J'ai déjà suffisamment de mal à la tolérer dans cette cabane. Alors si en plus elle s'impose trop souvent dans mon quotidien, je vais finir par me la faire ! Pourquoi dois-je partager *ma* Sixtine avec elle ? Pourquoi ma colombe tient-elle à la garder auprès de nous ? Elle nous encombre... Pire, elle nous pollue !

D'ailleurs, Sixt n'est pas la seule à s'être laissé embobiner ; Nancy a elle aussi succombé aux charmes de cette rouquine dont l'attrait demeure un mystère pour moi. D'autant qu'en plus de ses manières franchement irrespectueuses, voire vulgaires, elle est végétarienne ! Un paradoxe insensé dont je ne me remets pas.

Déjà que je dois me farcir ma belle-famille vaniteuse et que ce n'est pas une partie de plaisir, avec ce vieux croûton hostile et conservateur de Paul qui ne peut pas me saquer... Si je dois aussi me coltiner la *best friend forever*, je ne suis pas sorti des ronces ! Au moins, les ancêtres sont parqués dans leur terrain de jeu, ils ne viennent pas m'emmerder jusque dans mon pieu !

Ça ne peut plus durer !

Je refuse de partager ma promise avec cette insupportable contrefaçon de sorcière ! Elle n'a même pas de pouvoirs ! Non seulement elle est inutile, mais en plus...

Un grognement animal m'échappe, surgi de mes entrailles. Les coups de langue de Sixtine m'arrachent à mes pensées. Elle est vraiment douée ! Je me laisse entraîner dans la salle de bain où elle me plaque violemment contre le mur. Je sens le carrelage céder et se fissurer derrière moi, tandis que mes yeux plongent dans ceux, fascinants, de Sixtine.

— Alors, t'es prêt à affronter mon courroux ou tu implores ma clémence ? me demande-t-elle d'une voix sensuelle.

À propos de ?

Merde, j'ai loupé un truc captivant, là : quel rôle joue-t-elle, cette fois ? Qu'importe, je suis décidé à la suivre dans son délire si ça implique du plaisir jusqu'à l'épectase. Enfin, si je pouvais encore mourir, ce qui n'est pas le cas, heureusement.

— Je t'implore, bien entendu, concédé-je, un sourire carnassier sur les lèvres.

— J'aime mieux ça, vilain ! À genoux ! m'ordonne-t-elle, dominatrice, en relâchant la pression qu'elle exerçait sur mes épaules encastrées dans le mur.

Un regain d'excitation me parcourt. Mon pénis est à deux doigts d'exploser. Décidé à obtempérer le temps de découvrir où cet abus d'autorité nous mène, je dépose ma bouche sur son sein avant de dévaler le long de son flanc, mes mains agrippées à ses fesses fermes. Je la pousse sur le rebord de la baignoire où elle se retrouve à prendre appui et écarte ses jambes pour que je m'y fraie un passage. Tandis que je sinue du bas de son ventre à ses lèvres humides, l'eau se met spontanément à couler du robinet doré, couvrant les gémissements de plus en plus prononcés de Sixtine qui ne cache pas son plaisir de me voir ainsi la dévorer. J'enfonce soudain ma langue dans son intimité avant de regagner son clitoris. Prise de soubresauts, elle se contracte sous mes assauts et, dans un hurlement incontrôlé, m'enjoint de poursuivre.

— Encore !

Je n'en peux plus. Je l'attrape et la pousse dans la

baignoire d'où l'eau jaillit, inondant la pièce. Je me redresse, m'assieds et saisis ses fesses pour l'attirer sur moi. Elle ne résiste pas et vient s'empaler sur mon membre dressé à son intention.

— Alors, qui supplie qui, maintenant ? haleté-je, emporté par un flot de plaisir.

Sourde à ma question, elle accélère ses ondulations jusqu'à nous propulser au paradis.

OK, c'est encore moi qui la supplie de ne pas s'arrêter.

Lorsque nos corps se séparent, elle se retourne et se réfugie entre mes jambes, mes bras autour de son buste frémissant. Elle palpite, mais elle n'est plus le petit oiseau terrifié de mes souvenirs. Sa fragilité s'est évaporée à mon contact, faisant d'elle mon alter ego : souveraine de mes nuits, dictatrice de mon existence, indispensable à ma survie. Je la sens se délier et se détendre tout contre moi.

Je suis à elle.

Elle est à moi.

Elle m'appartient.

Tout entière.

Rien qu'à moi.

Alors que je devrais profiter de la quiétude de cet instant, les mots de ma colombe me reviennent : *« Il faut bien que je nourrisse Neeve »*.

Je me tends malgré moi.

Non.

Il ne faut rien.

Je refuse de la partager plus longtemps avec ce parasite qui n'appartient plus à aucune espèce si ce n'est à celle, méprisable, des humains, et qui doit s'abreuver de ce putain de sang de synthèse dont tout le monde devient accroc. Ni sorcière ni vampire. À peine un rebut disgracieux.

Sixtine est à moi.

Neeve doit disparaître.

Et vite.

CHAPITRE 14

KARL

Bientôt un mois que l'attaque avortée sur le manoir a eu lieu, et je ne décolère pas. Pire, j'ai la sensation d'enrager chaque jour un peu plus. En vérité, je tourne en rond comme un loup en cage, et même mes fidèles lieutenants n'osent plus me déranger pour les affaires courantes. De toute façon, quelle importance ont-elles, vu la merde dans laquelle on se trouve ?

Moi qui pensais avoir déniché des alliés en Lennox et ces deux familles de sorciers... Ai-je été stupide à ce point ? En soupirant, je me lève de mon fauteuil pour venir poser mon front sur la large baie vitrée qui ouvre sur la forêt. Devant moi, la vaste mer des frondaisons vert et brun, et au-dessus, un ciel clair et limpide. Ce panorama m'apaise toujours... mais pas aujourd'hui. Non, pas aujourd'hui. Les conséquences qu'aurait pu avoir cette incursion irréfléchie sur le manoir Shadow, nouveau fief de ces suceurs de sang, m'obsèdent. Quand je repense aux risques pris par Elinor à cause de Lennox... Elinor qui porte mon enfant... Ma liée et l'étincelle de vie en elle sont tout pour moi. Je pourrais tout leur sacrifier. Même ma meute ? Au fond de moi, je me sens déchiré. Déchiré entre mon devoir envers les miens, les responsabilités que j'ai acceptées en devenant Alpha à la suite de mon père, et l'amour que je voue à Elinor. La seule idée de la mettre en danger me fait bouillir le sang. Et puis, n'ai-je pas déjà assez sacrifié ? N'ai-je pas banni mon propre frère, le condamnant ainsi à une mort certaine ?

Je ne veux pas me poser ces questions. Je ne le dois pas, sinon, je vais virer dingue.

En soupirant, je sors de mon bureau pour me diriger vers les profondeurs de la tanière Greystorm. J'ai une visite à faire.

Quand je parviens devant la lourde porte qui scelle les cachots, un loup à la carrure impressionnante et une louve qui n'a pas grand-chose à lui envier m'ouvrent et me cèdent le passage. Je m'engouffre dans l'étroit couloir humide, à peine éclairé, et m'avance. De chaque côté, des cellules lugubres. Je me souviens y avoir fait jeter Robin, et il me semble que c'était il y a une éternité déjà. Dans une autre vie. Et justement, l'ironie du sort fait que je retrouve Lennox dans celle qu'occupait mon défunt frère.

Je m'arrête devant la grille aux barreaux d'argent et contemple l'être misérable, mais toujours écumant de rage, qui se trouve assis au sol.

— Lennox.

Il a bien dû m'entendre arriver, mais n'a pas levé la tête pour autant. Très bien, cette entrevue ne s'annonce pas plus productive que les précédentes.

— Es-tu disposé à ce que l'on discute, aujourd'hui ?

Ai-je rêvé, ou ses épaules ont-elles légèrement frémi ? Va-t-on enfin pouvoir avancer ? Il le faut. Absolument. Malgré la fureur que je ressens envers lui, je décide de lâcher prise. Je m'assieds à même le sol glacé et attends.

Au début, il ne se passe rien. Je ne lâche pas Lennox des yeux. Je pourrais utiliser mon pouvoir d'Alpha sur lui, mais en ne le faisant pas, je désire lui montrer que j'espère encore construire avec lui une autre relation, fondée sur la confiance. Une confiance qu'il a bafouée, mais je suis prêt à mettre son acte sur le compte de son amour pour Neeve. Il me faut être honnête, j'aurais sans doute fait la même chose pour Eli.

Enfin, au bout d'un moment si long qu'il me paraît infini, Lennox me regarde. La détresse et la colère que je lis dans ses prunelles me bouleversent, mais je fais taire mes émotions. Certes, je suis capable de compatir à son malheur, car j'aime Elinor comme il aime Neeve, et je ne pourrais imaginer ma vie sans elle. Mais je ne veux pas lui montrer que je m'apitoie sur son sort. Ça ne serait pas lui rendre service.

— Qu'est-ce que tu veux ? me demande-t-il d'une voix rendue rauque par des semaines de mutisme.

— Te parler.

— Et me dire quoi ?

Je soupire, encore.

— Te dire que tu dois cesser de t'entêter.

— Et si je ne le fais pas ? Si je refuse d'être l'un de tes toutous ?

Tout mon corps se raidit, chacun de mes muscles se fait câble d'acier. En est-il encore là ? Après tout, il est dorénavant l'un de mes « toutous », qu'il en soit heureux ou pas.

— Si tu refuses, je serai forcé de t'exiler loin, très loin de Fallen Creek. Ou de te tuer.

Il hausse les épaules, et un sourire sans joie plie ses lèvres pâles. Son visage est ravagé, et ses cheveux sombres et ondulés sont en bataille. Lui, que j'ai toujours connu tiré à quatre épingles, n'est plus que l'ombre de lui-même.

— Et pourquoi ne le fais-tu pas, alors ?

Il n'attend que ça, ce con. Il ne se rend pas compte que ce serait une hérésie, que nous avons besoin de lui pour affronter la guerre qui s'annonce. Mais il est inutile que je lui serve des arguments logiques. Non, il me faut jouer sur la corde sensible.

— Si je t'exile ou te tue, tu ne pourras jamais te venger.

Il frémit. Bingo. Mais cette maigre victoire ne m'apporte aucune véritable joie, car il replonge son visage entre ses genoux.

Je comprends aussitôt que je n'en obtiendrai pas plus aujourd'hui. Je m'estime tout de même satisfait. Nous avons échangé plus de mots en quelques minutes que durant les quatre dernières semaines.

Alors que je me relève pour quitter cet endroit sordide, la porte derrière moi s'ouvre à nouveau et laisse apparaître Eli, accompagnée de Tyler et de Perry. Eux aussi viennent quotidiennement. D'après ce que m'a dit ma liée, ils ne tentent même pas de parler avec Lennox. Ils se contentent de rester auprès de lui, simplement pour lui montrer qu'il n'est pas le seul à souffrir de l'absence de Neeve. Honnêtement, je ne suis pas sûr que cela fasse du bien à ma nouvelle recrue. Peut-être qu'un bon coup de pied au cul serait plus productif. Au point où on en est...

Eli et moi nous rejoignons au milieu du couloir. Elle aussi a les traits tirés. Ses paupières sont rouges et gonflées, elle a dû pleurer. Encore. Sans dire un mot, je la prends dans mes bras et la serre contre moi. La chaleur qui émane de son ventre qui commence à s'arrondir me ferait presque monter les larmes aux yeux. J'ai tellement envie de les emporter tous les deux loin d'ici, loin de ce chaos, pour les protéger envers et contre tout. Et que ces putains de races magiques se démerdent sans nous…

— Ça va ? je lui chuchote, même si je connais la réponse par avance.

Elle fait oui de la tête et m'accorde un faible sourire. Ma courageuse petite louve…

— Tu me rejoins, après ? lui demandé-je encore.

Elle acquiesce une nouvelle fois, puis, comme un courant d'air que je ne saurais retenir, s'échappe de mon étreinte pour retrouver Lennox.

Quelque peu désœuvré, je décide de passer par la cuisine prendre un en-cas avant de retourner m'enfermer dans mon bureau. Je ne sais si je serai plus productif que ces derniers jours, mais je dois au moins faire semblant.

Une fois dans mon antre, j'ouvre quelques tiroirs, tripote des dossiers, griffonne quelques notes, mais le cœur n'y est toujours pas.

Je n'espère qu'une chose. Qu'Eli me rejoigne au plus vite. J'ai besoin d'elle, de sa présence, de sa chaleur, même si je sais qu'elle ne va pas bien. Ensemble, nous sommes plus forts, et je m'en aperçois chaque jour un peu plus.

Enfin, on toque à ma porte, et ma liée entre aussitôt. Je me lève, me porte au-devant d'elle pour la serrer avec tendresse. J'ai eu tellement peur de la perdre, lors de cette expédition... Finalement, nous nous asseyons sur le sofa, celui sur lequel nous nous sommes aimés pour la première fois. Elle vient se blottir contre moi, fourre son petit nez dans mon cou. Son souffle me chatouille agréablement, et je me détends enfin. Elle est là. Elle est triste, certes, mais elle est en vie, et elle va bien.

— Comment ça s'est passé ? lui demandé-je au bout d'un moment.

— Comme d'habitude.

Comme d'habitude. Cela signifie que Lennox n'a pas réagi à leur présence. Qu'il s'est de nouveau emmuré dans son chagrin, malgré les quelques mots que nous venions d'échanger. Je n'en suis même pas surpris.

Le silence s'installe entre nous. Je caresse les longs cheveux sélènes d'Eli, et un instant, je la crois endormie. Elle devrait se reposer plus, la grossesse lui prend beaucoup d'énergie, je le vois aux larges cernes noirs qui parent ses joues trop pâles.

— Tu sais, je suis soulagée que Neeve... que Neeve n'ait pas bu de sang humain.

Elle ne s'était donc pas assoupie. Je hoche la tête, sans rien dire. C'était il y a quatre semaines. Qui peut témoigner aujourd'hui de la situation au manoir Shadow ? Mais il est vrai que cette découverte que nous avons faite était providentielle, et qu'il existe un espoir, certes mince, pour que la transformation de Neeve ne soit pas encore complète. Mais je doute qu'elle ait pu garder toute sa lucidité dans de telles circonstances. Aucun vampire n'a jamais résisté à la privation. Ne pas se nourrir sur des humains, cela signifie la folie... puis la mort.

C'est bien dommage, je n'aurais pas été contre accueillir Neeve dans mes rangs...

Mais cela n'arrivera pas. Moi aussi, tout comme Elinor, Lennox et les autres, je dois me faire à cette idée. Il n'est cependant pas temps d'en faire part à ma liée. Elle n'est pas prête à l'accepter. Alors, pour couper court à cette conversation que nous avons déjà eue mille fois, je me tourne vers elle et plonge mon regard dans le sien. Je me noie aussitôt dans ses prunelles d'onde claire, à peine parées de quelques reflets d'or. Elle est si belle que j'en ai le souffle coupé.

Je me penche doucement vers elle et cueille sa bouche pour lui témoigner mon amour. Elle s'abandonne à ce baiser, et ses bras viennent s'enrouler autour de ma nuque.

— Tu me manques, me chuchote-t-elle quand nos lèvres se séparent enfin.

— Toi aussi, Eli. Tellement.

Et c'est vrai. Avec toute cette histoire, nous avons quelque peu délaissé les joies de notre intimité. Et je constate à l'instant à quel point cela m'a manqué. Ma liée me manque. Son corps, sa peau, sa bouche, ses seins, ses gémissements de plaisir, tout cela me manque éperdument.

Alors, je décide de faire de ce moment un instant rien qu'à nous, une bulle de douceur et d'amour dans cet océan de trahisons et de défaites au goût amer. Mes doigts s'emmêlent dans sa longue chevelure, ma langue caresse ses lèvres, et je l'attire délicatement sur moi, sans jamais quitter sa bouche. Ses paumes un peu trop froides dévalent le long de mon torse, s'accrochent aux boutons de ma chemise pour les détacher un à un. Enfin, ses mains se faufilent jusqu'à la ceinture de mon jean pour libérer mon sexe déjà dressé. Sa bouche vient déposer de tout petits baisers sous mon oreille, tandis qu'elle s'empare de ma verge. Tout mon corps se tend de plaisir. De désir d'elle. J'empoigne ses hanches, ses fesses, ravagé par la volonté de la faire mienne.

Mais un léger rire m'interrompt.

— Vous êtes bien pressé, monsieur l'Alpha.

Je me contente de grogner. Oui, je suis pressé. Oui, j'ai envie d'elle. Et à la lueur qui s'allume à nouveau dans ses prunelles, je devine que c'est réciproque. Mais elle a manifestement décidé de faire durer le plaisir. Sans me quitter du regard, elle passe son tee-shirt par-dessus sa tête, dévoilant un soutien-gorge en dentelle prêt à exploser. Mes yeux s'écarquillent, et je manque une respiration.

— Quoi ? me demande-t-elle d'un air innocent.

— C'est... c'est énorme, bafouillé-je.

Elle rit encore, et je relève le visage vers elle, qui me domine telle une déesse.

— Pour une fois que c'est toi qui dis ça, s'esclaffe-t-elle. Les joies de la grossesse, me dit-elle, tout en prenant l'une de mes mains pour la poser sur son sein.

Les joies de la grossesse ? Mais... On m'avait caché ça ? Dire que depuis des semaines, j'ai un tel trésor à portée de main, et je n'en profite pas !

Effleurant ses mamelons avec fascination, je lui demande :

— Et tu as d'autres surprises pour moi, dans le même genre ?

Elle halète sous mes caresses, se mord les lèvres. Bordel, elle va me rendre dingue.

— Je peux juste... te dire... que je suis hypersensible...

Pas besoin de me le dire deux fois ! Je me redresse et cueille un téton entre mes dents pour le titiller. L'effet ne se fait pas attendre et me ravit.

Son jean suit le même chemin que son tee-shirt et échoue au sol avec mes vêtements. Je ne me lasse pas de caresser son corps qui a tellement changé. Ses courbes sont plus pleines, plus sensuelles, son odeur me submerge et m'emporte loin de tout. Perdu en elle, contemplant son visage convulsé de plaisir tandis qu'elle ondule des hanches sur moi, j'oublie, pour quelques instants, l'horreur de ce que nous vivons.

Ce n'est que bien plus tard, alors que nous reposons tous deux, nos jambes entremêlées, sur notre fameux sofa, que l'on toque à la porte.

— Oui ? grogné-je.

— C'est moi, Angus.

Il n'entre pas. J'imagine qu'Eli et moi avons dû produire tant de phéromones que mon Bêta sait parfaitement à quel type d'activité nous venons de nous livrer.

— C'est urgent ? crié-je encore.

— Oui. Tu peux me rejoindre devant la tanière ?

Je soupire. La réalité nous a cueillis bien trop vite à mon goût.

— J'arrive.

Je me dégage doucement de l'étreinte d'Eli.

— Je suis obligé d'y aller, chuchoté-je.

— Je crois que je l'ai compris, ironise-t-elle.

— Tu veux bien me faire une promesse ?
— Dis-moi toujours.
— Va te reposer un peu. Tu en as besoin. Je te rejoins le plus rapidement possible, OK ?

Elle hésite, mais finit par acquiescer.

Je me rhabille en vitesse et quitte mon aimée pour aller affronter je ne sais quelle nouvelle galère.

CHAPITRE 15

ELINOR

Je reste un long moment alanguie sur le sofa, une main levée dans la lumière offerte par la baie vitrée, mes doigts jouant avec les grains de poussière dorée qui virevoltent.

Mais soudain, je me fige, et mes yeux s'écarquillent... Qu'est-ce que...

Ma paume retombe sur mon ventre rond. Là ! Encore ! C'est... Oui, ce doit être de cela qu'il s'agit, j'en suis presque certaine. À moins que... Après l'émerveillement, c'est une vague d'angoisse qui me submerge.

Où est parti Karl ? Quand reviendra-t-il ? Je ne peux pas rester comme ça sans rien faire ! Si ça se trouve, il se passe quelque chose de grave avec le bébé... Oh, nom d'un croissant de lune, tout le monde m'avait dit de me reposer, et je n'ai rien écouté, évidemment.

En vitesse, je me rhabille et sors comme une furie du bureau de mon lié. Je commence à courir dans le couloir qui descend à la cuisine, avant de m'arrêter net. Ce n'est peut-être pas une bonne idée de m'agiter ainsi. Je me force donc à avancer d'un pas lent, plutôt raide, jusqu'à pénétrer dans le domaine de Popeye. Ce dernier, qui n'a rien perdu de son ouïe redoutable malgré son âge, se retourne aussitôt, fronçant le nez, comme s'il sentait à mon odeur que quelque chose n'allait pas.

— Ma petite Eli ! s'exclame-t-il d'une voix inquiète, ce qui achève de me troubler. Viens t'asseoir, tu es toute pâle.

Enfin, encore plus pâle que d'habitude.

Il m'aide à m'installer sur l'un des bancs qui entourent l'immense table de bois massif. Je tremble comme une feuille. Dans la minute qui suit, Popeye dépose une tasse de thé fumant devant moi.

— Tu veux des petits gâteaux, aussi ? me demande-t-il, hésitant.

Je secoue la tête, lui adressant un sourire vain.

— Je... Popeye, tu peux aller chercher ma maman, s'il te plaît ?

Il acquiesce et se rue hors de la cuisine. Mon regard se fixe sur une casserole d'où s'échappe une vapeur odorante. Pourvu que rien ne brûle à cause de moi... À cette pensée futile, les barrages que j'avais érigés en moi cèdent et je me mets à sangloter. Je me sens tellement fatiguée. Tellement usée par les événements. Dépassée. Et je culpabilise tant de ne pouvoir apporter à cette grossesse l'attention qu'elle mérite...

Je n'ai pas longtemps à attendre avant que n'arrive Agatha, ma mère. Elle a l'air complètement affolée, et à sa vue, mes sanglots redoublent.

— Ma chérie, ma petite fille... Que se passe-t-il ? Ton

ami est venu me chercher, et j'ai accouru aussi vite que possible.

Effectivement, quand elle me serre contre elle, je sens sa respiration rapide, et mes sens lupins perçoivent la très légère odeur de transpiration qui couvre celle de sa peau. Malgré tout, dans ses bras, nichée dans son giron, je me détends un peu. Un tout petit peu.

— Maman, j'ai peur…

— Peur de quoi, mon petit cœur ?

— J'ai peur pour le bébé…

Cette fois, elle m'éloigne d'elle à bout de bras.

— Il se passe quelque chose avec le bébé ?

Elle aussi a pâli.

— Je… je ne sais pas. J'ai senti quelque chose…

— Tu as senti quoi exactement ? s'enquit-elle en fronçant les sourcils.

Je désigne le bas de mon ventre, un point situé juste au-dessus de mon pubis.

— Ici, ça a fait… comme une bulle. Ça l'a fait deux fois.

Et là, devant mes yeux éberlués, Agatha Moon éclate de rire.

— Ah, ça ! Mais ma chérie, c'est merveilleux ! Tu viens de sentir ton bébé bouger ! Et crois-moi, une fois qu'ils commencent à se manifester, on ne les arrête plus ! Bientôt, cet enfant dansera la java toute la nuit !

— Tu… tu penses que c'est ça ?

Je tremble de tous mes membres. Je pourrais m'évanouir tant je suis soulagée. Et je me sens un peu bête, aussi. Dire que j'ai envisagé le pire… Mais à ma décharge, il faut admettre que les circonstances n'aident pas à se montrer optimiste.

— Mais oui, ma chérie, j'en suis certaine. Après tout, j'ai un peu d'avance sur le sujet, me dit-elle avec un clin d'œil appuyé.

Je souffle un bon coup. OK, tout va bien se passer. Enfin, ça, ça va bien se passer, en tout cas. Et c'est déjà pas mal.

Dans l'embrasure de la porte, je vois apparaître le visage de mon père. Il a l'air affolé, lui aussi.

— Euh... on peut entrer ?

Je fais oui de la tête, tout en essuyant les larmes qui maculent encore mes joues. Remus entre, suivi par Popeye qui triture son tablier pas très propre entre ses mains larges comme des battoirs.

— Ça va mieux ? me demande-t-il d'une voix incertaine.

Je lui souris. Ce n'est tout de même pas très courant de déstabiliser ainsi le cuisinier de la meute.

— Oui, tout va bien. C'était juste un truc de mamans.

Il souffle de soulagement et s'exclame :

— Bon, alors, tournée de petits gâteaux pour tout le monde ?

Nous acquiesçons tous les trois, et mon père vient s'asseoir à côté de moi, en me déposant un baiser maladroit sur le front. Je me sens bien, là, entourée de mes parents. J'ai une pensée pour ma sœur Liv. J'aimerais qu'elle soit ici aussi, mais elle a refusé d'interrompre ses études et de se mêler à tout ça. Et je ne lui donne pas tort. Elle est encore trop jeune pour se préoccuper de telles choses, même si elle me manque... D'autant plus que je suis à peu près certaine qu'en fait, elle m'en veut à mort de l'avoir abandonnée au profit d'une meute de loups. J'aurais dû aller la voir, la dernière fois que j'ai bu un coup avec Sixt au Kiddy… Lui parler, tenter de lui expliquer la situation. Oui, et lui faire la leçon, parce qu'elle m'a l'air de filer un mauvais coton. C'est bien beau de dire qu'elle ne souhaite se mêler de rien, mais si nous échouons, son avenir est tout aussi compromis que le nôtre.

Neeve me manque également. À cette pensée, je me rembrunis. Je n'arrive pas à surmonter son absence. Je n'arrive pas à tolérer mon impuissance. La même impuissance que j'ai ressentie au moment où j'ai compris que j'avais définitivement perdu Sixtine. Et cela, je ne l'ai réellement saisi que lors du bûcher sur lequel a failli griller Neeve. Quand j'ai vu ce qu'elle était véritablement devenue… Ce monstre froid, sans cœur… Non, je ne peux pas dire cela non plus. Si Sixt n'avait plus eu de cœur, si ses sentiments pour nous s'étaient vraiment taris, elle ne serait pas venue. Elle n'aurait pas affronté Raven et ses Noctombes. Et elle n'aurait pas enlevé Neeve non plus, aussi fou que cela puisse paraître.

Malgré tout, nous ne retrouverons jamais ce que nous avions, elle et moi. Et le fait qu'elle ait pris Neeve pour la transformer envenime encore plus la situation.

Je reste un long moment avec mes parents, je profite de leur chaleur, de leurs sourires et de leurs mots d'amour. Ils m'ont tellement manqué, ces derniers mois. Combien de fois ai-je eu envie de courir rejoindre la demeure des Moon, nichée au bord du lac du même nom ? Combien de fois ai-je dû me faire violence pour chasser leur image de mon esprit ? Enfin, enfin, ils sont à mes côtés ! Et ils connaîtront mon enfant. Cette perspective vaut à mes yeux tout l'or du monde.

Néanmoins, je finis par les abandonner pour retourner voir Lennox. Lui non plus ne quitte jamais vraiment mes pensées. On pourrait presque dire qu'il m'obsède, probablement parce que je reporte sur lui tout ce que je ne peux pas offrir à Neeve. Non pas que je ressente soudain beaucoup d'amour pour lui, notre passif est un peu trop lourd pour cela, mais je compatis à son chagrin. Son chagrin qui ressemble tant au mien.

Une fois devant les barreaux de sa cellule miteuse, je m'assois sur le sol glacé. À force, et vu le nombre d'heures que je passe ici, je vais finir par y trouver l'empreinte de mon popotin.

— Coucou, Lennox.

Pas de réponse.

— Je t'ai apporté des petits gâteaux préparés par Popeye. Ils sont super bons, tu devrais goûter.

Toujours rien. Je lève les yeux au ciel. Je crois que mes séances auprès de mon ancien patron sont une sorte de punition pour toutes les fois où je me suis montrée impatiente. Et si tel est le cas, on n'est pas sortis des ronces.

Et puis, comme il ne semble pas m'entendre, je fais comme bien souvent. Je laisse parler mon cœur. Finalement, Lennox fait un très bon psy, quand il n'ouvre pas la bouche. Manque juste le divan.

— Tu sais quoi, Lenny ? J'ai senti bouger le bébé pour la première fois aujourd'hui. Ça ressemble à... Eh bien, à rien d'autre, en fait. J'ai même cru que j'étais en train de le perdre, tellement ça fait bizarre. Mais non, tout va bien. Enfin, il me reste toutes ces vilaines nausées, mais ma mère m'a dit que ça allait finir par s'estomper. J'y compte bien, parce que je vais user la cuvette à force de vomir dedans.

Je laisse passer un temps, espérant au moins avoir fait naître un sourire sur le visage de l'Amnistral. Rien. Que dalle. Nada.

Je continue donc. Y a bien un moment où il va me demander de me taire. Il n'a jamais supporté que je lui fasse la discussion.

— Et puis attends, j'ai pas fini… Je culpabilise. Et je crois que c'est aussi pour ça que j'ai autant peur de perdre ce bébé. Je me dis que si je n'avais pas fait tous ces choix… Après tout, c'est moi qui ai lancé l'idée d'aller nous cacher chez les loups. Et puis, c'est moi qui ai prononcé le sortilège de transformation. Et pour finir, c'est moi qui me suis liée à l'Alpha des Greystorm.

Un petit rire désabusé m'échappe. Oui, j'ai beau savoir que je n'aurais jamais pu lutter contre le lien qui m'unit à Karl, je me dis que j'ai quand même merdé dans les grandes largeurs, et ce depuis le début.

— Bah, je suis consciente que, de toute façon, t'as une opinion de chiotte, me concernant, et j'ai un peu la même pour toi, tu t'en doutes. Mais… ben, voilà, je voulais que tu entendes que je reconnais mes fautes. Et que ça me fout en l'air de penser que je suis responsable de leur sort. De *son* sort. Bref, t'as bien raison de pas avoir envie de me…

Et je m'interromps en pleine confession. Je viens de ressentir quelque chose. Quelque chose de fort.

Karl est rentré. Il n'est pas tout seul, et je le sens agité. Pas dans son état normal.

À cet instant, les cousins Falck débarquent. Toujours le

bon timing, ces deux-là. Ils viennent peut-être aussi pour leur petite séance. Je leur souhaite bien du courage, d'autant plus que l'étrange triangle – ou rectangle, du coup ? – amoureux qu'ils ont entretenu un temps avec Neeve n'est sûrement pas hyper éthique.

— Super, les gars, il est tout à vous. Par contre, je vous préviens, il est en forme, ce soir. Le roi de la blague !

Je ne leur laisse pas le loisir de répondre et m'éclipse aussitôt pour rejoindre mon lié.

CHAPITRE 16

LENNOX

Mes bras encerclent mes jambes recroquevillées. Mes yeux fixent le sol nu de mon cachot. Mes pensées me ramènent sans cesse aux dernières paroles de Neeve. Celles qu'elle a prononcées avant de m'éjecter à travers une fenêtre dans le but de me sauver.

« Je t'aime ».

Depuis un mois, ces trois mots virevoltent dans mon esprit. Tant d'années sans exprimer nos sentiments et voilà que ce que j'espérais depuis si longtemps arrive au moment où tout amour devient impossible entre elle et moi. Je suis même convaincu que Neeve ne se serait jamais livrée de cette façon s'il y avait eu encore une chance entre nous.

L'avoir vue dans cet état proche de la démence m'a rendu dingue à mon tour. Je ne fais qu'y penser. Ça m'obsède. Le temps n'a sûrement rien arrangé pour elle, et j'en crève.

Je n'ai que la solitude de ma prison pour me laisser aller à mon désespoir. Quand je suis parmi les loups, leurs émotions me submergent, au détriment de celles que j'éprouve au souvenir de Neeve. Je ne peux pas le permettre. Je suis mieux ici, isolé de tout... Enfin, presque.

Elinor vient de partir. Je suis soulagé, mais j'aimerais que les cousins Falck l'imitent.

— Et c'est comme ça que Perry a failli se geler la bite ! déclare Tyler qui en termine avec son histoire improbable.

Perry éclate d'un rire ravi.

Je souhaiterais pouvoir dire que mes lèvres frémissent d'amusement, mais ce n'est pas le cas. Ces deux mecs me racontent leur vie depuis quatre semaines. Et quand ce n'est pas eux, c'est Elinor. Je suis à bout.

Le thème de discussion favori des Falck est leur sexualité. Ils me disent que je les comprendrai quand mes hormones lupines se réveilleront. Sachant qu'ils ont tous deux couché avec Neeve, ça m'horripile de les entendre m'abreuver de leurs histoires scabreuses et surtout, qu'ils s'imaginent que je pourrai un jour me reconstruire avec une autre que celle dont je suis amoureux depuis toujours. Certes, ils ne parlent jamais d'*elle* et je suppose qu'ils se montrent aussi joviaux pour mieux dissimuler leur peine. Mais je n'en ai cure. Neeve ne sera jamais à eux comme elle ne sera jamais à moi. C'est la seule à l'avoir compris. Pourquoi sont-ils encore là ? Ne voient-ils pas que je suis une cause perdue ? Jamais je ne me fondrai dans cette meute ! Jamais je ne me pardonnerai de ne pas avoir été là à temps, lors ce maudit bûcher. Je me rappelle le mensonge de Cornelius Kane :

« Ne vous inquiétez pas, Lennox. Le procès n'aura lieu que demain. Nous avons tout le temps du monde ! »

Comme j'aimerais me venger… J'aimerais me téléporter jusqu'au bureau de l'Amnistral de Virginie et le tuer de mes mains. J'aimerais enserrer le cou de Raven entre mes doigts et presser si fort que ses yeux jailliraient de leurs orbites.

Mais ici, que puis-je faire à part obéir à l'esprit de la meute ? Rien ne doit la mettre en danger sauf si l'Alpha en décide autrement. Neeve est perdue, à présent que le manoir déborde de vampires. Son cœur faible ne survivra pas à ce qu'elle subit. Et comme elle ne s'abreuvera jamais de sang humain, elle ne deviendra jamais une créature de la nuit. Elle va seulement mourir.

Si je l'admirais avant, je l'admire encore plus maintenant. Résister, dans sa situation, relève de l'impossible. Mais impossible n'est pas Neeve. Un petit sourire se forme au coin de mes lèvres à cette pensée. Mon esprit s'envole vers elle, comme à chaque putain de seconde que je passe dans ce trou.

Je lève les yeux sur les barreaux argentés de ma cellule, puis les pose sur les pierres magiques qui m'empêchent de me téléporter. La rancœur m'enveloppe telle une couverture bien chaude. Je n'ai qu'elle à ce jour pour me tenir en vie et pour agrémenter ma solitude. Qu'on me laisse pourrir seul !

— Allez-vous-en, marmonné-je.

— Oh, putain, Perry ! Lenny a dit quelque chose !

— Mais oui, Tyler ! Il… parle ! Quel miracle !

— Je ne vous autorise pas à m'appeler Lenny.

— Et en plus, il plaisante ! s'exclame Perry.

— Quel boute-en-train, ce Lenny ! ironise Tyler.

Pourquoi leur ai-je adressé la parole ! Je suis prêt à me replonger dans mon mutisme quand Angus débarque à l'entrée du cachot.

— Venez ! crie-t-il aux deux loups avant de se tourner vers moi. Et libérez-le, Elinor le demande.

Je discerne au regard que s'échangent les cousins toute leur surprise. Angus semble nerveux.

— Karl est d'accord avec ça ? s'enquiert Tyler.

Le premier Bêta de l'Alpha acquiesce tandis que Perry déverrouille ma cellule.

— S'il veut le juger pour ce qu'il a fait, ajoute Tyler, il sait que mon cousin et moi nous y opposerons. Je ne suis pas certain que…

— Il ne s'agit pas de Lennox, rétorque Angus.

Tyler le considère un instant. Personnellement, j'aimerais être jugé afin d'être banni ou tué par l'Alpha. Je n'ai rien à faire ici, dans cette meute. Je n'ai plus rien à faire nulle part. J'aurais dû crever sur ce putain de bûcher. Mais les cousins Falck et Elinor me protègent. J'imagine qu'ils pensent que je leur suis redevable. C'est tout le contraire. Dans la mort, je retrouverai Neeve. Sans elle, ma vie n'a aucun sens. Quand est-ce qu'ils vont le comprendre ?

Tyler et Perry enfilent leurs bracelets qui neutralisent ma magie et m'attrapent par les bras pour me redresser. Je les laisse faire. Ma lassitude est à son paroxysme. Je ne songe pas à m'échapper. Comme si la torpeur et l'amertume me figeaient dans cet état catatonique dans lequel je me complais depuis un mois. Même mon désir de vengeance n'y résiste pas. Je me fais honte, mais j'assume.

On me traîne dans les couloirs de la caverne. Je n'ai pas eu assez de temps en liberté dans cet endroit pour savoir où l'on me conduit. Cela m'importe peu, d'ailleurs. Angus est devant nous et ses pas sont rapides. Je ressens l'excitation qui le traverse. Tyler et Perry sont aussi dubitatifs que moi alors que nous nous présentons face à une porte dans le secteur résidentiel de l'immense tanière. Fait-on tout ce cinéma pour que j'emménage dans une prison plus confortable ?

Angus ouvre. Les cousins et moi pénétrons dans la pièce. Nos souffles se coupent.

Neeve !

Je m'arrache à la poigne de Tyler et de Perry et me rue sur le lit où Neeve repose, endormie. J'entends son cœur battre faiblement. Elle a survécu et son corps ne présente pas les stigmates qu'un régime sans sang aurait dû lui infliger. Comment est-ce possible ?

— Que s'est-il passé ? demandé-je tandis qu'Elinor se place à mes côtés.

Mes yeux se tournent vers elle. Les siens sont embués de larmes. Une lueur d'espoir apparaît sur son visage, en même temps qu'un sourire ébahi.

— J'ai reçu une visite à la tombée de la nuit, affirme Karl. C'était l'enfoiré qui a assassiné mon frère. Il m'a proposé une trêve.

— Une trêve ? répète Eli.

— Hum, marmonne Karl.

Je ressens en lui la haine qui le dévore pour ce vampire peroxydé aux yeux turquoise. Celui qui a tué Robin pour s'approprier Sixtine.

— Il m'a assuré qu'il ferait son max pour contenir les

désirs d'ambition de Sixtine si nous le débarrassions d'un élément encombrant... d'un parasite, comme il a dit, ajoute-t-il.

Les rouages dans mon cerveau se mettent en branle. Mon regard se pose à nouveau sur Neeve, tandis que Karl observe Elinor.

— Conscient qu'il ne possède pas le pouvoir d'imposer une trêve, vu que c'est sa chérie qui donne les ordres, j'étais à deux doigts de lui faire la peau quand il a mentionné qu'il s'agissait de ton amie.

La bouche d'Eli s'entrouvre.

— Tu veux dire qu'il nous la livre sans le consentement de Sixtine ? s'enquiert-elle.

— C'est exactement ce que je veux dire, répond Karl. Ce connard m'a affirmé que Neeve devenait trop envahissante à son goût.

— Je n'en suis pas étonnée, s'amuse Eli. Neeve a dû le rendre chèvre. C'est sa spécialité.

À ces mots, un sourire s'imprime au coin de mes lèvres.

— Pourquoi est-elle endormie ? demande Tyler.

— Drake l'a droguée pour me l'amener, explique Karl. Il aurait préféré la tuer, mais il craignait la réaction de Sixtine. Il s'est dit que si je la transformais en louve, Neeve resterait en vie, mais serait écartée de l'équation. Bien sûr, il nous fera porter le chapeau.

— C'est dangereux, intervient Angus. Depuis un mois, les vampires sont plus calmes. Peut-être que Neeve avait une bonne influence sur...

— Et qu'est-ce qu'on en a à foutre ? s'insurge Perry.

Je suis tellement d'accord avec lui. Ma poitrine se gonfle d'espoir. Je plante mon regard dans celui de Karl.

— Tu crois que ça peut marcher ?

— Elle n'est pas encore tout à fait vampire, alors je pense que oui. N'était-ce pas ton plan, à la base ?

Un sourire en coin accompagne cette question. Je hoche la tête. Des larmes s'invitent dans mes yeux. Neeve a résisté ! Elle n'est pas une vampire, et plus vraiment une sorcière non plus, puisque ses pouvoirs lui ont été arrachés. Mais elle est vivante ! Elle sera louve. Elle sera à mes côtés ! Le choc me fait vaciller.

— Fais-le, déclare Elinor à son lié avec détermination.

Karl acquiesce et se penche sur Neeve. La paume d'Eli se glisse doucement dans la mienne tandis que l'Alpha subit un début de métamorphose. Des poils se hérissent sur sa peau, ses canines s'allongent, ses doigts griffus ouvrent le col de Neeve. La naissance de sa poitrine offerte à la morsure de Karl ne tarde pas à être percée de ses crocs. Je me tends. Elinor aussi quand elle resserre son étreinte sur ma main. Nous respirons plus vite.

Le museau de l'Alpha est imbibé de sang quand il s'écarte du corps de Neeve. Mes yeux ne peuvent relâcher leur attention sur elle. Elle est si belle.

D'abord, rien ne se passe. L'hémoglobine imprègne peu à peu les draps. Ses membres sont figés. Seuls nos souffles brisent le silence de la pièce. Puis c'est un son différent qui vient presque transpercer mes tympans. Un son que je guette. Un son qui me rend l'espoir de la retrouver pleine de vie. Je n'ose exprimer la joie intense qui s'empare de moi. Perry et Tyler se placent derrière Eli et moi. Nos regards s'éclairent. Nos ouïes aiguisées se gorgent de ce son si agréable.

Pa Pam... Pa Pam... Pa Pam... Pa Pam Pa Pam Pa Pam PaPam Papam Papam...

Son cœur bat plus vite au fil des secondes. Karl lève les yeux sur sa liée.

— Son corps se réchauffe.

Eli lâche ma main et pose la sienne sur un bras de Neeve. Un sourire pare son visage. Le premier que je lui vois depuis que je suis arrivé ici. J'ose à peine arborer la même expression, pourtant mon propre cœur explose. Lorsque Neeve ouvre les yeux, je suis abasourdi.

CHAPITRE 17

SIXTINE

— Nancy ? Tu n'aurais pas vu Neeve aujourd'hui ?

— J'ai été pas mal occupée avec les travaux. Désolée...

Elle semble déçue de ne pas pouvoir me renseigner davantage. Elle adore Neeve, dont elle trouve la façon d'être exotique et rafraîchissante après des siècles d'un ennui mortel. D'ailleurs, elle passe quasiment tout son temps libre avec elle et avec Taylor, à vider des poches de Magic Blood et à tester de nouveaux cocktails aux saveurs improbables.

— Je ne la trouve nulle part, je poursuis, dépitée. Elle ne t'a pas dit où elle avait prévu de se rendre ?

Nancy secoue la tête. Le mouvement de ses boucles blondes et sa mine contrite lui donnent l'air d'une gamine impuissante.

— Je continue de la chercher. Si tu as des infos...

— Promis, je te tiens au courant, confirme-t-elle avant même que je n'aie pu achever ma phrase.

À mon tour, je hoche la tête, reconnaissante, avant de poursuivre mes investigations dans les couloirs. Pour y avoir passé mon enfance, je connais le moindre recoin du manoir comme ma poche. Je finirai bien par la dénicher. Pourquoi m'évite-t-elle ? Je croyais que le spleen consécutif à son déracinement s'était estompé et qu'elle aimait à présent partager notre existence paisible au sein de notre communauté. Une vie de puissance et de Magic Blood, que peut-elle espérer de mieux ? Aurais-je loupé quelque chose ?

J'ai beau fouiner partout, de la cave au grenier, aucune trace de Neeve. Elle s'est volatilisée. Et personne ne peut m'apporter le moindre indice qui puisse me mettre sur sa piste. C'est comme si elle ne s'était jamais trouvée parmi nous.

— Tout va bien, ma grive ? me demande Drake alors que je traverse un énième couloir.

Ce qu'il m'exaspère parfois, avec ses surnoms à la con !

— Non.

— Non ?

— Neeve a disparu.

— Disparu, tu dis ?

Il feint d'être affecté par la nouvelle, mais je suis certaine qu'il n'en est rien. Faut dire que Neeve n'a pas fait dans la dentelle et lui a clairement balancé qu'il n'était qu'un parasite sans intérêt, tout juste toléré en raison de notre relation. Alors, j'imagine que si elle disparaît du paysage, il sera bien content de ne plus subir ses insultes à la moindre occasion.

— Je commence à m'inquiéter ! Et si on lui avait fait du mal ?

Tiraillée entre colère et craintes sourdes, je me laisse traverser par un frisson pénétrant.

Tout ce temps passé à la chercher, et je n'ai pas envisagé une seconde qu'elle puisse être en danger, mais cette éventualité me crève à présent les yeux.

Qui voudrait du mal à Neeve ?

Elyris ?

Je croyais qu'elle avait quitté la Fang House ? Qu'elle était retournée, d'après nos éclaireurs, jouer la princesse de pacotille dans un domaine reculé de La Nouvelle-Orléans ? C'est d'ailleurs pour cette raison qu'une partie des nôtres est restée vivre à la Fang House. Nous étions un peu à l'étroit malgré la taille du manoir, nous répartir nous a semblé une option plus pérenne. Serait-elle revenue kidnapper Neeve pour se venger de moi ?

À moins que ce ne soit le régime végétarien de ma meilleure amie qui ait suscité l'animosité des nôtres ?

Ça n'a aucun sens, qui s'intéresse à ce que chacun mange ? Comme la sexualité, ou la religion, cela relève de convictions intimes, personne n'a à donner son avis !

Je me tourne vers Drake.

— Convoque tout le monde.

— Pour ?

— Neeve est dans la nature, nous devons la retrouver ! Elle pourrait être en danger de mort, tu saisis ? Je dois interroger chaque vampire de cette communauté !

— Je ne suis pas sûr…

Face à mon regard noir, Drake laisse sa phrase en suspens.

— OK, ma colombe. J'organise ça, m'indique-t-il, manifestement partagé entre incompréhension et résignation.

Excédée, je l'abandonne en claquant des talons sur le sol parqueté. Mes pas rageurs résonnent dans toute la baraque, semblables aux trois coups annonçant que la pièce de théâtre va commencer et que le rideau est sur le point de se lever. Si l'un de mes disciples est impliqué dans la disparition de Neeve, je le confondrai et le châtierai.

— Un peu de calme, voyons. Sixtine a quelques questions à vous poser, annonce Drake d'une voix autoritaire face à la foule qui se presse dans la salle de bal à présent noire de monde.

Instantanément, le silence s'abat sur mes invités. Cela fait un moment que je n'ai plus rassemblé mes partisans de cette manière. Pas depuis la fin ridicule de Vlad ou quand j'ai transformé mes congénères en *bat*-vampires. Deux événements qui me valent d'ailleurs leur dévotion. Une étrange ambiance pèse sur la pièce, de l'appréhension mêlée d'admiration et d'incertitudes. Mon visage fermé ne présage rien de bon, ils le savent. Et pourtant, personne ne semble comprendre de quoi il retourne. Aucun n'affiche une expression qui trahirait sa culpabilité. Cela m'enrage et je sens la colère m'envahir.

Je les fixe un moment, sondant chacun d'entre eux dans un silence lourd. Puis je me glisse dans la foule qui s'écarte pour me laisser passer et sinue entre mes pairs, déterminée à déceler le plus petit indice qui me mettra sur la piste de mon amie.

— Toi ! désigné-je l'un d'entre eux, en train de mater ses ongles au demeurant souillés de sang séché. Ici.

Il s'approche, surpris d'avoir attiré mon attention.

— Sixtine… commence-t-il en mimant une révérence qui accentue mon impatience.

Je balaie ces mondanités de la main et lui demande sans préambule :

— Où est Neeve ?

— Je ne saurais te le dire. Nous ne fréquentons que rarement les mêmes lieux, elle et moi.

— C'est-à-dire ? Elle n'est pas assez bien pour toi ?

— Ce n'est pas ce que j'ai dit, tente-t-il de se justifier.

— C'est exactement ce que tes paroles sous-entendent.

— Mais…

— Personne ne m'interrompt quand je parle ! tonné-je.

Plus le temps passe, plus la crainte qu'il soit arrivé quelque chose de tragique à Neeve me broie. Et plus l'urgence mue ma peine en une rage incontrôlable. Ça ne fait que quelques heures qu'elle a disparu et elle me manque déjà terriblement ! Son absence fait resurgir de vieux démons. Une haine féroce se drape autour de moi. Neeve n'est plus là.

— Inutile, prononcé-je, mes yeux fixés dans ceux de ma future victime.

— Je…

— Et inintéressant, ajouté-je.

D'un geste sec accompagné d'une formule qui se résume à un unique mot, je l'étouffe. Il se tient la gorge une poignée de secondes sous le regard médusé des autres, avant de s'effondrer telle une chiffe. Je viens d'aspirer son souffle de « vie » vampirique et de lui briser le cou. C'est moins spectaculaire que la décapitation, mais j'aime trop la robe que je porte pour la salir. Et puis ça impliquerait de me changer pour partir à la recherche de Neeve lorsque j'aurai enfin dégoté les informations nécessaires. Ce serait une perte de temps considérable si quelqu'un la retient en otage et attente à sa vie. Je ne peux pas prendre ce risque.

— Au suivant.

Un frémissement terrifié se déploie dans la pièce. Leurs regards emplis d'incompréhension évitent le mien qui balaie la salle.

C'est bon, pas de quoi paniquer, cet abruti l'avait bien mérité !

J'en sélectionne quelques-uns, prête à réitérer mon interrogatoire, quand Drake pose sa main sur mon poignet et me murmure quelques mots à l'oreille :

— Tu vois bien que personne ne sait ce qui lui est arrivé, ma colombe. Je te prie de les épargner, nos effectifs sont une force dont nous aurons besoin quand…

— Quand quoi ? Quand Neeve sera morte ? hurlé-je à m'en éclater les poumons. C'est ça que vous voulez ? Que Neeve crève parce que vous ne supportez pas sa différence ? Maudites chauves-souris !

Aucun ne proteste. Les yeux rivés sur le sol, la nuque ployée, ils attendent la suite comme le couperet de la guillotine. Résignés et mutiques.

Quand, soudain, une voix que je connais bien s'élève, toutefois moins guillerette qu'à l'accoutumée :

— Et si c'était sa famille ? Ou les loups ? suggère Nancy, pensive.

Qu'est-ce qu'elle raconte, enfin ? En tout état de cause, les protections érigées autour du manoir ne permettent pas d'y pénétrer et encore moins d'y soustraire l'un de ses habitants, sauf à user d'une magie puissante.

Eli. Je ne vois qu'elle pour mener cette croisade ! Elle est la seule capable de contrer mon sort. Quand il s'agit d'imposer sa volonté sans songer aux conséquences, elle est toujours au taquet, celle-là ! Je pensais que sa dernière incursion avortée lui avait suffi, mais non ! Elle a Lennox et son toutou dévoué, elle ne pouvait pas me laisser Neeve ?

Oui, c'est forcément elle.

Nancy attend ma réponse. Contrairement aux autres, elle me fixe, sereine, dans l'attente de mes instructions. C'est ce que j'apprécie chez elle – en plus de sa spontanéité et de son franc-parler –, jamais elle ne courbe l'échine quand bien même les circonstances l'imposeraient.

— C'est Elinor.

— Tu en es sûre ? m'interroge Drake, dubitatif.

— Nous devons nous en assurer. Nancy, prends Taylor et quelques vampires avec toi et allez jeter un œil. Discrètement.

— OK, obtempère la petite blonde, volontaire.

— Si jamais Neeve se trouve dans la tanière Greystorm, je la retournerai, et j'exterminerai ces loups pour la récupérer ! SORTEZ !

En une fraction de seconde, la salle de bal se vide. Il ne reste plus que Drake, moi et le piano à queue.

— Que dirais-tu d'une partie de chasse pour te détendre un peu, mon hirondelle ?

Excellente idée. Je dois passer mes nerfs sur quelqu'un, et si en plus je peux siphonner un petit bouillon de sang tiède à la jugulaire d'un humain terrifié, c'est un bonus que je ne peux refuser.

Guidés par Drake, Victor et une poignée de vampires acquis à ma cause de gré ou de force, nous nous arrêtons au cœur d'une forêt dense qui me rappelle vaguement quelque chose. En même temps, qu'est-ce qui ressemble le plus à un arbre qu'un autre arbre ?

— Où sommes-nous ? demandai-je à Drake, piquée par la curiosité. Quand tu m'as parlé de chasse, ce n'est pas vraiment ce que j'avais à l'esprit.

— Sur l'une des propriétés de Vlad, m'explique Victor.

Décidément, les vampires disposent de ressources infinies. Étrange qu'ils n'aient pas plus attiré l'attention des humains au cours des derniers siècles.

— Il a dû batailler pour obtenir cette parcelle, poursuit-il. Les forêts de Fallen Creek sont très prisées. D'ailleurs, l'avocate d'un collectif écologique nous a donné du fil à retordre, en rameutant toutes les associations de protection de la nature du coin ! Elle a failli parvenir à en faire une réserve de biodiversité fédérale. Ça aurait été une galère pour s'y abreuver…

Ce dossier m'est si… familier !

Bien sûr !

L'avocate dévouée aux causes perdues, c'était moi ! Et

je me souviens qu'à l'époque, mon contradicteur était une multinationale dont les ambitions immobilières laissaient imaginer qu'elle défricherait tout pour bâtir des centres commerciaux et des résidences hôtelières. Le temple du consumérisme et de la débauche. Neeve et ses parents étaient outrés par la rumeur de ces projets, c'étaient d'ailleurs eux qui m'avaient suppliée de devenir la conseillère de ce collectif destiné à empêcher cette acquisition détestable. Encore un combat qui nous avait réunies, Neeve et moi, et autrement plus juste que ses frasques régulières et assignations à répétition pour harcèlement.

« Ce n'était qu'une main au cul, Votre Honneur ».

Alors que j'avais failli lui coller une baffe à l'audience pour la faire taire, ce souvenir déclenche à présent mon hilarité. Même si j'ai parfois eu du mal à la comprendre, elle était sacrément marrante, ma copine.

— La Trust Building Company, c'était Vlad ?

— Oui, madame, acquiesce Victor en souriant. Il vous a longtemps maudit pour vos actions, à l'époque où vous défendiez la cause environnementale.

Drake affiche un visage surpris, visiblement pas au fait de cette information.

— Tout ce cirque pour un terrain de chasse ? lâché-je.

Si les communautés de l'ombre s'étaient donné la peine de communiquer, ça m'aurait épargné une dépense d'énergie pour quelque chose qui – à part les humains relâchés telles des proies au cœur des bois, bien entendu – n'aurait généré que des difficultés et contestations mineures. Mais le savaient-elles ? En définitive, la forêt n'a jamais été menacée. Comme quoi, malgré sa médiocrité phénoménale, Vlad avait quand même une toute petite qualité.

— Tu vas voir, c'est une sacrée propriété. Des vallons, des arbres et une rivière bucolique. Tout y est. Le paintball version vampire dans une vaste parcelle clôturée.

— Et les proies ?

— Vivantes et apeurées. Toutes fraîches, elles ont été relâchées ce matin.

La soif m'étreint aussitôt.

Des semaines que je n'ai plus saigné un gibier en forme. Les humains qu'on nous propose sont insipides, à l'article de la mort, ne luttant même plus pour leur survie tant il est évident qu'ils vont y passer. Quant au Magic Blood, c'est écœurant et dénué du moindre suspense. Là, ça a un petit goût d'imprévu, comme si une infime possibilité de nous échapper subsistait. J'adore ça. Neeve ne serait pas d'accord avec moi, bien sûr, mais comme elle n'est pas ici... Je serre les poings à cette pensée.

— Alors, mon phœnix, tu es prête ?

Et comment !

— Et toi ? Prêt à te ridiculiser ? Je vais te les siffler sous les yeux ! le provoqué-je.

— J'attends de voir ça, me sourit-il, une expression carnassière sur son visage.

— À vos marques, entame soudain Victor en bon maître d'équipage. Trois. Deux. Un. Chassez !

CHAPITRE 18

NEEVE

Des flammes. Des flammes...

Je frissonne en ouvrant les yeux. Ma vue se fait plus nette au bout de quelques secondes. Point de feu, mais de la roche. Ma peau me brûle. Sans doute une réminiscence de ce cauchemar. De cette longue nuit... Où suis-je ?

— Neeve !

Je connais cette voix féminine. Ce ton brisé par les sanglots qui l'étouffent. Puis une puissante odeur attaque mes narines. Une odeur de loups.

Je cligne des paupières, tandis que j'appose ma paume sur ma poitrine. J'éprouve la chaleur de mon épiderme. Je perçois les battements réguliers, rapides et forts de mon cœur.

Que se passe-t-il ?

— Neeve, c'est nous !

Nous ?

Je vois bien des formes qui entourent le lit dans lequel

je suis allongée, mais je reste fixée sur ce plafond comme creusé au burin. La tanière des loups. Je suis dans la tanière des loups ! J'écarte mes doigts de mon buste et les porte sous mes yeux. Du sang les macule. Une senteur ferreuse en émane. Mon sang. Il est chaud. Il est...
Comment est-ce possible ?
J'incline la tête sur le côté. Une femme aux cheveux blancs se jette sur moi et me serre dans ses bras. J'éprouve sa joie, son soulagement, sa... grossesse !
— T'as un polichinelle dans le tiroir, Eli ? soufflé-je d'une voix rauque.
D'où ça sort, ça ? J'ai dit... quoi ?
Eli !
Je me redresse d'un bond dans le lit, l'esprit confus. J'ai effectué ce mouvement si vite qu'Elinor est expulsée en arrière et manque de tomber sur les fesses, ahurie.
— La transformation n'a pas fonctionné, assène une voix masculine.
Je lève les yeux vers cette voix. L'homme qui la possède a la peau sombre, il est immense et sa réplique presque parfaite se trouve à ses côtés. Tyler, Perry ?
— Elle a fonctionné, déclare une autre voix.
Cette fois, c'est un homme aux cheveux d'un roux foncé, au timbre caverneux. Karl.
— Elle a été mordue par Sixtine et s'est abreuvée de son sang, ajoute-t-il. Sa force vampirique coule encore dans ses veines. Elle en est imprégnée, mais sa nouvelle nature ne tardera pas à l'expulser.
Sa nouvelle nature ?
Une odeur lointaine attire mon attention. De la nourriture. J'ai faim ! J'ai si faim ! Une porte claque. Un homme

affublé d'une énorme moustache blanche se rue vers moi et m'attrape les mains. C'est lui qui sent comme ça.

— Ma petite végétarienne, je suis si fier de toi ! s'exclame-t-il, des larmes baignant ses iris.

— Po… Popeye ?

Son sourire relève les coins de sa moustache et lui confère une mine si bienveillante que je ne résiste pas à me jeter dans ses bras. Il me presse contre lui. Au bout de quelques secondes, il énonce avec difficulté :

— Moi aussi, je suis heureux de te voir, ma toute belle, mais tu m'étouffes un peu, là.

Je le relâche et marque un mouvement de recul. Elinor s'assied à côté de moi et glisse ses doigts entre les miens. Tyler et Perry s'approchent, un grand sourire aux lèvres. Je suis cernée de toutes parts, hébétée de constater ces expressions joyeuses sur leurs visages, leurs yeux embués d'émotion, leurs exclamations et leurs mines soulagées. Je ressens leur bonheur. Je m'en repais tandis que des souvenirs déferlent dans mon esprit. Celui d'un tout autre endroit. Celui du manoir Shadow. *Sixtine…*

— Comment… Comment suis-je arrivée ici ?

— C'est Drake qui t'a livrée à Karl.

— Drake ? répété-je.

— Il a voulu t'éloigner de Sixtine, m'informe l'Alpha qui se place derrière Eli.

Il pose une main sur son épaule, lui intimant de reculer. J'imagine que ma puissance et ma vitesse ont dû l'inquiéter. Mon ouïe aiguisée perçoit nettement ces petits battements de cœur très rapides qui proviennent de son ventre.

— T'attends bien un bébé, alors ? dis-je à ma meilleure amie.

Elle hoche la tête, ses lèvres dessinant un sourire. Elle ne bouge pas, malgré son lié qui préférerait qu'elle s'écarte de moi. Sa main reste accrochée à la mienne. Sa chaleur se diffuse dans mon bras. Je renais. Je ne suis pas morte. Je n'aurais plus besoin de sang synthétique. Je suis...

Puis je me rappelle la première fois que je suis venue dans cet endroit. Je me concentre et éprouve la douleur du début de transformation. Des poils roux se hérissent sur mes membres. Des griffes poussent au bout de mes phalanges et percent la paume de mon amie.

— Aïe ! s'écrie Eli.

— Je suis louve, murmuré-je, ébahie. Je suis vivante !

Eli se jette dans mes bras et me serre fort. Un élan de joie gonfle ma poitrine, tandis que mon corps reprend sa forme initiale. Les cheveux d'Eli me chatouillent le nez. Je ne résiste pas à m'abreuver de son odeur. Une pensée me renvoie à mon autre meilleure amie. Sixtine. J'aimerais culpabiliser de l'avoir abandonnée. J'imagine à peine ce qu'elle va éprouver quand elle va comprendre ce que je suis devenue. Mais je ne peux me laisser aller à cette émotion, car cette chaleur contre moi est tout ce qu'il me manquait. La froideur du manoir n'est rien en comparaison de celle de la peau d'un vampire. J'appréciais Nancy et j'avais pardonné à Sixtine d'avoir fait de moi une créature de la nuit, mais je suis heureuse de ne plus l'être. J'ai vu ce que l'éternité engendrait. J'ai constaté ce que cette communauté avait perdu avec la vie, à force de tuer. Ses émotions, son intégrité. Même si je n'ai plus mes pouvoirs de sorcière, j'aurais préféré rester humaine plutôt que d'être perpétuellement glacée comme la mort. Et cette faim qui me tenaille n'a plus rien à voir avec celle que j'ai ressentie, malgré tout le Magic Blood que je m'envoyais. Je retrouve la chaleur des êtres vivants. Et je retrouve Eli.

Submergée par les odeurs de mon amie, de Popeye et de Karl tout près de moi, je sens celle des cousins Falck qui me regardent avec des yeux baignés de larmes.

— Merci, dis-je en leur adressant un sourire.

Leurs lèvres se courbent. Ils s'approchent et prennent la place d'Eli et de Popeye qui s'écartent pour nous laisser à nos retrouvailles.

Le lit bouge quand ces deux grands loups aux corps athlétiques s'assoient chacun d'un côté. Leurs mains chaudes se posent sur les miennes.

— Tu nous as manqué, Guenille, déclare Perry, ému.

— La vie sans toi, Neeve du Nord, n'est pas très joyeuse, lance Tyler en faisant glisser ses doigts sur ma joue.

Je me frotte à eux, souhaitant m'imprégner de leurs effluves. C'est presque un geste réflexe.

— Vous avez tenté de me sauver.

Ils me sourient.

— Vous avez failli brûler pour moi, ajouté-je, un sanglot me remontant la gorge au souvenir de ce qu'ils ont fait.

Perry baisse les yeux. Tyler dit :

— Nous ne sommes pas les seuls à l'avoir fait.

Ils se lèvent tous les deux et s'écartent du lit. À présent que j'ai de l'espace, je sens quelque chose de familier. Un parfum qui s'infiltre en moi et me renvoie à des souvenirs bien plus anciens. À des émotions bien plus fortes. À mon enfance. À mon adolescence. À un amour démesuré, brisé alors que j'étais à peine adulte. À ce bûcher. À cette souffrance... À lui qui se jette sur moi et subit le même sort. Et mes yeux se dirigent vers le fond de la pièce.

Lennox est figé. Son buste se soulève à un rythme effréné. Il serre les dents pour retenir les larmes qui menacent de déborder.

Je me lève. Mes pieds nus foulent le tapis au pied de mon lit. Mes pas sont lents quand je m'approche de lui. Et plus j'avance, plus sa respiration s'accélère.

Je me place face à Lenny. Nos regards s'accrochent. Un sourire monte à mes lèvres et je dépose ma tête au creux de son cou. Son corps se tend tandis que je hume son parfum. Je me frotte à sa peau, souhaitant garder son odeur sur moi. Ma poitrine se colle à la sienne. Ses bras, jusque-là ballants, hésitent avant de me serrer contre lui, et au moment où ils le font, j'ai la sensation que mon cœur explose de bonheur.

Je pleure contre lui. Ses larmes coulent sur ses joues comme sur les miennes.

Pas un mot, juste les battements de son cœur et du mien. Juste ces perles de sel qui se mélangent.

Il est vivant. Je suis vivante.

Il est là. Moi aussi.

Soudain, des sanglots secouent son corps. Ma présence contre lui le submerge, alors je me recule, mais ses bras refusent de me libérer.

Et je ris.

— T'as réussi à rendre dingue un vampire vieux de plusieurs millénaires ! Tu l'as eu à l'usure. C'est du génie !

se moque mon frère en parlant de Drake. T'es trop la meilleure, ma sœur !

J'éclate de rire. Retrouver Mark avec ses yeux pétillants de joie, c'est comme s'injecter un shoot de bonheur pur. Après mes retrouvailles avec mes parents, je ne pouvais espérer être plus heureuse.

— À présent, c'est Karl qui va devenir dingue, raille Perry. Entre Elinor, Lenny et toi, il n'a pas fini de s'arracher les cheveux. C'est à peine si on a pu prononcer un mot durant les trois premières heures qui ont suivi ton réveil.

— Ça faisait un bail que je n'avais pas tchatché avec ma meilleure amie. Fallait bien qu'on rattrape le temps perdu. Et je vais être tatie, bon sang !

Je ris, car c'est une nouvelle extraordinaire. Une nouvelle que je peux pleinement apprécier maintenant que j'ai toute ma tête. Désormais, ce n'est plus pour des excès de cachetons qu'Eli vomit constamment. Même si son estomac lui joue de vilains tours, je ne l'ai jamais vue si épanouie. Je suis tellement contente pour elle…

Aujourd'hui, elle est restée à la tanière, auprès de Karl, car ce dernier semble abattu. Ce n'est plus tout à fait l'Alpha que j'ai rencontré quand nous nous sommes cachées au sein de la meute Greystorm. Même s'il est heureux en couple et comblé de devenir bientôt papa, Eli m'a expliqué que l'amertume le ronge depuis la mort de Robin.

Les cousins Falck décident de rentrer. Je sais qu'ils souhaitent me laisser seule avec mon frère et je les remercie silencieusement de leur geste en appliquant un baiser sur leurs joues. Perry m'adresse un clin d'œil. Tyler me serre dans ses bras. Je les observe s'éloigner en souriant.

— Me dis pas que tu penses à ce que je pense ! lance Mark en levant les yeux au ciel.

— Je ne pense pas à ce que tu penses, rétorqué-je.

Il soupire d'amusement.

— Ils ont tenté de te sauver.

— Ils ont failli mourir en m'apportant leur aide. Je leur suis redevable.

— Vu comme ils te regardent, pas difficile de deviner comment tu pourrais t'y prendre pour payer ta dette.

Un sourire se forme au coin de mes lèvres.

— Même si l'idée est tentante, après tout ce que j'ai vécu, je ne suis pas prête pour ça, et...

— C'est fini, tout ça, souhaite me rassurer Mark. Place à Neeve, la louve !

Louve, je le suis bel et bien. Mais plus tout à fait sorcière et encore un peu vampire. Malgré tout, je sens en moi la nature reprendre ses droits. Désormais, je fais partie d'une meute. Il y a un an de cela, j'en aurais frémi, mais plus maintenant. Parce que j'ai frôlé la mort. Parce que j'ai subi l'épreuve du feu. Parce que des loups ont risqué leur vie pour moi. Et parce que j'ai failli tout perdre, aussi...

Et voici que je suis sous le porche de la maison familiale, nichée au cœur des frondaisons, à fumer un pétard plus que bienvenu après ces événements douloureux. J'expire la fumée et observe les volutes bleues se disperser dans l'air.

Bien que le soulagement soit le sentiment qui me submerge le plus, je ne peux empêcher mes pensées de voler vers Sixtine. Je l'ai laissée au manoir. Cet enfoiré de

Drake la lui a faite à l'envers. Pas que je m'en plaigne, puisque mon cœur bat normalement, désormais. Du moins, comme celui des loups. Mais s'il y avait une chance de récupérer ma meilleure amie pour qu'elle devienne comme moi, je n'hésiterais pas une seconde et foncerais pour aller la chercher.

Seulement, c'est impossible...
Le cœur de Sixt ne bat plus, lui.
Elle a bu du sang humain. C'est plié, et cette constatation m'attriste.

— Non ! s'exclame Mark.
— Non, quoi ? demandé-je, surprise par son ton soudain péremptoire, alors qu'il y a cinq secondes, il se fendait la poire.
— T'avise pas de faire la gueule.
— Je fais pas la gueule !
— Tu deviens morose.
— Morose ? T'as appris des nouveaux mots depuis que tu fréquentes une instit ? T'as changé, en un mois !
— Ta gueule, réplique-t-il en souriant, visiblement heureux que j'en revienne à des vannes foireuses.
— T'as même plus de repartie, c'est affligeant, dis-je en tirant une taffe.

Il se marre et s'empare de mon pilon.
— Putain, ce que ton humour m'a manqué, frangine.
Mes yeux se plantent dans les siens. Notre échange de regards dure quelques secondes, puis nous détournons nos visages vers la forêt. J'aime mon frère, et je sais qu'il m'aime aussi. On ne sait juste pas se le dire. On n'en a pas besoin.

— J'arrive pas à croire que t'es une louve, maintenant.

— Hum... lâché-je. Plutôt une sorte d'hybride cheloue.

Il aspire la fumée et cale son dos sur sa chaise.

— Et sinon, t'as rencontré Sybil, dernièrement ?

— Je suis vivante depuis cinq minutes et tu me parles de ton crush lupin ! soupiré-je.

— Bah quoi ? Maintenant que tu fais partie de la meute, tu peux m'arranger le coup ! On se voit un peu plus souvent, elle et moi, mais... on n'a pas encore... conclu. Même pas un bisou.

Je me pince les lèvres pour ne pas rire.

— Te fous pas de moi ! s'insurge-t-il. On en parle de tes histoires de cœur, à toi ?

— Je préfère pas, réponds-je.

Je soupire et récupère le bédo. Mark me scrute avec attention. Il sait ce que je ne dis pas. Deux loups et un sorcier devenu loup ont bravé les flammes pour moi. J'ignore où j'en suis avec eux, et il est trop tôt pour que je m'y attarde. En cet instant, je ne veux que profiter de la présence de mon frère. J'ai eu si peur de ne plus jamais le revoir. Si j'étais restée parmi les vampires, il m'aurait été difficile de rencontrer les membres de ma famille sans avoir le désir de les mordre. J'avais tellement soif... Le souvenir de cette faim inassouvie me tord les entrailles. J'enfourne une pâtisserie dans ma bouche pour le chasser. La vraie nourriture, ça n'a pas de prix. Taylor avait raison sur ce point. Je me délecte du goût du sucre qui explose sur ma langue et inspire de contentement. Un silence s'étire entre nous. Des chouettes hululent au loin. L'air est humide. Je suis chez moi...

— Je n'avais jamais vu Papa pleurer, souffle mon frère.

— Moi non plus.

Le regard rivé sur la forêt, Mark me prend la main. Comme si, ainsi, il pouvait s'assurer que je n'ai plus la peau glaciale d'un vampire, mais bien celle, chaude, d'une créature vivante. Ces quelques mots révèlent à eux seuls l'inquiétude qui les a rongés, mes parents et lui. Nous sommes si proches, tous les quatre.

— Tu m'as manqué.

Un sourire fleurit sur mes lèvres. Je serre ses doigts entre les miens.

— Tu sais quand Papa et Maman reviennent ? m'enquiers-je.

— Ils ont dit qu'ils se pointeraient après avoir vu les Moon. Maman est devenue une fervente défenseuse de la cause interraciale depuis le… Ce qu'il t'est arrivé. Ils se rendent chaque jeudi aux réunions du comité « *Mélangeons-nous* ».

Mes yeux s'écarquillent.

— C'est plutôt zarbi, comme nom.

Mark pouffe.

— Tu m'étonnes.

Après une seconde, on s'esclaffe carrément. J'en ai mal aux abdos. Mais, quand un bruit à la lisière du bois parvient à mes oreilles, mon rire se tarit. Je renifle et reconnais aussitôt l'odeur de notre visiteur.

Je me lève, puis embrasse mon frère.

— Tu viens me voir à la tanière, demain ?

Les lèvres de Mark se retroussent. Pas difficile de

deviner qu'il n'attendait que cette invitation. Cela dit, il n'en a plus vraiment besoin. Karl a officiellement autorisé son passage depuis la fois où il a été agressé en se pointant à la caverne sans prévenir. Ma présence à la tanière Greystorm ne sera qu'une raison supplémentaire pour Mark de s'incruster et de voir Sybil plus souvent. L'expression triomphante sur ses traits ne fait que confirmer cette réflexion.

— Carrément !

Je le quitte avec un baiser sur la joue et me dirige vers un coin sombre de la forêt. Les feuilles craquent sous mes pieds. Le froid me rosit le visage, mais c'est si bon de sentir l'air glacial quand soi-même on ne l'est plus.

Je m'arrête à un mètre de mon visiteur nocturne et l'observe.

— T'aurais pu nous rejoindre, dis-je.

— Je... je ne voulais pas déranger vos retrouvailles.

J'avance d'un pas. Mes yeux parcourent le corps de Lennox. Il est vêtu d'un jean et d'un simple tee-shirt noir. Maintenant qu'il est un loup, sa température se régule, quelle que soit la météo. Tout comme la mienne.

On se dévisage sans un mot. Mais je me souviens de tout.

Je me rappelle ce qu'il a fait pour moi. Je me rappelle qu'il a tout tenté pour me sortir du manoir. Je me rappelle également les paroles que je lui ai adressées cette nuit-là. J'aimerais qu'on en parle, mais je ne sais comment aborder le sujet. Tout a changé en si peu de temps. Je pensais l'avoir perdu, mais désormais...

— Alors, t'es devenu un loup, toi aussi ? déclaré-je.

Pathétique comme amorce de discussion, Neeve... L'étrange silence qui persiste entre nous me rend fébrile.

Un sentiment de malaise m'envahit, mêlé à une sorte d'excitation. J'aimerais pouvoir lui dire ce que j'ai sur le cœur. Quand j'étais fichue, c'était beaucoup plus facile.

— Il paraît.

Il marche et évite mon regard. On dirait deux ados à un premier rendez-vous. J'en rirais si je n'étais pas aussi nerveuse. Se confier est différent quand tout est possible. J'en ai les mains moites et le souffle court, merde !

— Et t'as vécu ces dernières semaines avec Eli, ça devait être sympa ! ajouté-je, un peu abattu par mon manque de conversation.

— Je crois qu'elle se venge de notre collaboration à la Wiccard.

— Tu ne l'as pas volé, faut dire.

Il pouffe légèrement.

— Sans doute.

Un nouveau silence. Puis de nouveau ces regards en biais.

Nous avons passé des années à nous aimer, mais nous avons aussi passé des années à nous éviter. Après ce que j'ai vécu, je n'ai plus envie d'y repenser et cette situation est vraiment bizarre. Alors, je décide d'arrêter de minauder et le considère avec une moue soudain espiègle. Un sourcil se hisse sur son front.

— Il est comment, ton loup ? demandé-je.

Il hausse les épaules et penche la tête.

— Je ne me suis transformé qu'une fois ou deux, donc…

— Tyler et Perry m'ont dit que t'avais la classe.

À la mention des cousins, Lennox se raidit. Puis un rictus s'inscrit au coin de ses lèvres.

— Ces deux types sont... fatigants, soupire-t-il. Mais ils sont restés avec moi durant tout le temps de ton absence. Ils... Ils t'aiment beaucoup.

Étonnée par ses paroles, je baisse les yeux. Je sais que Lennox n'ignore rien de mon aventure avec les Falck. Un peu gênée par la tournure de la conversation, je m'écarte de lui, mais Lenny me retient par les mains.

— T'éloigne pas.

— Mais... on devrait rentrer et...

— Dis, tu crois que t'es plus rapide que moi, en louve ? lance-t-il, avec un sourire que je ne lui connais pas.

— Je te prends quand tu veux ! répliqué-je, amusée et surprise par ce ton enjoué.

— Tu parles de la course, ou...

J'en reste bouche bée.

— Putain, mais t'as passé trop de temps avec les Falck, Lenny !

Il s'esclaffe, et le son de ténor qui s'échappe de sa gorge me provoque des frissons dans tout le corps. Il semble... heureux ?

Lorsqu'il me lâche les mains pour retirer son tee-shirt, je ne suis pas prête. Qu'est-il arrivé à Lennox Hawk ? Je parle de son comportement, mais pas seulement, à la vue des muscles saillants qui roulent dans son dos. Je contemple sa carrure d'un air béat. Puis il laisse choir le tissu au sol et se transforme dans des craquements sonores qui m'arrachent une grimace.

Son loup est grand et massif, et son pelage aussi sombre qu'une nuit sans lune. Les reflets de l'astre se distinguent d'ailleurs à peine sur sa fourrure. Il lève son museau, tandis que flamboient dans ses yeux verts translucides des éclats dorés. Je pose ma main sur sa truffe et le caresse à l'encolure. Il se frotte sur ma paume et je souris à ce contact.

— Je n'aurais jamais cru que tu ferais un loup aussi fringant, Amnistral.

Il me lèche la main. J'écarte alors mes doigts de la douceur de ses poils et ôte mes vêtements sous son regard. Je ne garde rien et reste nue un instant, face à lui qui m'observe avec avidité. Si je sais ce qu'il ressent, c'est parce que ma nouvelle nature me le permet. Éprouver de nouveau l'intensité sensuelle de sa convoitise emplit mon cœur de joie. Mon sourire s'élargit avant que je ne subisse à mon tour ma transformation. Bordel, je douille ! J'avais oublié à quel point c'était douloureux, mais cette sensation pénible passe dès que je me retrouve à quatre pattes. J'approche mon museau du sien, puis nos truffes se trouvent. Nos têtes se cherchent et se pressent l'une contre l'autre. Je m'imprègne de son odeur et il en fait autant de la mienne. Quand je suis satisfaite, je recule, l'observe, et me détourne en direction de la tanière. Je pousse un hurlement avant de m'élancer dans la forêt.

Lennox me suit et me rattrape rapidement. Alors j'accentue mes foulées et bondis pour le dépasser. Il ne se laisse pas distancer et va jusqu'à me bousculer un peu pour me passer devant. Si ma louve pouvait rire, elle le ferait. Plus aucun sentiment de tristesse ne peut m'atteindre tandis que je vis ce moment avec lui, appréciant ma liberté. Ma « vie ». Les effluves de la nature pénètrent mes narines. Je sens la mousse et la terre sous mes coussinets. Je distingue les bruits des animaux alentour et me repais du vent qui fouette mon pelage. Je pousse un nouveau hurlement dont l'écho résonne au loin. Vivante. Je suis vivante !

Arrivés à la tanière, nous y entrons haletants après tant d'efforts. C'est dans la cuisine que nous nous transformons à nouveau. Et forcément, on est à poil. Enfin sans. Bref, on est tous les deux nus devant un Popeye qui ne semble pas un instant désarçonné par notre allure.

— Petite escapade nocturne ? dit-il en nous servant de grands verres d'eau et des gâteaux.

Lennox tourne son visage vers moi. Et nous nous sourions.

CHAPITRE 19

KARL

Nous ne gagnerons pas. C'est impossible.
Pas contre les vampires et ces putains de sorciers renégats, obsédés de pureté.

Nous ne sommes pas assez nombreux.

Avec lassitude, je regarde sortir les éclaireurs de mon bureau. C'est à peine si je parviens encore à masquer mon abattement. Pourtant, quoi que je pense, quoi que je ressente, il va bien falloir que je me reprenne.

Mais quelques minutes plus tôt, les informations catastrophiques qui m'ont été communiquées par mes loups m'ont un peu plus accablé. Cet enfoiré de Raven a établi sa domination sur la Caroline du Nord, alors que son emprise était déjà totale sur la Virginie. Plus rien ne semble pouvoir l'arrêter depuis son coup d'État. D'autres Witchcrafts sont en lien avec lui et envisagent de sauter le pas. De leur plein gré ou non, là n'est plus la question. La vérité est qu'au lieu de s'unir contre lui pour avoir une chance de le contrer, ils courbent l'échine, offrent leur nuque. Et Raven en profite pour marquer et étendre son territoire.

Lennox me l'a confié, les sorciers noirs sont partout, et les différentes communautés ne s'en aperçoivent que maintenant. Je ne les en blâme pas, personne n'a rien vu venir. L'oncle de Sixtine a eu trois décennies pour recruter, former, embrigader ses Noctombes. Les plier à sa volonté d'airain et à ses sombres desseins.

Et ces sombres desseins, je les devine. Dans le monde que nous prépare Raven, il n'y a plus de place pour les loups, j'en suis certain. Il fait confiance à Elyris pour tenir ses suceurs de sang en laisse. Et une fois que les loups seront éradiqués comme de la vermine, plus aucun sorcier ne pourra se mélanger. Nul doute que le tour des vampires viendra en son temps, un homme de la trempe de Raven ne permettra à personne de se mettre en travers de son chemin.

Cependant… Sa propre nièce peut être le grain de sable qui enrayera l'impitoyable machine sur le point de nous broyer. Qui nous a déjà fait tant de mal… Je repense à ma mère, fauchée par une cruelle maladie, et à toutes ces louves disparues. Certaines femelles de la meute attendent que le couperet tombe pour elles, c'est insupportable. Et si ma mère est morte des suites de ce mal mystérieux, alors le sang Greystorm contient sans doute des gènes sorciers issus d'un métissage d'une autre époque. D'un autre siècle. Qu'en sais-je ? Quel sera l'avenir de mon bébé à naître si c'est une fille ? Elle sera traquée par les sorciers noirs. Et si j'en ai d'autres, la maladie pourrait me les enlever. J'ai toujours voulu une grande famille, mais Eli… Et avec tous ces dangers, comment puis-je même y songer ?

Je secoue la tête en grognant. Ne pas réfléchir à ça. Me concentrer pour trouver des solutions, si elles existent. Sixtine... Oui, Sixtine. Il paraît que de nombreux vampires seraient prêts à grossir ses rangs et qu'Elyris n'est plus en Caroline du Nord. Erreur stratégique qui ouvre le chemin à la nouvelle venue. Car Sixtine a fait tomber la nuit en plein jour. Elle a offert une liberté inédite à sa communauté. Et les nouvelles se propagent comme un incendie à travers tout le pays...

Agacé, torturé par ces réflexions qui se heurtent aux parois de mon crâne, je me lève pour faire les cent pas, comme à mon habitude.

J'ai besoin d'alliés. De beaucoup d'alliés.

En deux enjambées, j'atteins la porte de mon bureau, l'ouvre à la volée. Derrière, comme je l'avais senti, se tiennent mes deux fidèles Bêtas, les Falck. Depuis le réveil de Neeve, ils se trimballent partout avec un sourire rayonnant. Personnellement, je les étoufferais bien avec. C'est pas possible d'être aussi joyeux quand tout menace de s'écrouler autour de nous.

— Entrez, tous les deux.

Ils s'exécutent sans mot dire. Je repasse derrière mon bureau, contemple quelques secondes le panorama. Hors de question que je m'avoue vaincu. Quitte à mourir, autant le faire avec honneur.

— Vous allez partir sur-le-champ.

Ils restent silencieux, attendant la suite, mais je constate avec satisfaction que j'ai leur attention pleine et entière. Déjà ça.

— Nous avons besoin de nouer des alliances. Vous allez commencer par la meute Lormont, en Virginie.

Depuis le duel qui m'a opposé à son frère, c'est Noah l'Alpha, et il m'avait l'air d'un type raisonnable. Et avec Raven à l'œuvre, lui aussi a tout à perdre. Il faut le convaincre de sortir du bois.

Perry acquiesce. Tyler me fixe d'un regard intense.

— Ensuite, direction Baltimore. D'après ce que vous m'avez dit, le neveu de Popeye, Clarence Parker, s'est montré relativement coopératif lors de votre visite... surprise. Si ces deux meutes nous rallient, il est possible que d'autres le fassent. C'est notre seule chance. Cette mission est vitale, vous me comprenez bien ?

Apparemment, oui. C'est limite s'ils ne sont pas au garde-à-vous. Ils se comportent souvent comme des louveteaux, mais je peux bien le leur pardonner. Je n'ai jamais eu à me plaindre d'eux, même si je déplore parfois leur impulsivité. Comme quand ils se sont rués à la Wiccard pour défendre Neeve. Résultat, ils ont fini eux aussi sur le bûcher. Néanmoins, je ne peux leur reprocher cet acte fou. J'aurais agi de même pour sauver Elinor.

— Sortez maintenant. Vous partirez dès que possible.

Un instant, je crains qu'ils ne protestent, car Neeve vient à peine de nous rejoindre et je sais qu'ils tiennent à elle. Mais non. Ils sont toujours à la hauteur de mes espérances. À pas rapides, ils quittent mon bureau pour préparer leur voyage.

Quant à moi, je m'affaisse de nouveau. Je ne le leur ai pas montré, parce que je n'en ai pas le droit, mais je doute. De tout. J'ai bafoué tant de lois. On ne se mélange pas ? Je me suis mélangé. On ne trahit pas ? D'une certaine façon, je l'ai fait également. Il ne reste plus qu'un article fondateur.

On ne se montre pas.

Eh bien, je crois que celui-ci aussi, il va me falloir le fouler aux pieds. Le piétiner, le jeter aux orties. L'heure de s'afficher au grand jour a sonné. Nous ne resterons pas terrés dans nos forêts, nous débusquerons nos ennemis, les vampires, puis les sorciers et ce maudit Raven, sur leur propre terrain. Et au diable les conséquences.

Et c'est ainsi que je commence à réfléchir autrement. En dehors des sentiers battus. En dehors de ces règles que l'on nous a toujours imposées. Sixtine est la clé de cette tragédie, j'en suis persuadé. Si nous parvenons à la piéger, et peut-être à la neutraliser…

Brusquement, je me lève à nouveau. Je dois voir les familles Moon et Forest.

C'est Angus qui est allé les chercher et les a ramenés dans notre cuisine. Ils semblent s'y plaire beaucoup. Apparemment, ils reviennent d'une sorte de réunion… Je suis certain que ces familles de sorciers ont de louables intentions, mais en revanche, est-ce réellement une bonne idée de créer un mouvement en faveur des mélanges interraciaux ? On devrait plutôt songer à sauver nos fourrures, sinon, nous passerons l'hiver en carpette sous les pieds de Raven.

— Je vous ai fait venir ici, dis-je d'une voix grave, car comme vous le savez, nous courons tous un grand danger. Et… j'ai quelque chose à vous suggérer.

Agatha Moon, ou plutôt devrais-je dire « belle-maman », me fixe de son regard presque aussi clair que celui de sa fille. Elle que l'on m'a décrite comme une femme discrète, voire effacée, semble se révéler dans cette crise. Avec Josephine Forest, elles forment une équipe du tonnerre. Et honnêtement, je n'aimerais pas avoir à les affronter.

— Voilà, je... Nous savons qu'il n'y a pas de temps à perdre, donc je ne vais pas y aller par quatre chemins. Je vous propose de piéger Sixtine et... de l'enfermer.

Seul le silence me répond. Atterré pour Eli, mais pensif pour le reste de l'assemblée.

— Karl... tu ne peux pas faire ça ! souffle ma liée.

— Tu ne seras pas concernée par tout ça, c'est bien trop dangereux, dans ton état. Et puis, Sixtine ne te supporte plus, de toute façon, lui assène sa mère, protectrice, sans comprendre que le problème n'est pas là.

— Agatha, tais-toi, la reprend Josephine, qui garde son regard planté dans le mien.

Moi, je sais qu'Eli a peur pour Sixtine. Certes, sur le papier, son ancienne amie est surpuissante. Mais elle, Neeve et moi sommes conscients que son séjour dans nos geôles l'a profondément meurtrie. Et elle ne souhaite pas lui faire revivre une telle trahison.

Néanmoins, Josephine ne reculera pas devant la porte de sortie que je lui offre. Et moi non plus. Elinor m'en voudra, mais je ferai tout pour les protéger, elle et mon enfant à naître.

— Karl, j'ai peut-être une solution qui te plaira. Mais il me faut Neeve pour la mettre à exécution.

CHAPITRE 20

NEEVE

J'suis KO. Est-ce possible qu'avoir été transformée un temps en vampire ait flingué mon horloge interne ? Non, parce que j'ai encore tendance à dormir uniquement de jour, c'est chiant !

Je plisse les paupières et bâille sans grâce lorsque j'entends des coups à la porte. Je m'extirpe difficilement du lit. J'ai la tête dans le pâté quand j'ouvre à ma mère.

— Maman, je sais que tu es heureuse de me retrouver et moi aussi, vraiment, mais je suis… fatiguée.

Évidemment, elle s'en cogne de ce que je dis et me serre fort dans ses bras, comme à chaque fois qu'elle me voit depuis mon retour. Quand elle s'écarte, elle empoigne mes épaules et détaille mon allure toute chiffonnée.

— Enfile une robe de chambre et accompagne-moi dans le bureau de Karl.

Je hausse un sourcil. À sa mine soudain sérieuse, je me doute que l'affaire l'est tout autant. Je prends tout de même quelques minutes pour me laver les dents et me rafraîchir, puis la suis, pieds nus. Je suis tellement dans le gaz que je réalise enfin que j'ai oublié de me chausser devant la porte de l'Alpha.

Quand j'entre en compagnie de ma mère, je découvre Karl assis derrière son bureau, face à la fenêtre qui donne sur le panorama époustouflant de la forêt de Fallen Creek. Il pivote sur son siège et plante son regard dans le mien. Si moi je suis à l'ouest, avec mes cernes qui me grignotent les joues, lui aussi semble avoir besoin d'une cure de sommeil. Le chef Greystorm a bien changé depuis notre rencontre. Certes, il ne paraissait pas commode non plus, à cette époque, mais je ne discernais que le poids de ses responsabilités sur ses épaules et pas celui du chagrin. Ça me rend triste pour Eli. Elle attend un bébé. Le papa devrait afficher une expression joyeuse, et pas celle que je lui vois aujourd'hui.

— Asseyez-vous, dit-il de sa voix caverneuse en nous désignant les fauteuils disposés devant son bureau.

Je ne me fais pas prier. Je bâille encore et referme aussitôt la bouche. L'Alpha ne semble pas apprécier cette attitude un poil nonchalante. J'ai pas fait exprès, bordel !

— Nous avons un plan pour mener la guerre qui nous oppose aux sorciers de Raven et aux vampires, expose-t-il en croisant ses bras puissants, et j'ai besoin de toi pour le mettre à exécution.

Je tourne un visage incrédule vers ma mère. Ça échappe à tout le monde que je suis dans le coaltar ou quoi ? C'est pas un peu tôt pour une discussion aussi sérieuse, franchement ? Puis je jette un œil à l'horloge qui affiche dix-sept heures. Ouais, bon...

— Nous devons neutraliser Sixtine, lâche Maman.

Mon air est perplexe tandis que l'Alpha reprend la parole.

— Nous ne pouvons pas affronter les deux races magiques en même temps. J'ai récemment appris que de nombreux vampires sont en route pour Fallen Creek, afin de grossir les rangs de Sixtine. Jeter l'obscurité en plein jour attire les plus vieux d'entre eux, soit les plus dangereux. Nous devons régler cette urgence le plus tôt possible ou cette région pourrait devenir la leur, d'autant que mes éclaireurs m'ont fait part de rumeurs autrement plus inquiétantes.

— Ceux que j'ai rencontrés étaient plutôt calmes avant que je quitte le manoir, observé-je.

— Peut-être parce que tu étais au manoir, justement, commente ma mère.

Cette remarque n'est pas sans fondement. Nancy m'a dit à plusieurs reprises qu'elle n'avait jamais vu Sixtine dans de si bonnes dispositions qu'en ma présence. Puis je me suis fait des potes parmi les vampires. OK, ils ne sont pas chaleureux et manquent clairement de morale, mais j'ai pu constater que certains vivent difficilement leur éternité. Je suis convaincue que s'il existait un moyen pour eux de redevenir mortels, la majorité se saisirait de l'occasion. Malheureusement, c'est une chose impossible. Je me souviens de Taylor. Ce mec est dingue, mais il m'a fait rire. Il forme un couple détonant avec Nancy. En fin de compte, je pense que tous les deux s'ennuient à mourir… sauf qu'ils ne peuvent pas « mourir », justement. Quant à Sixtine… elle me manque. Certes, elle est flippante en vampire, mais je sais qu'elle m'aime. Je lui ai reproché de m'avoir transformée en créature de la nuit, mais je connais les raisons qui l'ont motivée. À ses yeux, elles sont louables. Elle me voulait pour elle, et pas avec Eli. Elle doit désormais se dire qu'elle a perdu ses deux meilleures amies pour de bon. Enfin, à condition qu'elle sache où je suis. Je repense à cet enfoiré de Drake qui la lui a faite à l'envers. Ce type est taré, mais elle reste très attachée à lui. J'aimerais trouver une solution pour la tirer de là, mais je ne sais pas comment...

— J'ai récemment découvert que Sixtine organisait des chasses à l'humain dans une partie de la forêt de Fallen Creek. C'est devenu son passe-temps favori depuis quelques jours, et ils ne s'encombrent plus d'aller dans d'autres États chercher leurs proies. Des habitants de la ville ont disparu, et nous savons maintenant pourquoi.

— Que... Quoi ? lâché-je, effarée.

— Ils n'ont plus de limites, poursuit Karl, et il est fort possible qu'à la minute où Sixtine apprendra que tu es ici, ils foncent sur la tanière. On ne peut se permettre de prendre un tel risque.

— Nous allons devoir la piéger, enchaîne ma mère. Il le faut, car une fois le problème de Sixtine réglé, le pouvoir sera de nouveau entre les mains d'Elyris. Même si ça me répugne, il vaut mieux la reine qu'une sorcière aussi dangereuse que ton amie.

— Une fois qu'elle sera neutralisée, reprend l'Alpha, nous pourrons échafauder un plan contre Raven et ses sbires. Tyler et Perry ne vont pas tarder à se rendre en Virginie et dans le Maryland pour réclamer le soutien de meutes alliées.

— Nous aurons également du renfort côté sorciers,

déclare ma mère. Les agissements de Raven ont provoqué un tollé dans la communauté. Même si beaucoup tremblent de peur à l'idée de le défier, certains souhaitent rejoindre la résistance.

— La résistance ? répété-je, car j'ai vraiment du mal à suivre.

— Pourquoi crois-tu que nous organisons ces réunions « Mélangeons-nous » ? C'est pour recruter !

— Oui, d'ailleurs, on pourrait reparler de ce nom, Maman, glissé-je.

Elle lève les yeux au ciel.

— Ces réunions nous ont placés au banc des pestiférés dans le coven. Nous n'y sommes plus invités. Le Magus met la pression aux membres de notre communauté pour qu'ils se convertissent à la magie noire tandis que le procureur Simon Travers, celui qui a tenu l'accusation à ton procès, est en train d'intenter une action contre nous pour hérésie. Sans le vouloir, il nous fait de la publicité. Les nôtres sont de plus en plus nombreux à nous rejoindre, et je pense que ce n'est que le début. À la Wiccard ou à la Witchschool de Virginie, les Noctombes ont pris les rênes de l'enseignement. Figure-toi qu'ils commencent à instruire des sorts de mort à nos petits ! Ils les éduquent pour tuer tout représentant d'une autre race magique.

Le sang quitte mon visage. Les sorciers noirs se la jouent Mangemorts, ma parole ! C'est horrible !

— Que puis-je faire exactement ? m'enquiers-je, définitivement résolue à apporter mon aide à la lueur de ces dernières informations.

— Il faut qu'on se hâte de régler le problème des vampires, avant que ces suceurs de sang soient trop nombreux et qu'on ne puisse plus les affronter. Une fois Sixtine neutralisée, ils n'auront plus de raison de venir à Fallen Creek, affirme Karl. Cela nous laissera le temps de grossir les rangs côté sorciers. Tes parents et ceux d'Eli se chargeront du sortilège de détention, puisque les pierres magiques n'ont aucun effet sur Sixtine. Ensuite, nous lui ôterons ses pouvoirs comme les tiens t'ont été enlevés. Eli et Mark ne seront pas loin si ça dégénère. La meute se tiendra à la lisière de la forêt qui cerne la ville. Mais je ne vais pas te mentir, Neeve, tu seras en première ligne.

— Sixtine ne me fera aucun mal.

— Je n'en suis pas certain.

— Moi, si.

Après ce que je viens d'apprendre, je pense que ma meilleure amie est redevenue dingue. Bon, OK, elle n'avait pas toute sa tête, même avec moi à ses côtés, mais ces chasses... Je n'ai pas le choix.

— Je veux que tu me promettes de ne pas lui faire de mal.

— J'ai déjà recueilli cette promesse, lance Elinor qui entre dans la pièce.

Je me lève et lui cède ma place.

— Je peux rester debout, tu sais, dit-elle. Je suis enceinte, pas impotente.

— Mouais... Ça se discute.

Elle rit, et ce son me fait du bien après cette conversation anxiogène. Karl la rejoint et plante un baiser sur ses lèvres en s'emparant de ses joues. Ce geste d'amour m'insuffle une pensée heureuse pour ma copine.

Tout ça doit se terminer. Eli doit vivre sa maternité sereinement. Cette guerre, nous devons la gagner. Je sais que Sixtine va péter les plombs si nous l'enfermons et lui ôtons ses pouvoirs, mais avons-nous le choix ? Moi, j'ai fait le mien depuis longtemps. Depuis le jour où ma mère m'a proposé d'avaler un morceau de viande quand j'étais petite. Je l'ai vomi et ai hurlé pendant plus d'une semaine, après ça.

J'ai choisi la vie. Je la choisirai toujours.

Ma mère et moi quittons le bureau et laissons les tourtereaux à leur étreinte. Je vois qu'elle se dirige vers la cuisine de Popeye et je promets de bientôt l'y rejoindre. J'ai autre chose à faire avant.

Je toque à la porte des Falck. Perry affiche un sourire scintillant quand il me découvre derrière. Je n'ai pas ouvert la bouche qu'il me serre contre lui et me porte à l'intérieur de leur chambre. Tyler se précipite sur moi et me plaque un bisou sur la joue. Me voilà cernée par ces deux grands loups avant d'avoir pu exprimer un mot.

— On te manquait, Guenille ? souffle Perry à mon oreille.

— Évidemment, renchérit Tyler, elle n'a même pas pris le temps d'enfiler ses chaussures, regarde.

Je pouffe et place mes paumes sur leurs bustes afin de les faire reculer et de respirer.

— J'ai appris que vous partiez en voyage, je suis venue vous dire au revoir.

— Comme c'est mignon ! lance Perry qui m'enlace de nouveau.

Tyler se plaque contre mon dos et l'imite.

— Je n'ai plus d'oxygène ! ris-je.

— On t'a toujours coupé le souffle, n'est-ce pas ? murmure Tyler à mon oreille.

Je m'extirpe de leur accolade en souriant, puis soudain je me fige quand je distingue Lennox planté derrière la porte entrouverte. Il se détourne et quitte les lieux sans un mot. Une émotion désagréable investit ma poitrine, tandis que Perry glisse sa main dans la mienne.

— Tu pourrais venir avec nous, dit-il. Ça fait un moment qu'on n'a pas fait une petite virée tous les trois.

— Quelle bonne idée ! s'exclame Tyler.

— Désolée, les gars, mais j'ai une mission à accomplir de mon côté. Promettez-moi d'être prudents et revenez vite, hein !

— Tu t'inquiètes pour nous ? Comme c'est touchant.

— J'aurais aimé que tu viennes, Neeve. Ça fait longtemps que…

Tyler hausse deux fois les sourcils, ce qui ne laisse aucune place au doute quant à ce qu'il sous-entend. Je secoue ma tête, amusée.

— Faites attention à vous, d'accord ?

Ils opinent tous deux du chef et je les quitte, me mettant cette fois en quête de Lennox.

J'ai beau arpenter tous les couloirs de la tanière, je ne le trouve nulle part. En revanche, je croise mon frère dans un coin sombre en compagnie de Sybil. Il lui chuchote des mots à l'oreille, alors je préfère ne pas les déranger, sinon il m'en voudra à mort. L'affaire semble bien partie avec la louve enseignante et je me réjouis à cette pensée.

Quand je toque à la porte de la chambre de Lennox, personne ne répond, pourtant je ressens sa présence juste derrière.

— Lenny, ouvre-moi !

Le silence. Je prends une grande inspiration en posant

ma paume contre le battant. Je me remémore cette escapade dans la forêt. À ses yeux qui contemplaient mon corps, à ce que j'ai éprouvé en étant à ses côtés sous ma forme lupine. Nous étions insouciants, et rares sont ces moments, même s'ils m'ont paru… si naturels. Ma louve en était enthousiaste, et c'est elle qui me pousse à insister à présent.

— Lenny…

Au bout de plusieurs minutes, j'abandonne et retourne dans ma propre chambre. Il serait peut-être temps que je me lave. La nuit ne va pas tarder à tomber, et je dois voir Sixtine… Je vais devoir lui mentir, la piéger, et je n'aime pas ça…

CHAPITRE 21

SIXTINE

« RDV au Kiddy. Seule. »

Je ne vois que deux personnes susceptibles de m'envoyer une telle invitation par SMS au beau milieu de la nuit : Elinor ou Neeve. Or, il me semble improbable qu'Eli m'adresse autre chose qu'un regard assassin, et Neeve a disparu. Qui, alors ?

Le meilleur moyen de le savoir, c'est de m'y rendre. Qu'est-ce que je risque, après tout ? Juste une déception de plus…

Et puis, peu importe de qui il s'agit, ça me changera les idées. Je ne tiens plus en place au manoir, à attendre des nouvelles qui ne viendront plus. Même la présence de mes parents ne suffit plus à apaiser le tourment de ma solitude. Ni celle de Drake qui m'étourdit à peine plus de quelques heures d'affilée.

C'est décidé, je vais boire un verre.

J'emprunte la voiture de mon père, il n'en a de toute

façon plus l'utilité, et roule à grande vitesse vers le centre-ville de Fallen Creek. Malgré la pénombre et la faible lueur des phares, le paysage défile devant mes yeux. C'était chez nous, ici. Avant... Avant toute cette machination orchestrée par mon oncle ! Tout était si paisible, peut-être même un peu trop, mais finalement, ça n'était pas plus mal. Comment a-t-il pu foutre un tel bordel ? Pour préserver une lignée vouée à s'adapter à son environnement pour subsister ? Pourquoi lutte-t-il avec autant de véhémence contre l'évolution ?

L'horrible visage de lord Raven se fige devant mes yeux, son rictus machiavélique, ses iris luisants de malveillance. Il voulait me buter ! Moi, sa propre nièce ! Et si c'était lui qui me tendait un piège ? Ce serait aussi bien. Je pourrais enfin lui régler son compte et lui faire bouffer ses grimoires de magie perfide. Avec un peu de chance, il finirait par s'étouffer avec.

Je gare la bagnole à l'arrache sur le trottoir, juste devant le *Kiddy*, et si quelqu'un ose s'en plaindre ou la rayer, je lui arrache la tête. Je descends, claque la portière et m'engouffre dans le bar. Et là, au milieu de quelques rares fêtards, le regard noyé dans son verre, se tient celle qui m'a donné rendez-vous : Neeve. Je vacille sous le choc. Son cocktail est déjà bien entamé, pourtant, elle conserve une expression grave, même lorsqu'elle m'aperçoit.

— Cache ta joie, je lui balance, décontenancée par son absence de réaction.

Moi qui m'inquiétais pour son sort, je la découvre bien vivante et surtout... odorante ! Son penchant pour les loups ne m'avait pas échappé, mais de là à devenir une louve elle-même, y a un monde !

Alors, finalement, Eli a réussi son coup ! La colère me submerge telle une éruption. Le sang dans mes veines s'embrase, mais… c'est Neeve. C'est mon amie. Elle a l'air d'aller bien et une petite voix me souffle que c'est ce que je veux par-dessus tout. Malgré le soudain soulagement qui m'étreint à le savoir, je lâche :

— Et sinon, tu peux pas signer tes textos ? J'me suis fait des films pas possibles, là !

— Ah oui, tiens ! Merde, j'ai zappé ! bafouille-t-elle en riant, avant de reprendre aussitôt son sérieux. Je suis désolée, Sixt. Je me doutais que tu n'accueillerais pas la nouvelle en sautillant, mais…

— Mais quoi ? Tu voulais me faire savoir que tu t'étais bien foutue de ma gueule ? Meilleures amies, mon cul ! Moi qui croyais que tu étais là pour moi, je me suis bien plantée !

— Ma nature ne change rien à notre amitié. Je suis là pour toi, sinon pourquoi t'aurais-je donné rendez-vous ?

Parce que je dois la remercier, en plus ?

— Pourquoi t'es partie ? Tu ne te plaisais pas au manoir ? Je m'imaginais qu'entre Nancy, moi et le Magic Blood, tu avais trouvé un équilibre perdu bien avant tout ce bordel, et je me suis bien fourvoyée.

— C'est pas ça… souffle-t-elle. C'était sympa, mais…

Elle s'interrompt au beau milieu de sa phrase, cherchant manifestement les mots justes pour exprimer sa pensée.

— Je ne voulais pas mourir, chuchote-t-elle.

— Pourquoi ? Qu'est-ce que ça peut faire de mourir si

tu subsistes malgré tout ? On n'était pas assez bien pour toi, c'est ça ?

Neeve me regarde, un air triste sur son visage, puis s'envoie cul sec la fin de son verre, avant d'en commander un autre, vraisemblablement pour se donner du courage. Si ça avait eu un quelconque effet sur moi, j'aurais probablement fait pareil, mais à l'exception du goût du sang, c'est à peine si je distingue encore ce que j'avale.

C'était tellement mieux avant... Même si je ne l'admettrai pas devant Neeve. Lorsque nous passions nos nuits à cette table à débattre de choses et d'autres sans nous soucier du lendemain. Lorsque nous étions toutes les trois réunies autour de verres trop alcoolisés que nous enchaînions avant de rentrer en titubant au loft, parfois accompagnées. Enfin, Neeve surtout.

Cette légèreté me manque.

Neeve me manque. Et Eli... mais je chasse cette idée.

Elle pose sa main sur la mienne pour me ramener à notre conversation et plonge ses prunelles dans les miennes.

— Je serai toujours ton amie, Sixt.

— De toute façon, t'étais naze en vampire, murmuré-je en souriant.

— Tu parles ! T'étais jalouse de mon style, ça crevait les yeux !

— Jalouse ?

OK, peut-être un peu, mais sans la perf, alors...

Elle saisit mon autre main et la presse, redonnant un élan de sérieux à la conversation.

— Je ne voulais pas mourir. Enfin, maintenant, c'est sûr que je vais y rester un jour, mais... pas de cette façon,

Sixt. Je veux vivre. Je veux respirer, manger ce que je veux, ne pas être une menace pour ma famille, et je... J'ai encore des choses à régler avec Lenny et... les cousins.

— Lenny ? répété-je, dubitative.

— Je sais que ce n'est pas évident, dit comme ça.

— Non, clairement, confirmé-je. T'as passé presque la moitié de ta vie à l'éviter ! Je n'ai jamais vu de rupture plus déchirante que la vôtre, d'ailleurs.

— Justement. Je crois que le moment est venu d'arrêter de tergiverser.

— Tu dois choisir, c'est ça ?

Elle hoche la tête en s'enfilant une autre gorgée, puis elle soupire.

— Pourquoi ne pas les choisir tous les trois ?

Elle en crache son cocktail.

— Merde, Sixt ! Dis pas ce genre de chose quand j'ai la bouche pleine.

— Arrête de me tendre des perches, Neeve, je peux aussi rebondir sur celle-ci.

Sa mâchoire s'en décroche presque. Puis elle éclate de rire, et je l'imite. Que ça fait du bien de la retrouver... Peut-être que même louve, je ne l'ai pas perdue, après tout.

— Tu ignores la difficulté d'un polyamour, lance-t-elle, l'œil mutin. C'est du sport, t'sais ! Et les cousins sont...

— Insatiables ?

Un sourire se forme sur ses lèvres.

— Ouais...

Pas difficile de deviner où ses souvenirs l'emportent. Mon amie est incorrigible.

— Je les aime beaucoup, dit-elle. Ils sont fabuleux. Ils voulaient me sauver ce jour-là et…

— Pour la mission de sauvetage, on repassera. Je te rappelle que j'ai dû intervenir, car vous alliez finir trop grillés et racornis comme des vieux Magic Marshmallows !

— Sixt !

— OK, je me tais, lâché-je en levant les bras. Et donc, tu optes pour les beaux gosses ou la porte de prison ?

— T'es dure avec Lennox ! OK, il ne sourit pas souvent et peut parfois sembler dépressif, mais…

Et elle s'interrompt, et son visage se pare d'une expression radieuse, avant de s'empourprer. Elle paraît si heureuse d'avoir retrouvé son chemin après une longue errance dans la pénombre… En un sens, ça me fait plaisir pour elle, même si elle empeste, et que, pour moi, ça signe une éternité sans elle. Une pointe acérée s'enfonce dans ce qu'il me reste de cœur.

— Je comprends, déclaré-je. Je suis contente d'avoir Drake.

— Drake, répète Neeve en serrant les dents.

Ben quoi ? J'ai bien conscience qu'elle ne l'a jamais franchement apprécié, mais est-ce suffisant pour m'en détourner ? Elle, elle peut se taper son amour d'enfance entre deux coups d'un soir et moi, je ne peux pas me faire le premier sexy vampire qui passe ?

— Quoi, Drake ? Ça se voit que tu n'as jamais fait de galipettes avec lui pour avoir l'air aussi coincée en l'évoquant. Sinon, tu mouillerais rien que d'y penser !

— Les vampires mouillent, je savais pas ! s'exclame-t-elle le plus sérieusement du monde avant de laisser ses lèvres s'étirer malicieusement.

— T'es débile, m'esclaffé-je.

Neeve finit son verre et propose :

— Ça te dit qu'on aille faire un tour ?

— Bonne idée, ce bar est sur le déclin. Comment ça se fait d'ailleurs qu'il y ait si peu de gens au *Kiddy*, ce soir ?

— C'est parce qu'on n'est plus là pour mettre l'ambiance !

Probablement. À moins que les descentes régulières de vampires pour alimenter nos traques aient fait fuir les plus téméraires et que les fêtards préfèrent à présent se terrer dans leurs caves plutôt que de s'aventurer loin de chez eux.

Nous quittons le pub pour la rue où se promènent malgré tout quelques humains. Ça me fait plaisir de voir ça. Nous n'aurons pas à nous rendre dans le Maryland pour chercher du sang neuf lors de notre prochaine chasse.

Neeve et moi nous dirigeons machinalement vers notre loft, comme nous l'avons fait des centaines de fois avant ce soir. Sauf que dorénavant, je ne ressens plus la fraîcheur de la nuit ni l'ivresse des soirées réussies. Même si je n'aspire qu'à profiter de l'instant, je ne parviens plus à occulter le fait que quelque chose s'est brisé. Bien sûr, j'ai Drake, mais Neeve s'éloigne et Eli est déjà hors d'atteinte. Notre trio pétillant n'est plus qu'un souvenir qui s'estompe peu à peu à mesure que s'accroissent nos différences. Les astres peuvent-ils véritablement s'opposer dans la guerre qui s'annonce ?

Je me fige soudain. J'ai ressenti quelque chose. Une sorte de frôlement magique qui aurait échappé à n'importe qui d'autre. Un sorcier se terre non loin, j'en suis certaine. Qu'est-ce qu'il fout là ? Pourquoi se dissimuler ?

Neeve a surpris ma réaction épidermique et semble mal à l'aise. L'évidence me frappe. Elle m'a trahie !

— Neeve, qu'est-ce que tu as fait ?

Avant qu'elle n'ait pu prononcer le moindre mot, j'érige un dôme protecteur autour de moi. Neeve écarquille les yeux, ébahie.

— Ne le prends pas comme ça, Sixt. C'est pour ton bien.

— Pour mon bien ? Qu'est-ce que tu sais de ce qui est bien pour moi ? Tu n'es même pas capable de le savoir pour toi !

— J'étais obligée, tente-t-elle de se justifier.

— De quoi ? Tu m'as abandonnée et maintenant, tu veux te débarrasser de moi ?

— Jamais ! Tu es mon amie, je veux t'épargner le pire.

— Le pire, c'est d'avoir été abandonnée par ma meilleure amie après avoir perdu Eli !

Dans ma tête, c'est la confusion. Alors que je devrais lui en vouloir de m'avoir trahie et vendue à son fan club de cabots et de sorciers en tout genre, je n'ai qu'une obsession : la ramener auprès de moi.

— Reviens avec moi, Neeve. S'il te plaît…

Pour un peu, je la supplierais.

— Je te transformerai une nouvelle fois. Et nous pourrons achever ce que nous avons commencé, cette réforme des vampires, cet élan de tolérance entre les espèces, le Magic Blood…

— Je ne peux pas… se désole-t-elle d'une voix étouffée par l'émotion.

— Tu seras mieux avec moi qu'avec ces traîtres ! Tu le sais aussi bien que moi !

Au moment où je finis ma phrase, Drake atterrit devant Neeve comme s'il venait de sauter depuis le toit. Il la saisit à la gorge et la soulève sans effort.

— Hors de question qu'elle revienne ! rage-t-il en plongeant son regard rougeoyant dans le mien.

Neeve se débat au bout de son bras en déployant toute sa force de louve sans parvenir à lui échapper.

Il va la tuer !

Je ne peux m'y résigner même si la contradiction s'est emparée de mon être et que je ne sais plus vraiment à qui ni à quoi prêter allégeance. Je refuse de choisir entre Neeve et Drake, alors qu'il est évident que ces deux-là sont irréconciliables et ne pourront appartenir à ma vie de manière simultanée.

D'un geste de la main, je tente de lui faire relâcher son étreinte meurtrière, mais mon geste demeure sans effet. Pourquoi mes dons de sorcière n'agissent-ils pas sur lui comme sur les autres ? J'ai beau me concentrer pour le repousser, ses doigts restent cramponnés à la gorge de Neeve qui suffoque tout en battant des pieds dans le vide.

Pourquoi Drake réagit-il avec autant de violence ? Même s'il n'a jamais porté Neeve dans son cœur, il semblait heureux pour moi quand nous nous sommes retrouvées. Il a toujours fait les efforts nécessaires pour une cohabitation sereine malgré ses convictions d'un autre âge. Alors, pourquoi ce revirement radical ?

Je m'interpose plus franchement et parviens, dans un élan désespéré, à extirper Neeve des mains de mon compagnon qui me fixe, hors de lui, prêt à réitérer son offensive contre mon amie.

— Drake, arrête ! supplié-je cette fois pour de bon,

incapable de lui imposer ma volonté. Pourquoi fais-tu cela ?

— Je ne supporte plus de la voir graviter autour de toi.

— Pourquoi ? me contenté-je de répéter en sanglotant malgré mon désir de ne rien laisser paraître de la torture qui me broie les entrailles.

— T'as toujours pas compris ? lâche-t-il avant de planter son regard perçant dans le mien. Alors il est temps que tu saches qui est ton vrai maître.

Qu'est-ce qu'il raconte ? Il n'y a jamais eu de maître et que je sache, c'est moi qui ai vaincu le jour, pas lui, et ce en dépit de ses siècles d'expérience !

— Parce que malgré ta puissance, Sixtine...

La manière qu'il a de prononcer mon nom me fait frissonner. Il n'est plus l'amant attentionné et passionné que je connais. Son ton n'est plus seulement bestial, il devient impérieux et violent. Possessif.

— Je demeure plus fort que toi !

— Comment ? Même Elyris a abdiqué ! Ta reine !

— Elyris n'a pas abdiqué, me corrige-t-il. Elle est certes plus âgée que moi, mais je dispose d'une emprise sur toi dont elle n'a jamais pu se prévaloir.

Une emprise ?

Ses mots me font trembler de plus belle, la peur qui s'insinue en moi galope le long de mon échine. Se pourrait-il qu'il me contrôle comme il le ferait avec une marionnette ? Pourquoi serait-il le seul à exercer ce pouvoir, dans ce cas ? Pourquoi est-il capable de s'affranchir de ma puissance et de m'imposer sa volonté ? Pourquoi m'a-t-il laissée croire le contraire ? Et surtout, pourquoi ne le démontre-t-il que maintenant ?

— Non seulement je dispose de siècles d'expériences, ma colombe, mais l'essentiel tient en quelques mots : je suis ton créateur.

Et ? Ce simple fait suffit-il à m'asservir pour le reste de mon existence ? Dois-je me résigner et accepter qu'il abuse de ce pouvoir pour m'imposer sa volonté et me séparer de la seule amie qu'il me reste ?

Jamais. Jamais je ne me soumettrai à lui ou à quiconque !

Je me redresse et m'apprête à m'élancer, mais avant que je n'aie esquissé le moindre geste, il se place face à moi et saisit mes poignets avec tant de fermeté qu'il manque de les briser. Son regard enflammé me fixe, me toise, me fait ployer. Au fond de ses prunelles se révèle son emprise. J'ai à peine le temps de la cerner qu'elle s'exerce sur moi comme un revers violent.

D'un coup, Drake se détourne. Neeve lui a sauté dessus et s'est accrochée à son cou. Dans son sang, je sens les reliquats du mien pulser. Elle est encore un peu comme moi malgré tous ces changements, ce qui lui confère une rapidité exceptionnelle. Déchaînée, elle laboure le visage de Drake de ses ongles acérés – dorénavant devenus des griffes – en rugissant telle une bête fauve.

— Sixt, c'est lui qui a tué Robin ! C'est lui ! me crie-t-elle. Assassin ! Tu n'es qu'un meurtrier sanguinaire !

Une émotion désagréable entrave soudain ma gorge. Drake enserre de nouveau celle de Neeve et y presse ses pouces pour l'étouffer. Les yeux vont lui sortir des orbites s'il ne cesse pas !

Robin…

Son regard boréal filtre devant mes yeux et m'éloigne

quelques secondes du tumulte de cette lutte jouée d'avance. Lui ne m'avait rien promis, mais il ne me contraignait pas non plus. Il m'aimait. Il m'avait assuré ce que j'avais de plus cher : mon libre arbitre.

Oublie-le...

Bien que cette voix dans ma tête ne soit pas la mienne.

Oublie ce qu'il t'a dit !

D'où proviennent ces ordres ? Jamais je n'oublierai Robin ! Jamais !

Ne lutte plus, ma colombe. Tu es à moi, à présent !

J'ai beau m'accrocher de toutes mes forces aux quelques souvenirs qu'il me reste de Robin, ils s'estompent peu à peu. Je les vois se dissiper, soufflés par une tempête véhémente. Je m'y agrippe, mes yeux arrimés à ceux de mon loup, verts comme l'espoir qui m'habite. D'un coup, le vent balaie mes songes. Je le fixe encore... Qu'est-ce que je fixe déjà ?

Tiens, j'ai eu une absence ou quoi ? Qu'est-ce que je fous ?

Je reviens soudain à moi quand un fracas assourdissant me révèle qu'en chutant, Neeve a éclaté l'abribus.

Mon amie est en difficulté.

Je fonds sur Drake pour porter secours à Neeve, mais d'un coup imparable, il nous projette simultanément en arrière. Si sa puissance tient à notre généalogie, tous les pouvoirs cumulés de vampire et de louve de Neeve n'y feront rien. Si moi je suis soumise à Drake du simple fait d'être née de sa volonté, elle est en partie le fruit de la mienne et c'est moi qui assure sur elle un ascendant.

En toute logique, Drake aussi.

Même en associant nos aptitudes et nos dons, les dés sont jetés : nous ne sommes pas de taille à lutter…

CHAPITRE 22

ELINOR

Non ! Ce n'est pas possible. La scène qui se déroule devant mes yeux… Jamais je n'aurais cru que les choses puissent dégénérer ainsi. Ou plutôt si, je savais que ce plan était à chier.

— Karl ! m'écrié-je d'une voix étranglée par l'angoisse. Il va la tuer !

Mais mon lié ne me répond pas, trop occupé à retenir et à bâillonner Mark pour ne pas que nous soyons repérés. Lui aussi est en train de fondre les plombs en voyant sa sœur agressée par cet horrible suceur de sang.

Et puis soudain, je réalise que ce n'est plus un problème que nous soyons repérés. Au point où nous en sommes… Je ne laisserai pas Neeve se faire tuer par ce tocard après tout ce qu'elle a déjà subi. Après tout ce que nous avons affronté !

Je m'élance, ignorant le cri de Karl dans mon dos. Mais c'est peine perdue. À peine suis-je sortie du coin sombre dans lequel nous nous cachions que je me heurte au dôme magique créé par Sixtine quelques instants plus tôt. Putain, je ne peux pas les rejoindre ! Je ne peux rien faire !

Je tourne sur moi-même, désemparée. Je sais que les loups Greystorm sont là, dissimulés dans les ombres, n'attendant que le feu vert de leur Alpha pour intervenir. Mais si Drake est ici, qui me dit que des vampires ne sont pas présents également ? Je lève le regard vers les toits. Se peut-il que... Oui, j'en ai la certitude, les nouveaux occupants du manoir Shadow sont parmi nous. Mais sont-ils venus à la demande de Sixtine, ou à celle de Drake ?

Le monde est-il devenu fou ? Depuis des siècles, les races magiques prennent soin de ne pas se faire repérer. C'est notre troisième loi, l'une des plus fondamentales. *On ne se montre pas.* Dans les rues, des humains se promènent malgré l'heure tardive et les récentes disparitions liées aux petites chasses organisées par les vampires de Sixtine. Ça me dégoûte, putain ! Et en plus, nous allons nous révéler à eux ainsi ? La catastrophe qui s'annonce me fait suffoquer.

Un cri, et je me retourne encore. Sixtine ! Drake observe Neeve qui se tient la gorge, puis s'en prend à la nouvelle-née qui s'interpose devant elle. Mais Sixtine n'est-elle pas censée être bien plus puissante que lui, malgré ses siècles d'expérience ?

Je me heurte à nouveau contre la barrière magique. Malgré l'assaut que subit mon ancienne meilleure amie, elle reste inébranlable. Soudain, on me tire en arrière.

— Eli, tu ne dois pas t'exposer ainsi ! grogne Karl.

Il me projette vers notre cachette et se transforme en loup dans le même mouvement. Mais il a à peine le temps de se redresser sur ses pattes que des silhouettes noires tombent des toits. J'en étais sûre ! Nous sommes cernés par les vampires !

— Karl ! crié-je à m'en faire exploser les cordes vocales.

Mais il ne me jette pas le moindre regard, renverse son museau vers le ciel et hurle vers cette lune que des nuages nous dissimulent.

Des loups gigantesques surgissent des rues avoisinantes. Mais s'ils pensaient affronter sur-le-champ les suceurs de sang de Sixtine, ils sont désorientés. Les vampires se ruent tous sur les quelques humains de passage, comme s'ils étaient affamés. Un vrai carnage. Des cris retentissent, des gargouillis meurent dans la nuit, des os craquent, et des corps s'effondrent lourdement.

Une violente nausée me prend. Non ! Nous n'avions pas prévu cela ! Ce n'était pas le plan !

Je me transforme aussi, retrouvant avec gratitude la souplesse et la puissance, rassurantes, de ma louve immaculée. Mark me rejoint, tombe à genoux à côté de moi, à la fois sanglotant et écumant de rage. Du coin de l'œil, j'aperçois Karl, accompagné de Sybil, qui bondit d'ombre en ombre pour participer à la curée.

Je hurle à mon tour, pour intimer aux miens de défendre de leur mieux les humains innocents et pour faire reculer cette engeance diabolique.

— Eli ! Regarde ! crie soudain Mark.

Drake vient de gifler violemment Sixtine, qui tombe et ne se relève pas. Aussitôt, le dôme magique vacille, puis disparaît sous mon regard ahuri. C'est notre chance ! Avec le frère de Neeve, je me projette vers l'avant. Il faut sauver mes amies, coûte que coûte ! Et surtout, surtout, capturer Sixtine, sinon, tout cela n'aura servi à rien.

Mark se précipite vers Neeve, et il pose ses doigts sur son cou strié de bleu et de rouge, tout en se penchant au-dessus de sa bouche. Il cherche à déterminer si elle vit encore... Nom d'un croissant de lune, faites que ce soit le cas. Sinon, je ne réponds plus de rien. Je reprends forme humaine et secoue mon amie. Néanmoins, je m'étonne de ne pas voir accourir Lennox. Je ne sais pas où il est, tant le chaos fait rage autour de nous.

Mais je n'ai pas le temps de m'appesantir sur cette scène. Je me rue sur Sixtine qui peine à se redresser, visiblement sonnée. Quand elle m'aperçoit, elle a un mouvement de recul et une grimace haineuse déforme son visage. Je n'ose imaginer ce qu'elle ressent. La défection de Neeve, l'agression de Drake, mon arrivée... Elle doit se croire trahie par tous, et je ne peux pas lui donner tort. Comment lui faire comprendre... Mais ce n'est pas le moment... D'abord, sauver Neeve et enfermer Sixtine. Ensuite, nous discuterons.

Je bondis sur mon amie, mais un violent coup de pied de Drake me suspend en plein vol. Putain, j'ai mal au ventre, tellement mal... Mon épaule heurte le sol avec brutalité, mon souffle se coupe, ma vision se brouille... Je me métamorphose sous le choc.

Un cri de rage pure retentit non loin de moi et dissipe les brumes qui ont envahi mon univers. C'est Sixtine, encore. Elle a vu que Mark tentait d'extraire Neeve de ce pugilat et fait tout pour l'en empêcher. Ma louve hurle à s'en éclater les poumons. Sixtine me reconnaît sous cette forme, se fige un instant, me foudroie de son regard d'un rouge métallique. Elle n'est plus elle-même. La fureur la rend dingue. Elle n'a jamais supporté l'injustice. Mais qu'est-ce qui est juste dans la situation que nous vivons, hein ?

Tant bien que mal, je me redresse. Je suis plus près de Neeve qu'elle ne l'est. Et je suis rapide, moi aussi. D'un saut incroyable, je rallie le corps de mon amie, me transformant au passage. Nue, je m'empare de Neeve et prononce un sort de protection. Mark joint ses forces aux miennes. Aussitôt, une fine coque translucide, blanc et vert mêlés, nous entoure.

Sixtine se jette dessus, martelant notre bouclier de ses poings, les traits déformés par la colère et le chagrin. Quelques pas plus loin, Drake se tient droit, immobile. Il regarde un instant sa dulcinée, une expression songeuse sur le visage, puis se détourne enfin. D'une allure conquérante, il rejoint les hordes de suceurs de sang pour participer à la fête. Ensuite, je le perds de vue.

Tandis que je reprends mon souffle, je me fais la promesse de me venger un jour de ce connard.

Pas après pas, Mark et moi, tenant toujours Neeve serrée contre nous, reculons. Sixtine n'a pas l'air de vouloir lâcher l'affaire, alors qu'autour de nous, c'est l'enfer. Je commence à paniquer. Comment va-t-on faire pour se sortir de là ?

Et alors que je pensais que rien de plus grave ne pouvait nous arriver, une nouvelle faction fait son entrée en fanfare. Non… Pas elle… Et entourée de sa cour, en plus…

Devant nous, se déplaçant à contre-courant de la marée sanglante et monstrueuse qui a envahi la rue de notre ancien loft, s'avance Elyris, vêtue d'une robe à large jupon d'un autre temps et coiffée d'un chignon élaboré qui lui fait bien gagner dix centimètres. Son visage est poudré de blanc, et deux ronds rouges parent ses joues de poupée de porcelaine.

Elle est flippante.

Puis, soudain, elle se met à courir dans une envolée de soie. C'est à peine si je peux détailler ses mouvements tant elle va vite. La vache !

Elle heurte Sixtine, toujours accrochée à notre bouclier, de plein fouet. Le choc est retentissant. En mon for intérieur, je suis persuadée qu'il n'y a que des vampires pour survivre à un tel impact.

— Tu ne croyais tout de même pas que j'allais te laisser prendre ce qui m'appartient sans broncher ? déclare Elyris d'une voix à la fois fluette et menaçante. C'est cette nuit que tout s'achève pour toi, maudite sorcière. Dommage pour Drake... ou pas !

Heureusement, Sixt se rétablit rapidement, et dans le même temps, je sens que Neeve s'agite contre moi. Elle aussi récupère vite, entre sa nouvelle nature de loup, et le sang de Sixtine qui circule encore dans ses veines...

— Eli... tente-t-elle de dire, mais ses cordes vocales sont trop abîmées pour qu'elle puisse parler clairement. Qu'est-ce... qui...

Elle tousse violemment, et Mark s'empresse de la soutenir. Pour ma part, j'ai du mal à détourner mon regard de l'affrontement qui va se jouer. L'ancienne reine Elyris contre la nouvelle Sixtine...

Quelque chose remue en moi. Là, dans le chaos autour de nous, je sais soudain ce que je dois faire.

— Prends soin d'elle, dis-je à Mark.

— Eli… Eli, qu'est-ce que tu vas faire ? l'entends-je me dire dans mon dos. Putain, Eli, Karl va me tuer si tu y vas…

Karl… Un sourire joue sur mes lèvres quand son image s'impose à mon esprit. Mon lié, le père de mon bébé. Mais c'est aussi un Alpha, et je suis sa compagne. Nous avons des devoirs envers les nôtres. Et Sixtine fait partie des miens, au même titre que les loups Greystorm, ma famille et Neeve.

Je jaillis de notre bouclier. Le vacarme qui règne dans la rue, les odeurs de sang et de mort, les cris affolés des humains, les rires des vampires et les grognements des loups me heurtent et me chamboulent. Mais tant pis. La reine nous observe, mord quelques gorges avant de reporter son attention sur nous. Ses sujets sont en train de commettre un carnage.

Je fais quelques pas et m'empare de la main de Sixtine. Son premier réflexe est de me la reprendre, mais quelque chose dans mon regard ou dans mon attitude la retient. Malgré la situation dramatique dans laquelle nous nous trouvons, je lui souris.

Sans que nous ayons besoin de nous consulter, des mots s'échappent de nos lèvres pâles et se fraient un chemin dans la cacophonie ambiante.

« *Par les pouvoirs de la nuit,*
Que les ténèbres et la lune se mêlent,
Que les vents se lèvent,
Et mettent fin au règne de cette souveraine. »

De longs filaments de lumière sélène et de ténèbres s'élancent vers les sbires de cette reine ridicule, se nouent autour de leur peau blême et serrent, serrent, jusqu'à faire jaillir un sang qui n'est plus chaud depuis longtemps. Mon cœur pleure quand je me souviens que celui de mon amie est aujourd'hui tout aussi froid.

Mais en cet instant, cela ne compte pas, et nous faisons se lever une tempête. Une tempête terrible, qui balaie tout sur son passage. Des cris s'élèvent dans la nuit. Nous reformulons notre sort en forçant la voix pour couvrir le vacarme. Elyris marque un temps d'hésitation, perdant ainsi de sa belle assurance, et son sourire figé se fissure. Et ce n'est pas fini. Le vent mauvais que nous avons créé soulève toutes choses autour de nous. J'espère que ceux que nous aimons se sont mis à l'abri, car il n'y aura pas de pitié de notre part. Notre détermination est implacable.

Un grincement formidable retentit sur ma droite. Une bourrasque fait s'envoler mes cheveux. La poigne de Sixtine sur ma main s'intensifie, mais je ne grimace pas, je ne vacille pas. Je reste solide, les yeux fixés sur Elyris, tandis qu'une plaque de tôle venue de je ne sais où frôle nos crânes. La reine recule pour la première fois. Ses subordonnées lui emboîtent le pas.

Avec Sixtine, nous crions plus fort, répétant notre incantation, et la plaque prend de la vitesse en tournoyant et tournoyant encore, de plus en plus rapidement quand soudain, dans un bruit écœurant, elle s'abat sur la grande Elyris. Enfin, grande…

Le silence investit la rue.

— Ratatinée, la vieille garce, claironne alors Sixtine à

côté de moi, et je ne peux m'empêcher de pouffer malgré l'horreur de la situation.

— Ratatinée comme une crêpe, j'ajoute pour faire bonne mesure, bien que grimaçante en découvrant les litres de sang qui s'écoulent de sous la tôle. Beurk…

Nos mains se séparent, mais nos yeux se soudent. Je ne sais combien de temps nous restons à nous observer. Probablement quelques secondes à peine, mais des secondes au goût d'éternité, forgées dans notre amitié qui, je le comprends à présent, ne pourra jamais mourir tout à fait.

Un sourire, si infime que je pourrais l'avoir rêvé, joue sur les lèvres laquées de rouge de Sixtine, avant qu'elle ne s'écarte pour de bon.

— Vampires ! La fête est finie pour ce soir ! Tout le monde à la maison !

Elle a beau afficher une assurance en acier trempé, je vois bien qu'elle regarde autour d'elle. De qui, de quoi a-t-elle peur ? De Drake ? Je repense à la façon dont il l'a maîtrisée, un peu plus tôt… Et je suis saisie d'effroi pour mon amie.

Mais par bonheur, il a quitté les lieux, je ne sais pour quelle raison, et les vampires restants obtempèrent, se fondant dans les ombres avec la même souplesse dont ils ont fait preuve en arrivant.

Au loin, alors qu'un silence pesant revient peu à peu, j'entends le hurlement de frustration de mon lié, puis son pas lourd qui se rapproche. Quand il me rejoint, toujours sous sa forme lupine, je me rappelle que je suis nue. Mais qu'importe, nous ne sommes plus à cela près.

Il se transforme à mes côtés, mais grogne encore.

— Ils fuient, ces lâches.

— Ils ont écouté leur cheffe.

— Es-tu bien sûre encore que ton amie soit à leur tête ? Après ce que nous avons vu ce soir, je ne sais plus quoi penser...

Il n'a pas tort. Mais je suis fatiguée, et je n'ai pas envie de réfléchir à ça pour le moment.

Autour de nous, c'est la dévastation. Des corps jonchent les trottoirs. Et ces corps sont tout autant ceux d'humains que de loups ou de vampires. Nous sommes nombreux à avoir payé un lourd tribut dans cette attaque. Je place ma paume sur mon ventre, m'assurant que mon bébé va bien. Je soupire de soulagement quand je sens une secousse sous mes doigts, puis un long frisson hérisse mon épiderme. Combien des nôtres ont perdu la vie, ce soir ?

— Karl...

Il me regarde, perçoit mon désarroi, car il ressent le même, et nous partons à la recherche de nos amis. Heureusement, nous retrouvons sans mal Neeve, déjà en train de s'activer auprès de loups blessés malgré ses meurtrissures. Je distingue enfin Popeye, boitant, le visage couvert de sang, mais bel et bien vivant. Mais où est Lennox, bordel ? Je ne l'ai pas aperçu depuis le début de ce carnage... Et Mark ? Il était avec Neeve, pourtant...

— À l'aide ! J'ai besoin d'aide !

Là ! C'est lui que je vois arriver, sa haute silhouette se dessinant dans la lueur d'un lampadaire. Dans ses bras, Sybil.

CHAPITRE 23

LENNOX

Je cligne des paupières. La brume dans mon cerveau peine à se dissiper. Bon sang, qu'est-ce que...

Mes yeux s'ouvrent, mais un voile entrave ma vision. Mon ouïe s'aiguise difficilement. Un bruit proche me fait secouer la tête. Des pas... Je crois que ce sont des pas. Où suis-je ? Je tente de me souvenir. Une image m'apparaît clairement, et la rage m'envahit. Drake Butcher qui enserre le cou de Neeve et qui la projette dans les airs, comme une vulgaire poupée de chiffon. Elle qui percute un abribus qui explose tant la charge est violente. Mon loup, tapi à la lisière de la forêt avec une partie de la meute, s'est insurgé et s'est élancé dans sa direction. Mais à peine ai-je fait quelques foulées que j'ai senti une présence se matérialiser au-dessus de moi. Des bras ont encerclé ma cage thoracique, et j'ai eu la sensation d'être téléporté loin de la mêlée. *Neeve...*

Cette fois, je distingue un semblant de clarté à travers

le brouillard qui noie mes iris. Des chandelles vacillent aux quatre coins de la pièce où je me trouve. Une pièce qui ne m'est pas inconnue. Deux silhouettes sont plantées à quelques pas de moi et s'observent. Leurs traits se dessinent alors que ma vue devient plus nette. Mon souffle se coupe. Lord Raven et Cornelius Kane, l'Amnistral de Virginie. Je clos aussitôt les paupières et inspire discrètement, à l'écoute de ce qu'ils se disent et inquiet pour mon sort. Je viens juste de retrouver Neeve. Je n'aspire qu'à retrouver Neeve ! Que fais-je là, bon sang !

— Nous apprenons à l'instant qu'Elyris est morte, déclare Kane. Elinor Moon et votre nièce l'ont vaincue.

— J'avais pourtant prévenu Elyris qu'elle ne devait pas se précipiter. Sixtine seule n'aurait pas réussi à la défaire. Il lui fallait juste attendre que les trois sorcières se déchirent entre elles. Il est tout de même désespérant qu'après des siècles de vie, une vampire telle qu'Elyris ne possède aucune patience.

— Elle perdait de plus en plus de soutien au profit de Sixtine. J'imagine que cela l'a poussée à attaquer cette nuit.

— Je ne vais pas m'en plaindre. Sa mort sert nos projets.

— Vous ne craignez pas que votre nièce devienne un plus grand obstacle ?

— Pas du tout, rétorque Raven en s'esclaffant.

Je déglutis, car ce rire a quelque chose de sinistre et d'oppressant. Il reprend :

— Vous savez qui m'a éduqué à la magie des Noctombes, Cornelius?

— Votre père, Jeremiah Shadow, si je ne m'abuse ? Il

était connu pour ses pensées radicales, mais la rumeur a couru qu'il aurait préféré votre frère pour lui succéder. Est-ce exact ?

Raven prend une grande inspiration. Elle sonne comme un soupir.

— Paul est mon cadet. Pourtant, il est vrai qu'il a toujours été celui qui attire les regards, inspire le respect, et... il y a Lydia.

— Son épouse ?

— Je suis tombé amoureux d'elle quand j'avais seize ans, répond Raven. Mais c'est sur Paul qu'elle a jeté son dévolu. Après cela, j'ai...

Il marque une pause, puis poursuit :

— Je me suis plongé dans les enchantements. J'avais la fougue de la jeunesse et refusais que mon frère remporte tous les lauriers, je ne voulais pas faire pâle figure à ses côtés. Je désirais jeter un sort sur Lydia, mais la magie wicca interdit les philtres d'amour et les sortilèges de soumission. Il est essentiel que le libre arbitre soit préservé, dit-on. Évidemment, cela ne me convenait pas. Alors j'ai recherché des livres de magie noire et j'ai découvert une cachette dans le manoir Shadow où certains volumes étaient dissimulés aux yeux du monde. Mon père m'a surpris.

Aux souvenirs qui l'emportent, lord Raven s'esclaffe.

— Jeremiah Shadow, mon célèbre paternel a perdu son admiration pour mon jeune frère et l'a reporté sur moi ce jour-là. Qu'est-ce que l'amour à côté de l'ambition ? C'est alors que j'ai compris que mon père faisait partie d'une société secrète avec quelques illustres amis. Ils s'adonnaient à la magie noire en toute discrétion et testaient leurs sortilèges sur des loups. Mon père les haïssait. Lui et ses camarades organisaient des sorties nocturnes afin de les chasser, jusqu'au jour où ils en ont rencontré un qui savait jeter des sorts. Cette créature hybride a tué deux de ses amis, des hommes qui m'éduquaient dans la magie des Noctombes, avant que mon père n'en vienne à bout. À partir de cet instant, il a compris que les trois lois n'étaient que des mots pour notre communauté. Ça lui était insupportable. Il s'est alors mis en tête d'occire toutes les créatures hybrides, a confisqué les ouvrages qui mentionnaient les mélanges de races partout où il en existait. Et dans le plus grand secret, il m'a enseigné et offert le grimoire qui nous permettrait d'accomplir notre mission.

— Il serait fier de vous, affirma Cornelius.

— Mon père était Witchcraft de Caroline du Nord avant Remus Moon. Même s'il était puissant et plein de bonnes intentions pour notre communauté, il n'a pas fait suffisamment. Il se pensait ambitieux, mais ce n'était pas le cas. La haine le motivait. Or la haine pervertit l'esprit et l'émousse.

— Vous haïssez pourtant les sang-mêlé, fait remarquer Kane.

— Pas autant que j'aime le pouvoir, mon cher Cornelius, rétorque lentement Raven en souriant.

Son ton est si glacial que j'en frémis. Ses mots rampent sous ma peau. Un frisson me remonte l'échine tandis que je les entends se lever. Quand le silence s'impose, mes paupières se relèvent, je suis conscient d'être repéré. Mes sens sont toujours engourdis. Je suis piégé.

— Bonjour, Lennox, déclare l'oncle de Sixtine d'une voix sombre.

Il approche. Je secoue de nouveau la tête pour m'extirper de cette léthargie qui ankylose mes membres. Mes yeux se baissent sur mon corps vêtu d'une toge noire fendue de deux larges poches. Des liens magiques m'entravent.

— On ne pouvait décemment vous laisser à poil, mon cher ami, dit Cornelius Kane, dont je devine le rictus méprisant.

Mon regard se relève sur eux. Leur expression amusée attise la colère qui m'envahit.

— Un loup. Vous êtes un loup, quelle tragédie.

Raven soupire après ces paroles et fait peser une main sur mon épaule.

— Et quelle bénédiction, aussi, ajoute-t-il.

— Neeve…

Ma voix est enrouée. Je ne sais quel sort ils ont utilisé pour me rendre si apathique, mais mes membres refusent de répondre à ma volonté.

— Encore cette femme ! lâche l'Amnistral en levant les yeux au plafond. Même sans magie, elle continue à nous mettre des bâtons dans les roues. Quelle plaie !

Je serre les dents et me retiens de hurler, tandis que Kane jette un œil vers l'armoire vitrée de son bureau. Des objets anciens y sont exposés, mais ce n'est pas cela qui attire mon attention. Ce qui m'intrigue, c'est une petite boîte en ébène, aux motifs particulièrement significatifs. Ils symbolisent le sort utilisé par les sorciers quand ils ôtent les pouvoirs de l'un de leurs semblables. Il permet de sceller le réceptacle qui les enferme pour qu'ils ne soient jamais restitués. Je dévie rapidement mes yeux de cette découverte, afin de ne pas montrer que je l'ai repérée.

Désormais, j'en suis certain, cette boîte est celle que Josephine Forest m'a décrite, alors que nous attendions le réveil de sa fille dans la caverne. C'est celle où sont emprisonnés les pouvoirs de Neeve.

— Une vampire-louve, ou presque, commente Raven. J'imagine que vous avez cru pouvoir renouer avec elle, maintenant qu'elle s'est jointe à la meute Greystorm. Qu'il soit si bien informé ne me surprend pas. Je devine que Kane a utilisé son don de projection pour infiltrer la tanière, et si tel est le cas…

— Dommage qu'elle préfère la compagnie de deux Bêtas plus charpentés que vous, Lennox. Je vous avais dit que cette race devait être éradiquée.

— Vous m'avez menti, soufflé-je froidement au souvenir de Cornelius Kane qui me demande de rester en ces lieux, en prétextant que le procès de Neeve était pour le lendemain.

Alors qu'elle était conduite à la potence. Elle a brûlé vive, et je n'oublie pas qui a été l'instigateur de cela. Mes yeux les fusillent. Raven me toise, tandis que Kane rit.

— Ouvrez la chambre du grimoire, Cornelius.

L'Amnistral observe son maître et murmure le sort qui fait apparaître cette porte piquée de rouille que j'ai déjà découverte durant ma dernière visite. Cette fois, je déglutis, me rappelant subitement les sensations étranges et néfastes que j'ai ressenties en en franchissant le seuil. J'ai failli basculer… J'étais décidé à les rejoindre… Et je comprends alors ce que je fais ici. *Pas ça !*

Lord Raven esquisse un mouvement de ses doigts. Une nébuleuse noire en surgit et s'enroule autour de moi. Le siège sur lequel je suis attaché se soulève et flotte jusqu'à la chambre du grimoire. Le grimoire qui permet aux Noctombes de tuer des centaines de membres des trois races magiques. Des membres dont le sang n'est pas pur. L'objectif : l'éradication des loups, et sans doute celle des vampires, maintenant que Sixtine est parvenu à occire la reine Elyris. Au regard du nombre de créatures de la nuit qui rejoignent ses rangs et des paroles que je viens d'entendre de la bouche de lord Raven, un affrontement est désormais inévitable.

Raven souhaite la suprématie des sorciers. Quand il aura accompli ses projets, j'imagine que même les humains seront en danger. Car une fois qu'on a conquis le pouvoir ultime, comment étancher sa soif, si ce n'est en opprimant les plus faibles ? Les exemples dans le monde des hommes suffisent à le prouver. Les dictateurs prolifèrent. Les guerres aussi. Sous couvert de motivations ou d'idéologies quelconques, ils n'ont qu'un seul but : obtenir toujours plus de pouvoir…

Raven a mis trente ans pour échafauder son plan machiavélique. Que deviendra la communauté des sorciers avec un chef tel que lui à sa tête ? Ils se déchirent déjà, et comme dans tout conflit, les membres les plus vils sont les plus entendus, parce qu'ils sont craints. La résistance, elle, aura besoin de temps pour faire émerger le bien dans les consciences. La peur laissera une partie des gens de notre espèce dans une position neutre. Ce sont pourtant eux qui pourraient faire pencher la balance, mais c'est peut-être trop tard. En tout cas, ça l'est pour moi, car je sens déjà la magie noire qui s'élève du grimoire m'imprégner, comme cela a été le cas la dernière fois. Je panique, le sortilège puissant des Noctombes se diffuse en moi. Happé par son essence, je peine à conserver les idées claires. Bien au contraire, elles s'assombrissent...

— Ne vous êtes-vous jamais demandé pourquoi je ne vous avais pas ôté vos pouvoirs d'Amnistral, Lennox ? s'enquiert Raven, sans attendre de réponse.

Évidemment que je me suis posé cette question, et maintenant, je devine les raisons perfides qui ont motivé cette décision. Kane se penche à mon oreille.

— Il est l'heure d'ouvrir les yeux, mon ami. Cette fille, cette meute... vous n'en voulez plus. Neeve se compromet avec des loups avec lesquels elle fornique sous votre nez depuis déjà trop longtemps...

J'inspire. Je sens la raison me fuir. Le charme du grimoire s'infiltre sous ma peau. La haine m'engloutit. Et je revois Neeve, il y a quelques jours, enlacée par les cousins Falck. Ils la touchaient ! Puis je me rappelle ce que j'ai ressenti... Certes, mon cœur s'est fendu en morceaux en la découvrant dans leurs bras, mais... ils se sont sacrifiés pour elle. Je me suis isolé, refusant de lui parler. Pas parce que je lui en voulais, mais parce que je ne souhaitais pas qu'elle culpabilise d'aimer deux hommes prêts à donner leur vie pour elle. Ça fait si longtemps que je n'ose espérer une issue heureuse avec Neeve. Je désire juste qu'elle soit... vivante, et si elle préfère ces deux loups à moi, alors... Non... Non ! Elle est à moi !

— Vous aspirez à la vengeance, susurre Kane. Elle ne vous aime pas, puisqu'elle est capable d'en toucher d'autres que vous... et vous le savez. Cette fille n'est plus celle que vous avez connue, jadis. Cette meute, elle...

— Elle ne vous mérite pas, Lennox, enchaîne Raven

dont la voix semble se mêler au sortilège qui me fait serrer les poings.

Je lutte… Je lutte… mais… *ils ont raison !*

— Avec vos pouvoirs et votre nouvelle condition de loup, vous pouvez mettre fin à tout ça, ajoute le Witchcraft. Vous pouvez vous venger, Hawk. N'en avez-vous pas marre de souffrir pour une femme qui n'a que faire de vous ?

Elle n'a que faire de moi…

— Elle dit qu'elle vous aime, mais elle se rue dans d'autres bras dès que l'occasion lui en est donnée ? Petite dépravée…

Elle était dans leurs bras…

— Enfin, vous vous êtes jeté dans les flammes pour elle ! Ne méritez-vous pas plus de reconnaissance ?

Elle ne m'aime pas !

Le grimoire s'ouvre, et les pages se tournent sans que personne n'ait à le faire. Une lueur en jaillit et se propage dans la pénombre de cette pièce lugubre et poussiéreuse. Une sensation désagréable me serre la gorge. Une tempête s'élève dans mon esprit.

— Il est temps de prendre votre revanche, Lennox.

Mes yeux se révulsent. Mes membres se tendent. Un frisson remonte mon échine. La rage qui se diffuse en moi ravage tout sur son passage. Mon hurlement déchire l'atmosphère et derrière moi, j'entends les rires de Raven et de Kane. Cela me rend fou !

— *Immediatam libertatem !* crié-je.

Mon sort d'Amnistral… Mes liens se dissipent sous la haine qui me consume. Le siège chute, mais je lévite et me téléporte dans le bureau de Kane. Quelques secondes après, le Witchcraft de Virginie et son plus proche complice s'avancent vers moi, un air satisfait plaqué sur leurs visages.

— Bon retour parmi nous, Lennox Hawk.

Je les toise et les rejoins, mes pieds nus sous ma longue toge noire foulant le tapis, jusqu'à me trouver à un pas d'eux.

— Quel est le plan ?

Quand ils me l'exposent, un rictus déforme mes traits. Enfin, je suis revenu à la raison ! Je suis un sorcier. Pas un putain de loup et certainement pas un type qui se laisse marcher dessus par une hybride qui n'en a rien à foutre de moi. Je suis l'Amnistral de Caroline du Nord. Je suis celui qui rétablira l'ordre avec les Noctombes, pour que plus jamais des créatures magiques ne se mélangent. Ce que je suis devenu me dégoûte, et c'est à cause de ceux qui ont bafoué nos lois. À cause d'une femme qui se fiche des règles et que j'ai laissée trop longtemps me piétiner. Je suis prêt à me venger.

CHAPITRE 24

ELINOR

Tous les loups sont repartis après avoir fait le grand ménage. Il ne reste plus aucune créature magique dans les rues.

Sauf nous trois.

Enfin, j'imagine que des humains ayant assisté au combat ont dû parvenir à s'enfuir, mais… *On ne se montre pas.* Bon, pour la troisième loi fondatrice, on repassera.

Épuisées et sales, nous sommes de retour devant le *Kiddy Hurricane*. Sixtine est aussi silencieuse qu'une âme en peine. Ce qui la décrit plutôt bien, en cet instant. Nous ne valons pas beaucoup mieux, avec Neeve. Nous avons tant de soucis… Et l'image de Sybil dans les bras de Mark… Karl l'a fait rapatrier en priorité à la tanière, et m'a discrètement demandé de rester là avec les filles. Je le connais suffisamment pour me douter qu'il préfère que je garde un œil sur Sixtine.

Bref, je ne dis rien non plus. Je devine que dans la tête de mes amies comme dans la mienne, c'est le chaos. Tant de choses se sont produites, ce soir... et tant de choses qui n'étaient pas prévues...

— Je ne comprends pas, dit encore Neeve pour la centième fois. Où est Lennox ?

Cette fois, je ne prends même pas la peine de lui répondre. Car je n'ai pas de réponse à sa question. L'ancien Amnistral était pourtant bien avec nous, quand les loups se sont mis en place dans les ombres de Fallen Creek, dans le but de nous emparer de Sixtine. Je me souviens de son regard inquiet sur Neeve, tandis qu'elle se dirigeait vers le *Kiddy*, et de sa détermination lorsqu'il s'est éloigné à son tour. Il devrait être avec nous en ce moment même. Et j'ai beau ne pas trouver beaucoup de qualités à mon ex-patron, son absence est incompréhensible. Jamais il ne nous aurait abandonnés dans une telle situation. Je rectifie : jamais il n'aurait abandonné Neeve. De cela, je suis absolument certaine.

Mais, si moi je ne réponds plus, la nouvelle cheffe des vampires s'empare de la parole d'une voix éraillée, une lueur cramoisie brillant dans ses prunelles d'argent.

— Neeve a raison, ce n'est pas normal. Il y a un problème.

Malgré moi, je ricane. Un problème ? Quel doux euphémisme ! On est à la limite de l'apocalypse magique, et Sixtine évoque un « problème » ? Elle est bien bonne, celle-là !

Mais Sixtine me fait taire d'un regard glacial, et je ravale mon sarcasme.

— Eli, cesse de faire ta gourdasse deux minutes. Il faut qu'on en ait le cœur net.

— Et tu proposes quoi ? tenté-je tout de même d'ironiser.

Pour l'heure, j'ai plutôt envie de me précipiter dans les cuisines de la tanière. J'ai tellement la dalle que ça me file la gerbe. Foutue grossesse ! Je suis certes profondément heureuse de porter notre enfant, à Karl et à moi, mais je me dois d'admettre que niveau timing, c'est moyen. Note à moi-même : ne procréer qu'en temps de paix, pour pouvoir profiter de ses hormones, de longues siestes sous un plaid et des bons repas de Popeye. Au lieu de ça, je joue les sorcières-louves vengeresses. Pas cool.

— Je propose une invocation, évidemment. Au moins pour savoir si Lennox est encore en vie.

Je soupire. Je suis tellement fatiguée, aussi. Mais comment refuser cela sous le regard plein d'espoir de Neeve ?

— OK, soufflé-je.

— Cache ta joie, surtout, me crache Sixtine.

Je ne réponds même pas. J'ai cru un court instant, quand nous avons ratatiné la reine Elyris, que les choses allaient miraculeusement s'arranger entre Sixt et moi. Mais apparemment, je vais devoir ramer encore longtemps.

Elle s'empare de mes mains, murmure une rapide invocation. Une brume obscure s'élève autour d'elle, tandis qu'une lueur lunaire m'entoure. Nos deux pouvoirs se mêlent, et de longs filaments de magie partent dans toutes les directions. Je laisse couler la puissance hors de mon corps, mais c'est Sixtine qui mène la danse. Elle doit percevoir mon épuisement, car elle ne dit rien et cherche une preuve que Lennox est encore en vie.

Au bout d'une ou deux minutes, je sens, tout comme

elle, quelque chose qui tire sur notre lien. Je respire mieux. Lennox n'est pas mort. Enfin, Sixtine libère mes doigts, se tourne vers Neeve pour lui annoncer la bonne nouvelle.

— Je ne peux pas te dire grand-chose, nous sommes trop fatiguées pour aller plus loin, mais il vit. Tu vois, tu ne m'auras pas trahie pour rien. De toute façon, au pire, il te restera les cous...

Je la bouscule. Qu'elle m'inocule son venin si elle le souhaite, mais qu'elle laisse donc Neeve tranquille. Ce n'est pas le moment de la torturer avec toutes ces histoires.

— Bon, allez, on va boire un coup, dis-je.

— Dans cette ruine ? s'enquiert Sixtine.

Je jette un regard à notre ancien QG. Ouais, j'avoue, il a bien souffert de l'affrontement auquel nous venons de participer. Le *Kiddy* n'a plus rien de ce qui faisait son charme désuet. On se croirait dans une ville fraîchement victime de terribles bombardements. C'est tellement triste. Notre vie a déjà tant changé... Si maintenant tous les repères de notre passé volent en éclats, quel lien nous unira encore ? D'un geste rageur, je chasse les larmes qui me brûlent les paupières. J'ai vraiment besoin de sommeil.

Mais les pensées de mes amies suivent le même chemin que les miennes.

— C'est vachement triste quand même, dit Neeve, qui enfin s'intéresse à autre chose qu'à Lennox.

— Ouais, j'espère que le proprio avait une bonne assurance, renchérit Sixt.

— Pourquoi ? Tu veux lui donner quelques conseils juridiques ? balancé-je avant de me mordre la langue.

Mais à ma grande surprise, Sixtine et Neeve éclatent de rire, et je les suis dans leur hilarité.

— Allez, venez, les filles, finit par dire la cheffe des vampires en enjambant quelques poutres échouées sur le trottoir. On devrait bien réussir à trouver un truc à boire dans les décombres.

En silence, nous la suivons, et finalement, c'est Neeve qui déniche une bouteille de vodka.

— Tadam ! s'écrit-elle en la brandissant bien haut.

Je soupire, un poil dépitée tout de même.

— J'peux pas boire ce truc, bordel.

Un instant, je lis un éclat de surprise dans les yeux de Sixt, avant que son regard ne descende vers mon ventre.

— Ah… se contente-t-elle de dire.

Je hausse les épaules, mal à l'aise. Je ne sais pas ce que je dois lui dire. Est-ce qu'elle a deviné… ?

— Nan, c'est pas grave, allez-y, je vais essayer de trouver une eau minérale.

Neeve se marre.

— Quoi ?

— Si un jour on m'avait dit que je t'entendrais prononcer cette phrase…

Pas faux. Encore une fois, cela illustre les changements qui ont bouleversé nos vies. Finalement, nous nous asseyons sur quelques chaises encore en état. Neeve ouvre la bouteille et boit directement au goulot, avant de la passer à Sixtine. Mais elle aussi refuse.

— Laisse tomber, ça ne me fait même plus d'effet.

— Noooon… dis-je. C'est… horrible.

— Bah, c'est comme ça. Je dirais pas non à un petit humain, par contre.

À ces mots, mon estomac se rebelle, et Sixtine s'en aperçoit.

— Quoi ? Pourquoi t'es toute verte, d'un coup ?

— Je... je suis désolée, j'arrive pas à me faire à l'idée que tu « bois » des gens.

— Bon, puisque tu es si sensible, la prochaine fois, je prévoirai ma pochette de Magic Blood. Je tenterai un goût « Penal Code », tiens, ça me rappellera des souvenirs.

Finalement, Sixt s'empare tout de même de la bouteille et s'en enfile les trois quarts cul sec.

— Hey ! Si ça te fait pas d'effet, c'est gâché, s'exclame Neeve en essayant de lui reprendre le flacon.

— Je sais, mais j'ai quand même un truc à célébrer.

Nous la regardons un instant sans comprendre. Autour de nous règne la désolation, nous n'avons pas franchement le cœur à la fête. Sixtine doit deviner nos doutes, car elle reprend, un brin agacée :

— Le fait que vous ayez voulu me piéger comme les sales traîtresses que vous êtes ? Putain, j'en reviens pas que vous ayez voulu me faire ça, les filles...

Avec Neeve, on se tait. Mais sur le papier, ce plan n'avait pas l'air si mal que ça. Après tout, Sixtine boit des gens, au risque de me répéter. Il y a de quoi nous filer des doutes à son sujet, non ?

Sixtine nous foudroie du regard.

— Même pas vous vous défendez, c'est pathétique.

— Ben...

— Pfff... Laissez tomber. C'est pas ça que je veux fêter de toute façon.

— Ah ? dis-je, ravie de changer de sujet. C'est quoi, alors ?

— Elyris ? La reine vampire ? Ratatinée comme une crêpe ?

Neeve pouffe.

— Ah oui, se marre-t-elle. Vous lui avez bien réglé son compte, à cette vieille peau en habits de poupée !

Je souris, amusée, mais aussi vaguement inquiète. `

— Du coup, Sixt, ça va changer quoi ?

Mon amie au regard de braise soupire.

— J'aimerais t'assurer que cela va tout changer, que sous mon règne la paix triomphera, mais en vérité... Je ne suis sûre de rien...

Nous gardons le silence, et elle nous observe tour à tour, avant qu'un franc sourire ne vienne adoucir ses traits que l'on croirait gravés dans le marbre.

— Enfin, si on réussit à s'asseoir toutes les trois dans ces ruines pour boire un coup, l'espoir est permis, vous pensez pas, les filles ?

Ces mots résonnent étrangement en moi. J'aimerais tant la croire et approuver ses propos. Mais je l'ai déjà vue à l'œuvre, que ce soit dans cette rue ce soir, ou à la Fang House après sa transformation. Sixtine est devenue un être assoiffé de sang, au sens propre comme au sens figuré. Dans son cas, un retour en arrière est-il possible ? Mais je devine la lueur qui brille dans les yeux noisette, à présent nimbés d'un halo doré, de Neeve. C'est une lueur d'espoir, et sur son visage se lit son bonheur d'être avec nous. Alors, je ne dis rien, parce que je ne veux pas gâcher cet instant précieux.

Et puis, après tout, ne nous sommes-nous pas alliées, ce soir, pour vaincre la reine vampire ? N'est-ce pas tout ce qui compte, pour le moment ? Demain, nous affronterons d'autres catastrophes, mais aujourd'hui, nous avons fait un pas dans la bonne direction.

— Sixtine, je voulais t'annoncer quelque chose, dis-je soudain.

— Mmmh ?

Le regard de Sixt est perdu dans les ombres de la rue. À quoi songe-t-elle ? Rêve-t-elle d'un avenir glorieux pour ses vampires, comme moi je rêve de sérénité pour ma meute ? Pour ma famille ?

— Je suis enceinte.

— Oh, je sais.

— Ah.

— Ah, quoi ?

— Comment tu le sais ?

— J'ai entendu son cœur le jour de...

Elle fait un geste vague en direction de Neeve, qui la regarde, les yeux écarquillés.

— Le jour de quoi ?

— Le jour du feu de camp. Avec toi dans le rôle du chamallow grillé.

Neeve pourrait s'offusquer. Mais non, on éclate de rire toutes les deux. Parce que Sixtine plaisante avec son humour noir et que ça nous manquait plus que l'on ne saurait l'avouer. Et parce qu'on est toutes les trois et que ça n'a pas de prix.

— T'abuses, Sixt.

Un sourire charmeur étire la bouche rouge de notre amie. Dans cette attitude, je retrouve tout ce qui caractérisait la pétillante Sixtine.

— Bah, si tu savais, pourquoi tu me félicites pas ?

— J'attendais de recevoir mon invitation à la baby shower.

— La… quoi ? m'étranglé-je avec ma gorgée d'eau minérale.

Bordel, j'ai vraiment envie de vodka, là.

— Je plaisante, Eli. J'ai pas eu l'occasion, c'est tout, mais je suis très heureuse pour toi. Même si…

Son regard se baisse sur ses pieds, merveilleusement chaussés de talons de douze. Comment a-t-elle fait pour ne pas se fracasser pendant la bataille ? Cela restera un mystère. J'ai déjà du mal à ne pas me vautrer en jean-baskets…

— Même si quoi, Sixt ? demande doucement Neeve.

La cheffe des vampires hésite, avant de dire très vite :

— Je… je n'aurai jamais d'enfant, avec Drake.

Ces mots me heurtent bien plus que je ne le voudrais. Je suis désolée pour mon amie, et je sens que Neeve aussi. Mais je suis également choquée. Sixtine ne se rappelle donc pas l'attitude de Drake, un peu plus tôt ? Pourquoi est-elle tant attachée à cette ordure ? Je dois en avoir le cœur net.

— Sixt ?

Elle relève la tête et me fixe.

— Tu… tu te souviens que c'est Drake qui a tué Robin ?

Sixtine hausse les épaules, balaie ma question d'un geste de la main.

— Oh, ça… Il n'y a aucune preuve, après tout. Et Drake ne m'aurait jamais fait ça, j'en suis persuadée.

Je sens que ma mâchoire est à deux doigts de se décrocher pour aller s'enfiler les shots de vodka que je ne peux pas me taper. Heureusement, Neeve prend la main sur cette discussion particulièrement acrobatique.

— Sixtine, d'après ce que j'ai vu tout à l'heure… Je me demande si Drake n'a pas un peu trop d'emprise sur toi… Ça ne te fait pas peur ? Tu ne crains pas son influence ?

— Pourquoi tu dis ça ?

— Je ne sais pas… Je ne suis pas sûre que tu prennes bien la mesure des événements. Ta mémoire semble… affectée, bien plus que dans le cas d'une transformation vampire, tes humeurs sont changeantes, tes décisions parfois…

Mais Sixtine la coupe, acerbe :

— Tu parles du fait que je t'ai sauvé la vie ? Quelque chose à redire ?

Neeve soupire, secoue la tête. Nous nous regardons un instant. Devrions-nous insister, au risque de nous remettre Sixtine à dos ? D'un commun accord, et sans avoir besoin de mots, nous choisissons de n'en rien faire.

Pour détendre l'atmosphère, je m'empare de la main de Sixt pour la poser sur mon ventre.

— Tu sais quoi ? Tu vas être tatie, c'est chouette aussi, nan ? Par contre, interdit de boulotter mon louveteau, OK ?

Une heure plus tard, alors que Sixtine nous a quittées pour rejoindre le manoir, Neeve et moi sommes sur le chemin de la tanière. Elle titube un peu. Elle n'a pas bu tant que ça, mais les émotions et la fatigue ont pris le dessus.

— Dis, Neeve…
— Ouais, Eli ?
— Tu crois pas qu'on devrait…
— Qu'on devrait quoi ?
— Je ne sais pas, je suis inquiète pour Sixt…
— Oh ? Par rapport à quoi ? Au fait qu'elle ait lâché la rampe, qu'elle vienne de buter la reine des vampires, que son mec soit un enfoiré qui la contrôle ou qu'elle bouffe des gens ?

Dit comme ça…
— Non, là, je parlais surtout de son connard de mec.
— Ah, lui… approuve Neeve.

Oui, bon, elle est peut-être plus entamée que je ne le pensais. Ou alors, c'est moi qui suis bien trop sobre pour les circonstances. Je reprends tout de même :

— Si on le sortait de l'équation… je veux dire, de façon radicale… Sixtine redeviendrait peut-être ce qu'elle était ?
— Ouais, mais elle sera toujours une vampire.
— Je sais. Mais elle a fait des trucs chouettes, déjà, depuis qu'elle est vampire. Regarde, ce fameux Magic Blood…

Neeve tord le nez.

— Ça se voit que t'as pas testé le parfum « crème brûlée », toi… Beurk.

Je ricane malgré moi.

— Nan, mais je suis sérieuse, Neeve… Si nous parvenons à éliminer Drake, alors tout serait à nouveau possible.

    Cette fois, mon amie ne me répond pas. Mais je sens que l'idée fait son chemin dans son cerveau embrumé. Quant à moi, je décide de ne pas lâcher l'affaire. Mon louveteau a besoin de toutes ses taties.

CHAPITRE 25
NEEVE

J'admets que j'ai un peu trop picolé pour une discussion si sérieuse. Je me passe de l'eau glacée sur le visage tandis qu'Eli répète qu'il faut buter Drake. Évidemment, je suis d'accord avec elle, mais il m'aurait été plus facile de parler de ce plan sans avoir un coup dans le nez. Je reprends difficilement mes esprits et m'assieds sur un fauteuil en écoutant ma meilleure amie. Je m'affale, épuisée. Le combat, l'agitation qui règne dans la tanière, avoir apporté mon aide dans l'antre rempli de brancards où les blessés de la meute sont soignés, m'ont éreintée. Enfin, je n'ai pas vraiment apporté mon aide puisque Popeye s'est rapidement aperçu de mon état d'ébriété avancée et m'a sommée de quitter les lieux. Ingrat ! Cela étant dit, c'est agréable de retrouver le calme après la tempête.

— Il y a de l'espoir pour Sixt, dit-elle, mais maintenant que la reine est morte, Drake a les coudées franches. On ne connaît pas ses projets et…

— Drake est un grand malade, déclaré-je. Je ne suis pas certaine que tous ses actes soient motivés par un désir de domination ou un truc du genre, contrairement à Raven. Sa seule obsession, c'est Sixtine.

— Justement ! Ses souvenirs lui échappent dès qu'il s'agit de lui ! Son emprise sur elle pourrait nous coûter cher.

— Je suis bien d'accord, concédé-je en me passant la main dans les cheveux.

Mes idées s'éclaircissent. Faut croire que les loups retrouvent plus vite leur sobriété, ou alors ce sont les vestiges vampiriques dans mon organisme qui font le job, ce qui est fort possible si Sixt ne ressent plus les effets de l'alcool. La pauvre... Une chose est certaine : quand j'étais simple sorcière, mes bitures s'éternisaient davantage. En parler au passé m'étreint le cœur. Je n'ai plus de pouvoirs, je dois m'y faire. Bientôt, le sang de Sixt aura disparu de mes veines. Ma rapidité et ma force faibliront. Or nous en avons besoin pour affronter l'avenir qui se profile. OK, on a vaincu Elyris. Son erreur stratégique, sans doute inspirée par son orgueil démesuré, nous l'aura offerte sur un plateau. Mais désormais, Sixtine est toute désignée pour prendre sa place, ce qui fait froid dans le dos quand on se rappelle ses petites chasses à l'humain, dont elle n'a pas l'air de vouloir se passer. Certes, elle montre une ouverture d'esprit singulière parmi ses semblables, mais il y a Drake. Ce taré doit disparaître. Je ne supporte pas que Sixt ne jouisse pas de son libre arbitre à cause de cet enfoiré. D'ailleurs, je réalise que c'est probablement aussi le cas de Nancy, puisque c'est ce psychopathe qui l'a transformée.

On toque à la porte. Mark entre, le visage pâle et l'air inquiet.

— Comment va Sybil ?

— Elle se remet, dit-il en s'affalant sur une chaise.

Il semble épuisé. C'est la première fois que mon frère participe à un combat. C'est aussi la première fois qu'il tombe amoureux. Enfin, je crois. Non, il l'est, c'est sûr, sinon ses traits ne seraient pas ainsi rongés par l'angoisse. Je ne l'ai jamais vu dans cet état. Un état proche de celui que m'a décrit Eli après ma condamnation à mort.

— Pourquoi n'es-tu pas avec elle ? m'enquiers-je.

— Simona, la guérisseuse, elle… elle m'a viré de sa chambre. Je la stressais avec mes questions, d'après elle. Tu parles ! Elle n'aime pas les sorciers, cette femme. Voilà la raison !

— Mouais… lâche Eli. Ou alors t'as pas arrêté de lui dire comment faire son taf et elle en a eu assez de te voir t'agiter.

— Possible.

J'esquisse un sourire.

— T'as croisé Lenny ? demandé-je à Mark.

— Non, pas depuis le piège de Fallen Creek.

OK, les filles ont détecté que Lennox était en vie, mais… ce n'est pas normal. Ou peut-être que si. Depuis qu'il a surpris les cousins en train de me faire un câlin dans leur chambre, je ne l'ai pas revu. La situation m'échappe et il devient capital que je la règle une fois pour toutes.

— Je vais vous laisser, annonce Eli. Karl doit m'attendre et je voudrais retourner auprès des blessés. Ma magie pourra les aider.

— Je t'accompagne, lance mon frère.

Et tous deux me quittent. Sans mes pouvoirs et vu mon état, je ne leur serai pas d'une grande utilité, et j'ai besoin d'être un peu seule. Mon esprit s'envole vers Lennox. C'est étrange qu'il ne soit pas là. En de telles circonstances, il devrait être parmi la meute et... près de moi, non ? Je me suis pris une raclée par Drake et il n'a pas levé le petit doigt. Après toutes les épreuves qu'il a surmontées pour me sauver, ce n'est pas logique, mais mon cerveau est trop embrumé pour réfléchir correctement.

Depuis le bûcher, dont je préfère refouler les souvenirs au plus profond de ma mémoire, tout s'est passé si vite. L'enchaînement des événements m'a laissé peu de temps pour rassembler mes esprits. Et puis, il y a les cousins et... Lenny. J'ai failli crever, putain. J'ai été vampire, et maintenant je suis louve. À peine ai-je repris des forces qu'on a dû établir un plan pour contrer Sixt. Le problème Elyris est réglé, mais ne nous voilons pas la face, la nièce de Raven est bien plus dangereuse que la poupée blonde ultra-flippante. Et sous l'emprise de Drake, on n'est pas sorti des ronces ! Bordel, Sixt tue des humains pour s'amuser, et nous sommes là, comme si c'était... normal. Pire, inéluctable ! C'est quand même elle qui a créé le Magic Blood ! Pourquoi elle n'en prend pas ? Pourquoi elle ne l'impose pas dans sa communauté ?

Parce que toute humanité l'a désertée, voilà. Cette humanité qui se réveille timidement au contact d'Eli et de moi, mais pour le reste...

J'ai peur... Je suis terrifiée. Eli a raison, il faut que Drake meure, c'est la seule solution. Après, Sixtine devra rester sous notre étroite surveillance, car il est inutile d'essayer de la piéger. Elle se méfiera toujours de nous. L'avoir

à l'œil, du moins le temps de s'assurer qu'elle ne part pas en vrille, nous donnera sans doute le loisir de la convaincre d'arrêter ses conneries. J'y suis arrivée, alors je veux croire qu'elle le peut aussi ! Sinon, que nous reste-t-il comme choix ?
    a. Drake mort. C'est la priorité.
    b. Raven mort. C'est la priorité ++.
    c. Sixtine qui s'enfile du Magic Blood. C'est pas gagné.
    d. Non, en fait il n'y a pas de petit d. C'est la merde, voilà !

Je sors de ma chambre, dégrisée par mes pensées que j'ai quand même du mal à classer. Et puis, Lenny, où est-il, putain ?

Les jours passent sans que je reçoive de nouvelles de Lennox. Même Karl semble inquiet de son absence. Nous sommes conscients que quelque chose ne va pas. Que Lenny ne se serait pas enfui de cette manière. Pourquoi l'aurait-il fait ? Parce qu'il m'a vue avec les cousins dans une chambre ? Qu'a-t-il cru ? Évidemment, je sais ce qu'il a cru, et comment l'en blâmer… Mais est-ce une raison suffisante pour disparaître ? Certainement pas !

— Guenille ! s'écrie Tyler en me soulevant dans ses bras.

Le loup me tire de mes songes en éclatant de rire. Il a l'air heureux comme un pape.

— Paraît que t'as combattu, l'autre soir ?
— Je me suis même pris une branlée ! lâché-je.

— C'est ce que je vois, dit-il, tandis qu'il me repose et fait glisser ses doigts sur ma joue encore un peu tuméfiée.
— Perry n'est pas là ?

Tyler se gratte le crâne, manifestement gêné.

— Il... il est dans l'antre, avec les clans Lormont et Parker.
— Ils sont venus ! m'écrié-je, enthousiaste.

Avec des alliés, nous pourrons vaincre Raven. Si mes parents et les Moon parviennent à convaincre quelques sorciers de nous rejoindre, l'issue des affrontements pourrait nous être favorable. Une soudaine envie de tout raconter à Lennox me saisit. Pourquoi ? Je l'ignore. Enfin, si, je le sais. Depuis le début de cette affaire, Lenny est le seul à avoir mené une enquête cohérente. C'est lui qui a dévoilé les sombres projets de Raven. Il est sans doute le plus déterminé d'entre nous, parce qu'il a conscience que laisser le monde magique entre les mains du Witchcraft de Caroline du Nord signerait la mort de deux espèces, a minima. À présent que nous sommes tous les deux des loups, je sais qu'il sera heureux d'apprendre cette nouvelle. Des clans nous rejoignent ! La résistance se dévoile enfin. Peut-être qu'elle inspirera d'autres meutes, d'autres sorciers. Il le faut, putain !

Je suis Tyler jusqu'à l'antre, mais je le sens tendu et je m'interroge sur ce qui lui prend. S'est-il passé quelque chose durant son voyage ? Il ne semble pas blessé, et son absence n'a pas été bien longue. Hum...

— Balance, Tyler ! lâché-je, lasse de me poser ces questions.
— Balance quoi ?
— Ce qui te vaut d'être perdu dans tes réflexions ! Pas

que tu ne cogites jamais, mais bon... À ce point, ce n'est pas si courant.

Il se fige et éclate de rire, avant de m'attraper par la taille et de me chatouiller.

— T'es qu'une vilaine petite louve, Neeve du Nord.

Je m'esclaffe, et ça fait du bien. Oui, ça fait tant de bien, bordel ! N'empêche qu'il ne répond toujours pas à ma question quand il relâche son étreinte et que nous pénétrons dans l'antre.

L'immense pièce est bondée. Je reconnais Clarence Parker, le chef de clan du Maryland, à la droite de Karl, et un autre type. Sans doute Noah Lormont, celui de Virginie. Une multitude de loups sont réunis, et la tension est palpable. Après la mort de quelques membres de la meute, certains ont soif de revanche. Ce qui m'inquiète, c'est que les vampires seront la cible principale de leur haine, alors que nous devrions désormais nous concentrer sur Raven. Je le crois plus dangereux que Sixt sur l'échelle universelle des emmerdes. J'avance vers Eli qui se tient près de son lié, une main posée sur son ventre. Un sourire me vient à cette vision. Cet enfant, c'est l'avenir. Voilà ce que nous devons protéger coûte que coûte.

Je m'étonne de voir mon frère au milieu de la meute. Des œillades meurtrières lui sont adressées par certains des alliés de Karl. Pas difficile de deviner qu'ils ne se sont pas encore faits au mélange des races. Mais s'ils sont ici, c'est qu'ils n'ont pas d'autres choix que de l'accepter. À nous de les convaincre que c'est la seule solution envisageable, après des siècles de soumission à des lois liberticides qui n'ont mené qu'à la haine et à tout ce merdier.

C'est alors que je vois Tyler rejoindre Perry. Je suis sur

le point d'aller saluer le second quand je remarque une jeune femme près de lui, une louve qui semble attirer toute son attention. Je laisse un instant mon frère et vais le trouver.

— Salut, dis-je, tandis que mes yeux se posent sur celle qui se tient tout près, très près même, des cousins Falck.

Perry paraît désarçonné, puis m'adresse un immense sourire.

— Tu n'es pas trop amochée, je suis rassuré.

— J'aime pas le terme « amoché », ironisé-je. Ça veut dire qu'on devient moche, non ? Je n'ai pas envie de devenir moche. Je ne suis déjà pas une lumière, alors si en plus je suis laide, ce serait le pompon !

Perry se marre. Tyler aussi. Un sourire timide s'inscrit aux coins des lèvres de la jeune louve à ses côtés.

— Je suis Neeve, me présenté-je, puisque je constate que Perry ne semble pas disposé à le faire.

— Oh, c'est toi, Neeve ! dit-elle d'une voix claire et suave. Perry m'a beaucoup parlé de toi.

Beaucoup ? Je peine à cacher ma surprise. Ils se connaissent depuis quand, ces deux-là ? Deux jours ?

— Je suis Julia, ajoute-t-elle, de la meute Parker.

Ses cheveux bruns sont coupés au carré. Sa peau est pâle, ses lèvres sont d'un joli rose. Elle semble affable, et ses yeux verts et rieurs ne font que confirmer cette impression.

— Ravie de te compter parmi nous, Julia.

Puis, alors que je m'apprête à la questionner davantage, voire à comprendre le comportement étrange de Perry, Karl élève la voix. Et je me tais. Place à l'Alpha.

CHAPITRE 26

KARL

L'antre est bondé. Encore plus que lors de mon duel avec Nick Lormont, car cette fois-là, la meute de Clarence Parker, le neveu de Popeye, était absente.

Il règne sur les lieux un brouhaha qui me donne le vertige. J'ai mal à la tête. Mais dans de telles circonstances, un Alpha ne peut lever la main pour demander la permission de s'allonger quelques heures dans le noir. Et puis, de toute façon, même dans l'obscurité et le silence, l'image du corps martyrisé de Haley, la fille de Ruby, dernière louve à nous avoir été enlevée par les sbires de ce fanatique de Raven, ne quittera pas mon esprit. Elle avait vingt ans, putain, elle était si jeune, promise à un avenir radieux… Et elle a péri dans l'affrontement auquel nous venons de participer.

Je ferme les yeux un instant. Repense à tout ce qu'il s'est passé. Oui, des loups sont morts. Oui, les pertes sont lourdes. Mais nous nous sommes bien battus. Les vampires n'en sont pas sortis indemnes. Déjà, Sixtine et Eli ont tué leur reine. Il est bien trop tôt pour déterminer si le fait que Sixtine succède à Elyris est une bonne chose ou pas. Néanmoins, l'avantage psychologique que nous avons pris sur ces suceurs de sang n'est pas négligeable. De plus, Eli m'a confié il y a quelques instants que son amie vampire semblait s'être adoucie, et qu'elle avait même évoqué la paix... Mais elle m'a aussi parlé de cette étrange domination que Drake Butcher exerce sur elle. Ma liée n'est pas allée au bout de ses pensées, c'était inutile. Je la connais assez pour savoir ce qu'elle a en tête. L'élimination pure et simple de ce type aux cheveux peroxydés. Et elle est consciente que je ne le lui refuserai pas. Il est le meurtrier de Robin, et si je pouvais le tuer de mes propres mains... Je n'hésiterais pas une seule seconde. Mais pas question que ce soit elle qui s'en charge !

Des cris retentissent, et je reviens à l'instant présent. À peine mes paupières s'ouvrent-elles que la douleur, puissante, dévastatrice, pulse à nouveau sous mon crâne. Putain de migraine.

Je plisse les yeux. Devant moi, un parterre de loups. Greystorm, Lormont, Parker. Du jamais vu. D'ailleurs, Noah et Clarence s'avancent vers moi, leurs Bêtas restant quelques pas en retrait, tout comme les miens. Il y a des codes à respecter, et ils s'emploient à le faire au mieux.

— Karl, commence Noah avec une infime inclinaison de la nuque.

Je ne peux réprimer un sourire. J'avais beau être dans un sale état, je me souviens de notre première rencontre. Je venais de tuer son frère, Nick, dans un duel à mort entre

Alphas. J'avais déjà perçu chez ce jeune homme un grand charisme, et ce que je constate en cet instant le confirme.

— Karl, dit à son tour Clarence Parker, avec un immense sourire.

Lui est plus jovial. Il doit tenir de son oncle. Mais je le sais sérieux et digne de confiance. Je ne m'inquiète pas.

— Noah. Clarence. Je suis heureux de vous voir ici aujourd'hui, malgré les circonstances… quelque peu dramatiques. Je suis honoré que vous ayez répondu à mon appel.

— Les loups sont curieux par nature, Karl, me rétorque Clarence. Nous ne pouvions pas louper cette occasion inédite.

— Tes Bêtas nous ont dit que tu cherchais une alliance… reprend Noah, un peu plus sur la réserve.

Je le comprends. Moi aussi, j'ai été un jeune Alpha, attentif jusqu'à l'obsession du bien-être de ma meute, avant de réaliser que je ne devais pas m'oublier dans ce processus. Et de leur imposer une compagne sorcière. Et une vendetta contre les vampires et les Noctombes. Mon bilan n'est pas si glorieux.

— Ils ont bien parlé, Noah. Peut-être vous ont-ils exposé… la situation ?

Les deux Alphas en face de moi hochent la tête gravement.

— Tu veux de l'aide dans le conflit qui t'oppose à ces putains de chauves-souris et à lord Raven, énonce platement Clarence qui pour une fois semble concentré.

— Oui.

— Mais… intervient Noah. Nous n'avons rien à voir dans tout ça.

— Tu crois ? ne puis-je m'empêcher de rétorquer. Ta meute n'a pas perdu des femelles, soit par maladie, soit en disparaissant de façon mystérieuse ?

— Si, mais…

— Cela ne te dérange peut-être pas ? Cela n'inquiète pas les tiens ?

— Nous…

— Cherche pas, Lormont. Il a raison, l'interrompt Clarence en me montrant du pouce. Ça fait des décennies que ça dure, on a jamais trouvé la solution. Du coup, on est prêts à t'écouter, Karl.

Noah ouvre et ferme la bouche, désemparé. Je le comprends. Ce n'est pas qu'il n'est pas d'accord avec moi. C'est juste qu'en tant que jeune Alpha, il aurait aimé s'imposer. Si je le peux, je le laisserai briller devant les siens. Mais vu l'urgence de la situation, ce n'est pas prioritaire, malheureusement pour lui.

— Bref, Karl, reprend Clarence, je pense qu'on va te filer un coup de patte, dans tout ce merdier. D'ailleurs…

Je reporte mon attention sur le neveu de mon cuisinier. Les Parker sont une famille illustre parmi les nôtres. Et je sais que, sous ses airs désinvoltes, Clarence est un Alpha d'exception.

— D'ailleurs, j'ai un présent pour toi. J'espère que ça te plaira. Par contre, tu m'excuseras, j'ai pas eu le temps de faire le papier cadeau.

Il adresse un signe de tête à l'un de ses Bêtas qui s'empresse de sortir de l'antre. Le silence qui s'impose alors est lourd, pesant. Seul Parker garde un sourire qui pourrait lui faire le tour de son crâne tellement il est large.

Enfin, son lieutenant revient. Il tire derrière lui un

homme aux mains entravées... Cet homme, je le reconnais... C'est... Impossible !

— Jake, craché-je, tandis qu'un murmure irrité s'élève des loups Greystorm.

Mes doigts se resserrent sur les accoudoirs de mon fauteuil, mes articulations blanchissent. En contrebas, j'aperçois Popeye qui retient de son mieux ma nouvelle louve, Neeve, ainsi que ma liée. Les deux semblent prêtes à déchirer le traître qui a envoyé la fougueuse rousse au bûcher par son témoignage. Depuis, ce félon n'a pas osé se montrer dans les parages. Je me demandais où ce cafard était allé se planquer, maintenant, je sais qu'il n'est pas en train de se dorer la pilule au soleil. Quoique, cela aurait été difficile, pour un loup désormais solitaire.

— Lui... souffle Noah Lormont.

— Tu le connais aussi ? s'enquiert Clarence, manifestement très fier de lui.

— Oui. C'est lui qui a sollicité une audience auprès de Nick, quelque temps avant... le duel. Karl, c'est celui qui a appris à mon frère que tu t'étais lié à une sorcière. C'est lui qui lui a monté la tête pour qu'il te provoque, même si j'admets que mon ancien Alpha n'avait pas besoin d'être beaucoup poussé pour se jeter dans des défis insensés... Ce loup lui a assuré que la transformation de ta compagne t'avait affaibli, et que c'était le moment idéal pour lui de montrer sa puissance en s'emparant d'une meute étrangère...

Je me lève lentement. Avance d'un pas, puis d'un autre. Si je m'écoutais, je me jetterais sur ce traître pour le démembrer de mes griffes. Pourtant, quelque chose me retient encore.

— Jake... dis-je d'une voix forte.

Il redresse la tête, et je vois son visage horriblement tuméfié. Malgré tout, la lueur insane qui brille dans son regard me rappelle qu'il a depuis longtemps sombré dans la folie. Depuis... depuis la mort de sa liée. Et ça, je ne puis le lui reprocher, car je ne sais pas moi-même quelle serait ma réaction si le destin m'enlevait Elinor.

— Jake, je reprends. As-tu parlé à d'autres meutes ? Jusqu'où va ta félonie ?

Il est vital que j'obtienne une réponse à cette question. Aujourd'hui, alors que nous venons de vivre notre première bataille contre les vampires, deux meutes nous ont rejoints. Mais ce n'est pas encore suffisant. Pour faire face à tous nos ennemis, pour sauver notre race des plans machiavéliques de Raven, il nous faudra être bien plus nombreux.

Un sourire mauvais se dessine sur les lèvres gonflées et fendues de Jake. Les loups n'aiment pas les traîtres, et Clarence, malgré sa bonhomie, n'a apparemment pas cherché à retenir la sauvagerie des siens. Au vu des ecchymoses qui constellent le corps décharné de mon ancien Bêta, ils se sont fait plaisir. Je peux les comprendre, j'aurais agi de la même façon.

— Qu'est-ce que tu croyais, Karl ? éructe Jake. Que tu t'en sortirais comme ça ? Jouer avec nos vies, les briser, tout ça pour ton bon plaisir et pour satisfaire tes lubies, et jamais n'en payer le prix ?

Il éclate d'un rire mauvais, qui s'achève dans une quinte de toux. Pathétique. Néanmoins, je mesure l'ampleur de ses actes.

— Te rends-tu compte que, par ta trahison, tu as

peut-être compromis la survie de notre race sur ce territoire ?

Il me défie encore du regard, et son sourire demeure, insolent, dément. Non, il ne se rend pas compte. Il vit dans un deuil éternel, et pour lui, rien ne peut oblitérer le souvenir de la défunte Macha.

Il doit payer.

Je dois le faire payer.

Et quand je me tourne vers Clarence Parker, je comprends que c'est un test, une épreuve que je dois surmonter. Les deux meutes sont venues, mais l'alliance n'est pas conclue. Le neveu de Popeye veut que je lui prouve ma force. Et ce n'est qu'en éliminant un traître, fût-il un ancien Bêta, voire un vieil ami, que j'y parviendrai.

Je reporte mon attention sur Jake. Suis-je capable de faire ce que l'on attend de moi ? Je prends une profonde inspiration. Oui, je comprends le chagrin de ce loup, la solitude et la folie qui ont lentement grignoté son esprit. Mais jamais, jamais, je n'aurais renié les miens. De cela, je suis viscéralement persuadé. J'aurais fait le choix de quitter la meute pour mourir loin d'elle plutôt que d'empoisonner tout ce en quoi je croyais. Non, Jake et moi n'avons plus rien à voir. L'être qui se tient devant moi est à peine le fantôme de celui qu'il a été, et en qui j'avais toute confiance.

Alors, dans un saut fulgurant, je me jette sur lui. La douleur de mes crocs et de mes griffes qui percent ma peau m'indiffère. Je ne vois que le regard de Jake qui s'agrandit. Même pas sous l'effet de la peur, mais plutôt de l'incrédulité. Il m'a vraiment cru faible ! Il n'a jamais songé que je serais capable de le tuer ! Alors, ma colère se décuple, dévastatrice, et je retombe sur lui avec violence. Nous roulons au sol. Jake tente bien de m'échapper, mais que peut-il faire dans l'état où il est et ainsi entravé ?

Autour de nous, les loups ont formé un cercle, je perçois des grognements avides de vengeance monter parmi les miens, la tension culminer, et tout cela me galvanise.

Je roule sur moi-même, me relève, avant de me jeter sur mon ancien Bêta. Mes mâchoires impitoyables se referment sur sa nuque et serrent, serrent, jusqu'à ce que je sente un liquide chaud et épais couler dans ma gorge.

Et tandis que des cris d'admiration, assoiffés de sang, s'élèvent devant ma démonstration de puissance, il me semble entendre un mot s'échapper des lèvres blafardes de Jake.

Merci...

Quand, enfin, il expire son dernier souffle, je me redresse et hurle vers une lune invisible. Justice est faite.

CHAPITRE 27

DRAKE

Un mouvement lourd de Sixtine m'arrache à ma contemplation du plafond. Elle dort encore profondément, épuisée par nos ébats passionnés. Depuis qu'elle et la louve alpha ont aplati Elyris, elle semble moins sur la défensive, moins préoccupée. Mon petit oiseau s'abandonne aux plaisirs de la chair sans retenue et me comble chaque jour un peu plus.

J'ai pourtant du mal à me satisfaire de cette situation. Bien que mon influence n'altère en rien sa personnalité, l'emprise que j'exerce sur elle et surtout sur ses souvenirs me laisse un goût amer. J'aurais préféré me passer de ce pouvoir, lui permettre d'exprimer seule ses sentiments à mon égard, mais le spectre de ce loup insignifiant plane toujours au-dessus de nos têtes. Malgré sa médiocrité et l'énergie que je déploie pour modifier sa mémoire, il resurgit trop souvent dans nos conversations. Même mort, cet abruti de Robin ne cesse de hanter ses pensées.

J'imagine que la réconciliation de mon phœnix avec

ses horripilantes copines n'est pas étrangère à ces soubresauts de conscience. Moi qui croyais leur amitié définitivement révolue, enterrée avec l'humanité de Sixtine, je me suis fourvoyé ! En un sens, ça nous a permis de nous débarrasser de la capricieuse Elyris, mais il faut reconnaître que ça me complique singulièrement la tâche. Je n'ai pas que ça à faire, de farfouiller dans son cerveau !

J'observe ses traits crispés, même dans le sommeil. Ses lèvres rouges susurrent d'incompréhensibles paroles que je devine destinées à un autre.

— Robin...

Ce murmure à peine audible perfore une nouvelle fois mon cœur inerte.

Je dois me rendre à l'évidence, elle n'est mienne que parce qu'elle y est contrainte...

Qu'importe, je ne veux plus me passer d'elle. Elle passera l'éternité avec moi, quoi qu'il en coûte. Même si pour y parvenir, je dois l'aliéner.

Je frôle délicatement son épaule et la naissance de son cou.

Elle frissonne avant d'ouvrir les paupières et m'adresse un sourire. Les yeux grands ouverts, elle dépose ses lèvres charnues sur les miennes.

Putain, ça suffit à me foutre la gaule !

— Merci, Victor, remercié-je mon second pour son compte rendu détaillé des derniers affrontements à Fallen Creek.

Peu de pertes dans nos rangs, si ce n'est notre souveraine et sa cour qui avaient fait leur temps. Chez les loups et les humains en revanche, le bilan est plus lourd, ce qui nous offre un avantage psychologique évident. Tandis qu'ils pleurent leurs disparus, ils se détournent des préparations de la prochaine bataille qui s'annonce épique. Cette fois, ça m'étonnerait que les sorciers noirs ne soient pas de la partie.

Je sers un verre de sang tiède à ma colombe qui m'interrompt dans ma lancée.

— Il n'y aurait pas du Magic Blood, plutôt ?

Je reste interdit.

Qu'est-ce qu'elle vient de dire ? Elle ne va pas elle aussi se mettre à boire cet ersatz insipide !

Je fais mollement signe à Deborah d'exécuter sa volonté, puis me reporte sur ses lèvres frémissantes. Qu'est-ce qui la turlupine, cette fois ?

— Il y a quelque chose que je ne m'explique pas, commence-t-elle, visiblement plongée dans ses pensées. Comment s'y est pris Neeve pour quitter le manoir, déjà ?

Encore ? Elle me demande encore ce qu'il s'est passé ? Ne peut-elle seulement oublier, et ce de manière définitive ? Combien de fois devrai-je effacer ses doutes et modeler notre réalité ?

Je m'épargne un mensonge et m'insinue dans les tréfonds de sa psyché.

Neeve a dupé les nôtres et a préféré rejoindre les loups. Elinor. Et Lennox Hawk.

Puisque la plume est trop faible à s'imposer, j'imprime ces faits au burin. Je plante mon regard dans le sien afin d'établir la connexion entre elle et moi, son créateur, et les grave sans ménagement, désagrégeant au passage autant de souvenirs qu'il est en mon pouvoir de le faire. Moins elle se remémorera son existence de sorcière, moins elle luttera pour se libérer de mon influence. Elle n'a aucune chance de s'y soustraire.

D'ailleurs, il serait temps d'éradiquer ceux qui ont survécu au bûcher des Noctombes. À commencer par les Shadow. J'ai d'abord fait décrocher les portraits des ancêtres qui jalonnaient les murs de notre repaire. Je ne supportais plus leurs regards bovins. Sixtine ne s'en est pas offusquée outre mesure, elle aussi ne les tenait pas en haute estime. Concernant ses parents, en revanche, c'est bien plus compliqué. J'ai beau faire preuve d'imagination et de persévérance, mon hirondelle demeure opposée à l'idée de nous en débarrasser. À croire que les savoir à proximité lui procure une certaine stabilité, un incompréhensible réconfort.

Comme pour Neeve, je vais devoir m'en charger en secret. Elle ne devra jamais le découvrir. Je serai ainsi son soutien, l'unique pilier de sa nouvelle existence. Le seul sur qui elle pourra véritablement compter.

— Neeve est partie... répète-t-elle machinalement. Elle m'a abandonnée pour rejoindre Eli.

— Je suis là, ma colombe, tenté-je de détourner son attention en plongeant mon regard dans le sien.

Mais c'est la nostalgie qui emplit à présent ses yeux. Les regrets. Le manque.

Je suis là.

— Heureusement que tu es là, me sourit-elle tendrement en glissant ses doigts dans les miens.

C'était moins compliqué quand elle siphonnait tous ceux qu'elle croisait. Son addiction de nouvelle-née occultait ses troubles psychologiques. Et si c'était ça, la solution à mes problèmes ?

Tu es à moi.

— Je suis à toi, et tu es à moi, ne peut-elle s'empêcher de rajouter.

Si lui appartenir implique qu'elle fasse des folies de mon corps, je signe sans broncher !

Tu as soif.

— Sers-moi un verre. Ce truc est infâme, précise-t-elle en agitant la poche de Magic Blood apportée par Deborah. Vraiment une idée à la con !

À mesure que le liquide passe de la carafe à sa coupe, sa soif s'amplifie jusqu'à totalement s'emparer d'elle. Elle tremble d'envie.

Elle vide le verre cul sec, laissant couler quelques gouttes visqueuses sur son menton.

— Encore ! exige-t-elle.

Je verse lentement le breuvage.

Ses canines deviennent plus proéminentes, ses pupilles se dilatent au cœur du brasier de ses iris. Elle se noie dans son addiction, oblitérant ainsi toute sa volonté.

Je persiste.

Tu as soif.

D'une traite, elle vide de nouveau sa coupe et saisit la carafe. Elle pose ses lèvres à même le goulot et engloutit son contenu en quelques secondes à peine, tout en répandant le liquide nourricier sur ses vêtements.

— J'en veux encore ! tonne-t-elle.

Sa voix est si profonde et indomptée que les murs en tremblent, comme si le manoir était secoué par un séisme.

Sa nature bestiale resurgit et avec elle son avidité et son irritabilité.

— Qu'est-ce que tu attends pour me rapporter un humain – ou non, deux ?

— J'y vais de ce pas, Sixt... répond l'un des serviteurs venus seconder Deborah.

Le bougre n'a pas le temps d'achever sa phrase ni de démontrer sa dévotion qu'elle le fait imploser. Il s'effondre sans même avoir pris conscience de ce qui lui arrivait. Il risque d'être un chouïa moins efficace, ainsi.

— À boire, bande d'incapables ! Apportez-moi à boire !

Elle se tourne vers moi, carnassière :

— Organise une chasse. J'ai besoin de me dégourdir les jambes.

J'acquiesce sans un mot.

Je n'ai rien à craindre d'elle, je la domine, mais j'aimerais autant éviter qu'elle décime les nôtres avant d'atteindre à la forêt.

— Tu resteras avec moi. Quand j'aurai fini, tu devras...

Un sourire suggestif s'affiche sur ses lèvres pulpeuses.

Une éternité de sang et de débauche, voilà une existence qui vaut d'être vécue.

CHAPITRE 28

SIXTINE

*P*as de notification. Aucune nouvelle.

Depuis notre dernier verre dans les ruines du *Kiddy*, les filles demeurent silencieuses.

J'entends encore Drake me rabâcher « tes copines sont ensemble dans leur tanière, elles n'ont que faire de tes états d'âme, sinon elles seraient avec toi », « Elinor porte l'enfant de l'Alpha, elle se fiche de ton amitié », ou « Neeve est trop occupée avec ses trois loups pour s'intéresser à ce qu'il t'arrive » !

Il m'agace !

Et s'il avait raison ?

Si elles éprouvaient le moindre sentiment pour moi, ne viendraient-elles pas aux nouvelles ? Un SMS, ça prend trois secondes, max !

Les loups, les loups, les loups : cette engeance me sort par les yeux ! Moi aussi, je nourris de grandes ambitions. Est-ce que je néglige mes proches pour autant ? Jamais de la vie !

Alors que les filles se démènent pour s'intégrer à cette meute archaïque, elles oublient leurs origines. Celles que moi, j'ai toujours pris soin de conserver et de chérir. Nous étions des sorcières et des amies d'enfance. Le moindre instant de notre vie, nous l'avons passé ensemble. Comment font-elles pour éluder ça ? Pour m'effacer de leur quotidien sans se sentir coupables ?

C'est Drake qui a raison. Elles m'ont prise pour une débile et je me suis laissé berner. Plusieurs fois. Elles ont même tenté de me kidnapper ! De me tuer, peut-être !

— Victor ?

— Oui ?

— Comment vont mes parents ?

— On ne peut mieux. Madame Shadow est reconnaissante pour les réserves. Vous l'auriez vue mordre dans son burger ! C'était…

Épique ? J'imagine mal ma mère faire une telle chose, elle qui a toujours dénigré la junk food. Au moins, ils ne manquent de rien, c'est l'essentiel. On ne saurait me reprocher d'être une fille indigne.

Je peine à présent à me sentir proche d'eux. Déjà avant, ils étaient si attachés au protocole et aux apparences qu'ils avaient érigé une sorte de barrière entre nous. Mais à présent que nous n'appartenons plus à la même espèce – enfin, plus totalement –, ils ne cernent plus mes doutes ni mes craintes. À mon retour, ils semblaient heureux de me retrouver. L'ai-je imaginé ? Sans doute, car désormais, ils me jugent sans me comprendre, comme tous les autres.

Il n'y a que Drake pour saisir mes tourments et répondre présent.

— Victor, convoque l'assemblée dans la salle de bal.

— Maintenant ?
— Il y a dix minutes ! Je veux tout le monde. Le moindre vampire du manoir et de la Fang House. Le plus insignifiant vampire de Caroline. Tous !
— C'est comme si c'était fait, confirme-t-il en quittant la pièce au pas de course.

Je me dirige vers mon dressing. J'ai besoin d'une tenue à couper le souffle pour ce que je m'apprête à faire. Le genre de fringues que personne n'oubliera. Une toilette de couturier extravagante, mais pas exubérante. J'ai beau passer en revue le contenu de ma penderie, il n'y a rien qui me convienne. Qu'importe, il ne tient qu'à moi de la créer pour l'occasion !

Je me concentre, ferme les yeux et marmonne une formule tout en visualisant les plis de tulle qui drapent ma poitrine d'un bustier pigeonnant, surmontant une robe parfaitement ajustée, fendue jusqu'au haut de ma cuisse droite. Sur mes bras, des tatouages vaporeux, et dans mes cheveux, un chapeau tout en volume, agrémenté d'ailes de chauve-souris et d'une pierre de lune scintillante.

Lorsque je me regarde dans le miroir, je pousse un cri. Mais c'est quoi cette horreur ? Maudite formule ! Très bien, je m'applique sur l'incantation et constate enfin que le résultat correspond à mes attentes. Superbe. J'ai même des poches ! J'y enfourne une enveloppe en me disant qu'il ne manque que des escarpins vernis pour parfaire le tableau.

Juchée sur des aiguilles de quinze centimètres, je regarde le rez-de-chaussée d'où provient un boucan de tous les diables. Le manoir est plein à craquer de vampires. J'en connais la plupart, même si certaines têtes échappent à mes souvenirs. D'insignifiants sujets, probablement.

Lorsque je pousse la porte de la salle de bal, le silence s'abat instantanément sur l'assemblée. Seul le claquement caractéristique de mes talons retentit sur le parquet ciré. Sur mon passage se forme une haie d'honneur, les vampires s'écartent devant moi et esquissent tout à tour une révérence qui prend la forme d'une ola ondulante.

Drake se tient à côté du piano. Il est beau. Lorsque je le rejoins, il me tend sa main et saisit la mienne sur laquelle il dépose un baiser fervent.

— Quelles sont les raisons de cette réunion ? chuchote-t-il à mon oreille d'une voix rauque qui m'électrise.

— Attends de voir, ça va te plaire, je lui réponds, un sourire en coin. Aide-moi à monter.

Il me fixe un instant, peu sûr de comprendre ce que je viens de lui demander, puis soutient mon ascension sur le tabouret, sur le clapet qui recouvre les touches du piano et enfin sur le coffre refermé. Je surplombe la salle en apnée.

— Vampires, commencé-je d'une voix solennelle. Vous n'ignorez pas qu'Elyris nous a quittés.

J'omets de préciser en détail les circonstances de sa mort. Pas besoin de le leur rappeler, je possède déjà tout leur respect, même celui des plus conservateurs qui n'auront plus d'autres choix que de se soumettre à moi.

— La Caroline se trouve donc privée de souveraine. Or le monde des Ombres est en pleine révolution ; les espèces qui gravitent autour des humains réorganisent leurs pouvoirs et leurs influences. Notre communauté ne survivra pas aux ambitions démesurées des mages noirs. En tout cas, pas sans un guide.

— C'est vrai ! crie une voix dans la salle.

Je ne m'offusque pas de cette coupure, l'impétueux harangue la foule pour moi, c'est reposant, pour une fois.

— Qui de mieux qu'une hybride, mi-sorcière, mi-vampire, pour vous conduire vers la gloire ? Je connais nos ennemis et leurs motivations. Vous le savez, cette guerre brisera le statu quo, achèvera de démanteler ces règles désuètes qui ont régi nos vies jusqu'à présent. Cette lutte qui oppose les loups, les sorciers et les vampires érigera l'une de ces trois espèces en vainqueur. En survivante !

Des murmures s'élèvent avant de se tarir face à ma mine contrariée.

— Parce que c'est de cela qu'il s'agit : ce conflit verra l'avènement d'une seule race ! Et grâce à moi, votre souveraine, ce sera la nôtre !

— Sixtine ! m'acclame la voix de Nancy que je reconnaîtrais entre mille, bien qu'elle me semble moins enthousiaste qu'à l'accoutumée.

— Vive Sixtine, notre reine ! renchérit un autre qui apparaît au-dessus de la cohue à chacun de ses bonds.

— Je serai là pour vous ! Je vous guiderai dans les ténèbres ! Et même en plein jour !

La foule se déchaîne soudain, emportée par une liesse indescriptible.

— Bientôt, nous serons débarrassés des cabots et des mages ! Bientôt, nous dominerons les humains ! Nous les cultiverons sans plus nous cacher !

Une salve d'applaudissements retentit, extatique, survoltée.

Quand le silence s'impose de nouveau, je finis :

— Mes amis, allez répandre la nouvelle de mon

couronnement à venir ! Sillonnez ce continent et les autres, annoncez l'avènement de mon règne et ordonnez que chaque chef de horde vienne en personne me prêter allégeance.

Les échines ploient devant moi.

— Ceux qui résisteront ou négligeront de confirmer leur dévotion à mon titre seront exécutés sans sommation ! D'ici un mois, je les veux tous dans mes rangs !

Le flot de mes sujets quitte la pièce. En quelques minutes, ils ont déserté le manoir. D'ici peu, les représentants ancestraux des hordes se presseront au portillon pour me promettre soutien, fidélité et loyauté. Mon règne s'exercera sans limites, sur la Caroline et sur le monde.

— Drake.

Je lui tends la main pour qu'il m'assiste dans ma descente.

— Tu as été fabuleuse.

Je sais. Plaider une flopée de dossiers perdus d'avance a constitué un excellent entraînement.

Il place sa paume au creux de mes reins et me presse contre lui avant de déposer un baiser dans mon cou.

— Ma reine, susurre-t-il à mon oreille en me guidant hors du bâtiment.

Sans un mot, nous nous dirigeons vers les jardins de la propriété. Dans la nuit, nous arpentons les allées fleuries, main dans la main, le pouce de Drake me conférant des caresses délicates. De mes doigts libres, je touche la petite enveloppe rangée dans ma poche. Qu'est-ce qu'elle fait là, déjà ? Mes pensées s'envolent et j'écarte mes phalanges du papier qui se froisse à chaque pas que je fais en compagnie de mon aimé.

Je brise soudain le silence :

— Il ne m'a pas semblé apercevoir Taylor aux côtés de Nancy, constaté-je.

— J'ai cru comprendre que le torchon brûle entre eux. Pas assez de neurones, ou du moins des connexions défectueuses, précise-t-il, indifférent. Ne pourrions-nous pas…

Je ne l'écoute plus. Il paraît insensible à ce qui arrive à sa nièce, mais je vois bien que le départ de Neeve l'a chamboulée. Bien qu'elle demeure une de mes plus fidèles soldates, elle a changé, et j'imagine que Taylor – qui n'a clairement pas inventé l'eau chaude – ne suffit plus à la satisfaire.

— Et pour les chefs de horde ? demandé-je à Drake sans me soucier de ce dont il était en train de parler.

— Randy, du Wyoming, est un conservateur, mais il viendra. Loris le Lombard est un opportuniste, je n'ai aucun doute qu'il rejoigne nos rangs. Quant à Twyford, du pays de Galles, c'est un vieil ami d'Elyris, tu peux déjà te préparer à le buter, énumère-t-il avec pragmatisme.

— *… Que dans les ténèbres tu te pétrifies !*

Qu'est-ce que… ?

Une aura que je connais bien se déploie autour de nous. Une présence que j'ai longtemps chérie, mais qui me semble aujourd'hui hostile…

Eli ? Que fait-elle ici ? Et pourquoi ce sort ?

Au moment où je m'avance vers le buisson qui la dissimule, la main de Drake, rigide, quitte la mienne. Elle l'a pétrifié, putain !

Avant qu'Eli ne se dévoile, c'est Neeve qui surgit devant moi, armée d'un pieu grossièrement taillé. Que compte-t-elle faire avec ce truc ? Elle est dingue !

— Sixt ! Écarte-toi ! m'ordonne-t-elle.

Sa voix oscille entre la rage et le doute. Neeve, fervente défenseuse de la vie, a-t-elle véritablement prévu de buter mon petit ami ?

— Bouge !

— Dans tes rêves !

Je me place devant Drake pour parer toute attaque de mon corps et abats mon bras telle une épée tranchante. Mes pouvoirs sont redoutables : Neeve est projetée en arrière. Elle s'écrase sur les fesses et, de douleur, lâche son arme de fortune. Eli se précipite à son secours, malgré son ventre qui s'arrondit. J'avais raison, c'est bien elle qui est derrière tout ça ! Évidemment que c'est elle ! Elle est puissante et son aura d'Alpha la rend plus dangereuse encore. Assez dangereuse pour parvenir à déjouer la sécurité renforcée du manoir. Elle ne pouvait profiter sereinement de son existence sans détruire la mienne ?

— M'éloigner de vous ne t'a pas suffi ? Il faut que tu bousilles tout ? lui demandé-je, mes yeux arrimés aux siens. Si tu m'arraches le seul amour de ma vie, le seul pour qui je compte vraiment, je te jure que je te priverai du tien !

C'est une promesse. Et je n'ai qu'une seule parole. Il ne tient qu'à elle de ne pas persister dans cette voie.

Afin de m'assurer qu'elle saisisse où je veux en venir, je fixe, insistante, ce ventre que j'envie. Si elle touche à un cheveu de Drake, j'arracherai moi-même cet enfant de ses entrailles !

Les yeux écarquillés de surprise – ou peut-être de rage –, elle esquisse un mouvement de recul. Son visage se déforme tandis qu'elle tente vainement de protéger son précieux fardeau de ses bras. Son regard toujours plongé dans le mien, elle déploie un bouclier irisé autour d'elle et de Neeve.

Enfin, elle percute qu'elle n'est pas en position de force malgré les alliances dont elle bénéficie ! Que même si elle dispose de dons redoutables, je peux l'anéantir d'un simple claquement de doigts. Il me suffirait de détruire la famille qu'elle cherche à créer autour d'elle pour qu'elle cesse de me mettre des bâtons dans les roues. Si sa magie a de quoi me faire douter, son mental a toujours été son point faible ; je saurai m'en souvenir et en tirer avantage. Quant à Neeve, il y a longtemps qu'elle ne m'impressionne plus.

— Sixt, déclare cette dernière, nous... nous sommes présentes pour toi. Nous sommes venues seules pour cette raison. Nous ne voulions pas mêler la meute à ça, il n'y a que toi qui comptes. Nous savions que tu le prendrais mal si nous nous présentions en groupe.

— Le prendre mal ? Parce que tu trouves que je le prends bien, là ?

Elle se fiche de moi !

— Tu es sous sa coupe depuis le début, ne le vois-tu pas ? ajoute-t-elle en désignant Drake de la main. Nous attendions que tu sois seule avec lui pour... Enfin, ça aurait été mieux si tu n'avais pas été là.

Mais de quoi elle parle ?

— Si nous nous débarrassons de lui, tu seras...

— Seule ! cinglé-je. C'est ce mot que tu cherches, Neeve ? Parce que sans lui, c'est la solitude éternelle qui me menace. Mais c'est ça que vous voulez, n'est-ce pas ?

— Non ! s'insurge Neeve. Au contraire, sans lui, peut-être que...

Elle se tait soudain puis murmure :

— Sixt…

Elle pâlit. Que pourrait-elle ajouter ? Je ne compte plus le nombre de ses trahisons. Celle-ci est de trop. Dans ma conquête du pouvoir, j'aurais pu les épargner. À présent, c'est exclu. C'est trop tard. Trop risqué. Qui sait ce qu'elles pourraient fomenter si je leur permettais de survivre ? Je lève le sort sur Drake et la toise avec mépris.

— Là…

Neeve tend maintenant un doigt tremblant vers la lisière des bois qui jouxtent les jardins. Entre les troncs serrés se dessine un rang de silhouettes sombres. Il ne manquait plus que d'autres s'en mêlent !

Les Noctombes…

CHAPITRE 29

KARL

Je me demande ce que je fais encore dans cet antre vide. Mes loups sont repartis vaquer à leurs occupations, rassurés par ma démonstration de puissance. Les meutes Lormont et Parker ont établi leur campement de fortune dans la forêt environnante, et pour ce que j'en sais, ils vivent leur meilleure vie. Les loups ne sont jamais si heureux qu'en pleine nature. J'espère simplement qu'ils comprennent tous les enjeux de notre situation.

Soudain, Angus surgit devant moi. Je me redresse sur mon fauteuil inconfortable. Même face à mes Bêtas, je dois paraître fort.

— Karl…

Je le fixe de mon regard doré, lui signifiant ainsi qu'il peut parler.

— Nos éclaireurs viennent de rentrer. Il se passe des choses au manoir Shadow…

Je vois qu'il hésite. Mais pourquoi ? Si la situation

l'exige, nous devons nous montrer réactifs. Les états d'âme, ce n'est pas pour aujourd'hui. Ni pour demain, a priori.

— Parle, grogné-je, hargneux.

— Les sorciers noirs ont encerclé le manoir. Nous ne savons pas encore quels sont leurs plans.

Ah. Le moment approche. Tandis que mon cœur se met à battre plus vite sous l'effet de l'adrénaline, je me sens presque soulagé. Enfin, nous allons agir. Enfin, tout va se jouer.

— Où est Eli ?

Car j'ai besoin de ma liée pour affronter ce qui va suivre. Non pas que je souhaite l'exposer au danger, mais sa présence est pour moi essentielle, tout autant que l'air que je respire.

— Je... je ne sais pas.

Aussitôt, mes sens sont en alerte.

— Comment ça, tu ne sais pas ?

— Nous l'avons cherchée partout, mais elle semble avoir quitté la tanière. Avec Neeve Forest.

Je ne dis rien. Si j'ouvre la bouche, je vais l'agonir d'injures, et ce n'est pas un comportement approprié pour un Alpha. En revanche, je tends mon esprit, fouille mentalement les abords de notre refuge, en quête de la moindre étincelle qui m'apporterait la certitude qu'Eli n'est pas loin.

Mais je ne trouve rien.

Soudain, mon souffle se coupe, et un mauvais pressentiment m'étreint.

— Angus, réunis les loups ! Nous partons !

— Mais, Karl...

Putain, qu'est-ce qui m'a pris de me lier à une sorcière, déjà, et tellement impulsive, en plus… *Eli, tu vas finir par avoir ma peau…*

— Eli et Neeve sont forcément là-bas, il ne peut en être autrement. Sinon, pourquoi les Noctombes auraient-ils rallié le manoir Shadow ? Ils patientaient pour saisir la meilleure occasion. Ils ont dû mettre la tanière sous surveillance en attendant qu'elles soient seules et…

— Je ne comprends pas…

Angus a l'air perdu, et je compatis. Les événements s'enchaînent à une vitesse folle, les intérêts de chaque communauté, les luttes pour la survie, pour le pouvoir forment des nœuds inextricables…

— La présence de deux sorcières-louves parmi nous est une menace pour les sorciers noirs. Et lord Raven n'est pas homme à omettre ce genre de détails. S'il veut éliminer les loups de son territoire, il faut d'abord qu'il règle leur compte à Eli et à Neeve.

Un éclat de compréhension brille soudain dans les yeux sombres d'Angus, et il rejette une mèche blonde en arrière. Je poursuis mon impitoyable raisonnement :

— Nous sommes ici, occupés par l'arrivée de deux meutes alliées. Les familles de sorciers qui ne se sont pas ralliées à Raven, comme les Moon ou les Forest, sont absentes, avec pour mission d'obtenir le soutien d'un maximum de sorciers qui ne sympathiseraient pas avec les Noctombes. C'est le moment idéal pour se débarrasser de Neeve et d'Eli !

— Mais Neeve n'a plus ses pouvoirs… Il y a aussi Lennox, on a perdu sa trace après l'affrontement de Fallen Creek, et…

— Neeve n'a peut-être plus ses pouvoirs, mais il lui reste encore des vestiges de sa puissance vampirique... Couplée à sa force lupine, elle représente une menace non négligeable. Et... qui sait ? Raven craint peut-être que les sorciers mandatés par la famille Forest finissent par mettre la main sur la boîte où sont contenus les pouvoirs de leur fille. D'après ce que m'a confié Josephine récemment, un sort aurait localisé l'objet en Virginie, mais bien protégé et hors de portée de leur magie. Ce qui n'est pas vraiment une surprise, puisque Raven en est le Witchcraft. Si Neeve venait à les récupérer... Mais quoi qu'il en soit, je devine que la priorité de Raven est plutôt d'éliminer Eli...

Mon cœur pompe à présent à toute vitesse. D'avoir posé des mots sur mon intuition me conforte dans ma certitude. Oui, j'ai raison, j'ai forcément raison ! Elinor est visée par cette attaque, car elle est aujourd'hui une menace pour les plans de Raven. Sorcière, louve, et de surcroît enceinte d'un futur Alpha, fruit d'un mélange impie à ses yeux de fanatique... Et elle n'a rien trouvé de mieux que de se jeter dans les griffes de ce sorcier de mes deux ! Mais à quoi a-t-elle songé, bordel ?

Cette fois, je me lève d'un bond. Mon sang circule à grande vitesse dans mes veines, mon esprit se fait plus clair, plus limpide.

— Raven veut tuer ma liée, avant de s'en prendre à nous ! rugis-je, faisant reculer Angus d'un pas. Je ne le laisserai pas faire !

Je m'élance vers l'extérieur, me transformant en loup au passage, mon lieutenant sur les talons.

Raven, si tu touches à un cheveu d'Elinor Moon, si tu

fais du mal à mon enfant, je te démembrerai de mes griffes et de mes dents, je t'en fais la promesse.

Sybil, à peine remise de ses blessures, et Popeye, dont l'âge avancé est un frein dans ce genre de situation, sont partis chercher les Forest et les Moon. Nos alliés n'ont pas quitté la ville. J'ai donc toute confiance en leur flair, et j'espère qu'ils les trouveront rapidement avant de nous rejoindre. Nous avons besoin de toute l'aide que l'on pourra nous offrir dans la bataille qui s'annonce.

Quant à nous, les loups des meutes Greystorm, Parker et Lormont, nous nous sommes faufilés dans la forêt pour nous approcher de la bâtisse, aussi silencieux que des ombres malgré notre multitude. Pas une branche n'a craqué sous nos pattes, pas une feuille n'a bruissé sur notre passage.

Malgré tout, tandis que nous nous avançons vers le lieu où tout va se jouer, l'angoisse monte en moi, suffocante et poisseuse. Je sais qu'Eli est allée au manoir, et je me doute de la raison pour laquelle elle l'a fait. Il n'empêche qu'elle n'aurait pas dû. Non, elle n'aurait pas dû se rendre seule, avec Neeve pour seule compagnie, dans ce nid de suceurs de sang. Tuer Drake ? Quelle folie ! Si la pertinence de sa mort est une évidence, nous aurions dû au préalable échafauder un plan et prévoir des renforts… Tout de même, ce n'est pas pour rien que j'ai souhaité nouer des alliances avec d'autres meutes !

Autour de moi, mes loups s'agitent. Je m'en rends compte quand Clarence s'approche de moi. Dans son regard d'or fondu, je lis un avertissement. Je dois me ressaisir, ne pas autoriser ma peur ou ma colère à prendre le dessus. Ma meute ressent chacune de mes émotions, du moins, celles que je laisse filtrer. Et en cet instant, je ne dois leur montrer que ma force et ma détermination. J'inspire et expire profondément. Un éclat d'approbation luit dans les pupilles de Clarence, et il s'éloigne à nouveau pour rejoindre les siens.

Je reporte mon attention droit devant nous. Là-bas, en lisière de forêt, presque en bordure du parc somptueux qui entoure le manoir, je discerne des ombres. Des silhouettes noires. Les Noctombes !

Cette fois, c'est une rage dévastatrice qui s'invite en moi, et je ne fais rien pour la bloquer. Je la laisse couler dans mes veines, oblitérer toutes mes pensées, faire battre mon cœur presque jusqu'à son point de rupture. Et je diffuse largement cette fureur autour de moi, galvanisant ainsi ma meute qui trépigne d'impatience.

D'un même mouvement, nous nous élançons vers la bâtisse dénuée de protections. Les sorciers noirs ont dû s'en charger. Les mètres défilent sous nos pattes, si vite que tout devient flou autour de nous. Nous heurtons l'arrière-garde des Noctombes de plein fouet. Ces imbéciles sont tellement imbus d'eux-mêmes qu'ils n'ont pas pensé à surveiller les environs. C'est un carnage. J'entends mes loups grogner de rage, j'aperçois plus loin les meutes Lormont et Parker s'en donner à cœur joie. Pour ma part, je déchiquette du Noctombe comme je boufferais des confettis.

Néanmoins, dès que j'en ai la possibilité, je me désengage. Accompagné d'Angus et de quelques-uns de mes loups les plus agressifs, je m'élance vers l'intérieur du parc. À la recherche d'Eli. Et de Raven.

Je ne tarde pas à repérer ma liée. Elle a érigé un dôme de protection autour d'elle et de Neeve, et c'est cette magie, luisante, nacrée comme une pleine lune que je perçois en premier. Les deux louves font face à une attaque groupée d'une bonne dizaine de Noctombes. Eli a beau être forte, je vois qu'elle peine à maintenir son bouclier. Des filaments obscurs s'insinuent à l'intérieur, à la recherche d'une chair tendre à ronger.

J'accélère. Je protégerai ma liée et mon enfant, coûte que coûte. Derrière moi, je perçois le vacarme de la bataille toujours en cours, cris de sorciers et gémissements de loups mêlés. J'essaie de ne pas y penser, mais combien des nôtres devront mourir avant que tout cela ne cesse enfin ?

C'est alors que l'improbable se produit. Sixtine est là aussi, tout comme ce Drake de mes deux. Et la nouvelle cheffe des vampires lève les bras, une nuée obscure s'élève de ses mains, monte vers le ciel pour masquer les étoiles.

Quelques suceurs de sang investissent le parc à leur tour, se ruent sur les Noctombes. Tant mieux, pour l'instant, ils ne nous attaquent pas. Malgré notre nombre, je ne suis pas certain que nous pourrions affronter deux ennemis simultanément. Des éclairs de magie ténébreuse fusent tout autour de nous, mais les vampires sont si rapides qu'ils esquivent chaque assaut, avant de se jeter à la gorge des sorciers.

J'atteins enfin Eli et Neeve, me précipite sur leurs adversaires et les fais voler avant de me retourner, bien campé sur mes pattes, écumant de rage. Dès que l'un d'entre eux se relève ou amorce une incantation, moi ou l'un de mes loups nous plongeons sur lui pour le mettre en pièces. Les derniers reculent piteusement, la plupart pour tomber sous les canines carminées des vampires.

Si j'avais cru un jour devoir une victoire à ces foutus suceurs de sang...

Malheureusement, rien n'est jamais simple, dans cette vie. Alors que les rangs des Noctombes s'éclaircissent, une nouvelle race fait son arrivée.

Des humains.

Mais que font-ils là ? Ne se rendent-ils pas compte que venir défiler avec des torches et des flingues au milieu de loups enragés, de sorciers dévoyés et de vampires déchaînés n'est pas l'idée du siècle ? Et je réalise que non, ils ne s'en rendent pas compte. Nous nous cachons d'eux depuis si longtemps... *On ne se montre pas.*

Mais tout a changé, il y a quelques jours de cela, dans les rues de Fallen Creek. Nous avons eu des témoins, lors de notre petite sauterie. La rumeur de l'existence des vampires et des loups a dû se propager comme une traînée de poudre, des vidéos ont peut-être même circulé...

Et, faisant preuve d'une fine intuition, les humains ont finalement identifié le centre probable de la menace. Le manoir Shadow. La faute à cette architecture gothique ? Sans doute.

Sous mon regard médusé, les suceurs de sang délaissent les derniers sorciers pour se tourner vers les humains. Certains d'entre eux tirent, que ce soient sur des vampires ou des loups, mais leurs balles ne sont ni en bois ni en argent. Alors, même si l'impact est douloureux, ce n'est pas ça qui va les sauver, ces fous...

Et puis, que pourrais-je faire ? Les vampires ne leur laisseront aucune chance, c'est un véritable carnage qui s'annonce.

C'est alors que la voix d'Eli s'élève, pure et cristalline, parmi les cris de peur et de rage qui résonnent autour de nous.

— Sixtine ! Tu dois arrêter ça ! Tout de suite !

Je me retourne vers la brune incendiaire. Son expression rêveuse me fait frémir...

CHAPITRE 30

NEEVE

C'est le chaos ! Protégée par la barrière magique d'Eli, je suis effarée par l'horreur qui m'entoure. Les humains approchent, brandissant des torches en direction de la bâtisse. Pas difficile de deviner que Sixtine a été repérée lors du combat dans les rues de Fallen Creek. C'est une petite ville... Y a fort à parier qu'ils iront tout droit chez les Moon et chez les Forest, une fois qu'ils auront accompli leur dessein : brûler le manoir et ce nid de vampires. Sauf que ces idiots vont se faire bouffer tout crus. Eli supplie de nouveau Sixtine de rappeler ses sbires, qui trépignent déjà à l'idée de s'attaquer à eux. Les loups battent en retraite sous les ordres de Karl, tandis que les derniers Noctombes leur jettent des sorts, qu'ils évitent grâce à leur capacité à se mouvoir rapidement. Mais pas assez pour contrarier une horde de vampires avides de chair fraîche.

Dans tout ce marasme, une réflexion s'invite dans mon

esprit. Il y a quelque chose qui ne colle pas. Je ne comprends pas pourquoi si peu de sorciers noirs sont venus. Avec de tels effectifs, c'est un combat perdu d'avance pour eux, alors pourquoi n'ont-ils pas débarqué en plus grand nombre ? Certains des leurs gisent dans des mares de sang, à la merci des crocs des vampires qui se régalent des mourants. Les humains observent le spectacle, hésitant entre crainte et effarement. Pour autant, ils ne cessent de progresser en direction du manoir. Comptent-ils sur leur multitude pour s'en sortir ? Je pâlis en reconnaissant le boulanger, le propriétaire du *Kiddy Hurricane*, Bill, le gérant du *diner,* et même Sam Bass, le shérif du comté. Sont-ils tous devenus fous ?

Non, ils sont en colère et ne mesurent pas le danger. Soudain, j'entends des hurlements dans la meute. Mon attention se rive vers l'orée du bois. Les loups courent pour s'en éloigner quand des filaments aux multiples couleurs s'abattent sur eux. De la forêt émerge une marée de Noctombes. Le sang quitte définitivement mon visage. J'ai ma réponse !

— Eli !

Elle est aussi blême que moi quand elle ressent l'appel de l'Alpha. Karl exhorte la meute à se rassembler près d'Elinor, car désormais, il n'y a que la sorcellerie pour les sauver. Mais ma meilleure amie est seule ! Sixtine toise la foule avec convoitise et se fiche bien des Noctombes qui approchent dangereusement.

— Il ne manque plus que le pop-corn ! déclare une voix fluette que je reconnais aussitôt.

— Nancy ! crié-je. Fais quelque chose !

— Ah, non ! réplique-t-elle. Pour une fois qu'il se passe un truc sympa dans ce foutu bled.

Je lève les yeux au ciel, puis les tourne vers Drake qui fixe sa nièce avec insistance. Pas difficile de deviner qu'elle est sous son emprise, au même titre que Sixtine. C'est lui qui l'a créée. Ce mec doit crever ! Mais comment affronter les vampires et les Noctombes en même temps ? Je n'ai même plus mes pouvoirs ! Je n'ai pas le loisir de m'attarder sur cette pensée, car je découvre des sorciers noirs à quelques mètres de la barrière magique.

— Eli... soufflé-je.

— Je tiens, Neeve. T'inquiète pas.

Ouais, mais pour combien de temps... De multiples sorts rebondissent sur notre protection. Heureusement, rien ne vient l'altérer suffisamment pour qu'elle s'effondre. Je soupire de soulagement lorsqu'ils reviennent à la charge et que le bouclier d'Eli résiste. Au loin, je vois quelques vampires se heurter aux loups qui tentent de défendre les humains. Les alliés de la meute Greystorm font preuve d'un courage qui me fascine, et moi, je suis là, sans mes pouvoirs, sans moyen de soutenir Elinor qui balance sortilège sur sortilège. Puis j'entends soudain deux voix derrière moi et mon sang se glace. Elles serinent :

— *Tutela Collapsa, Tutela Collapsa, Tutela Collapsa...*

La barrière magique d'Eli s'effrite lentement et disparaît sous mes yeux. Effarée, je devine qui a réussi à la briser avant même de me retourner. *Des sorts d'Amnistrals !* Le choc me saisit quand je découvre Lennox auprès d'un autre homme que je suppose être Cornelius Kane, puisqu'il ressemble parfaitement à la description que m'en a faite Lenny. Cheveux châtains, coupés ras, yeux d'un bleu polaire, et adepte de la muscu, à en croire sa carrure. C'est lui ! Mais Lennox, pourquoi est-il à ses côtés ? Pourquoi son visage n'affiche-t-il que mépris et froideur ? Pourquoi ses iris brillent-ils d'une haine que je n'ai jamais vue ? L'incompréhension s'affiche sur mes traits quand j'aperçois derrière eux un homme maigre, à la chevelure grisonnante, dont l'expression acerbe ranime aussitôt des souvenirs terribles. *Simon Travers.* Le procureur qui m'a envoyée au bûcher. Un élan de rage me fait oublier la présence de Lennox, tandis que je fonce sur cet enfoiré.

— *Ejectio* ! invoque Kane en levant un bras.

Ma vitesse, que je dois aux vestiges du sang de Sixtine, se heurte à une force foudroyante qui me propulse brutalement en arrière. Mon corps percute une statue qui se brise sous la violence de l'impact. Je fais encore quelques roulés-boulés, tentant d'avaler de l'air après le choc qui l'a chassé de mes poumons. Je plante mes mains tremblantes dans la terre pour essayer de me redresser, mais je ne peux que me mettre à genoux et lever la tête. Mon dos me fait souffrir, une douleur rugit sous mon crâne. J'observe Lenny et ne comprends pas. Non, putain, je ne comprends pas pourquoi il reste là, sans me porter secours ! Je vais mourir ! Kane s'approche, un rictus déformant ses lèvres. Une lueur noire jaillit de sa paume qu'il élève devant lui. Le phénomène forme une sphère qu'il s'apprête à jeter sur moi. Sa cible.

— Lenny ! hurlé-je.

Il ne bouge pas. Au moment où Kane balance son sort meurtrier, quelqu'un s'interpose et le bloque. Une nébuleuse blanche étouffe le sortilège, tandis qu'Elinor fait barrage.

— Bordel de merde, Lennox, tu fais partie de la meute ! s'insurge-t-elle. Qu'est-ce que tu fous ? C'est Neeve !

— Que vous avais-je dit, Hawk ? déclare Kane. Cette femme insupportable a tenu à ce qu'on vous transforme pour quoi, à votre avis ? Les loups sont stupides, un autre sorcier à leur botte, et ils croient nous contrer. Elle vous prend pour un pion. Elle n'a même pas compris que nous allions tous les achever ce soir.

Il penche la tête et sourit.

— Hey, la louve ! lance-t-il. Les premiers Noctombes qui sont venus ici étaient de la chair à canon, c'est maintenant que ça se corse pour tes copains lupins. Prête à mourir ?

— Alors, c'est ça, Lennox ? dit Eli qui l'ignore, de la fureur perçant sa voix. Tu t'es fait lobotomiser par Raven et son toutou ?

— Ouaf ! lâche Kane, avant de s'esclaffer.

Ce mec est taré. Eli en reste soufflée. Lennox, lui, ne réagit pas. Il a les bras ballants, au-dessus de sa toge noire qui tombe sur ses pieds nus. Ses cheveux flottent au vent. Puis ses yeux se posent sur moi, avant de se porter sur Elinor qu'il toise avec mépris.

— Tu t'es servie de moi, énonce-t-il froidement. Tu n'en auras plus jamais l'occasion.

Une aura obscure se dégage de lui. Sombre et ténébreuse, elle irradie autour de son corps avant de se projeter sur Elinor, qui n'a pas le temps de se protéger et s'effondre, évanouie. Je pousse un hurlement et me rue sur

Lennox à pleine vitesse. Je le fauche et le fais basculer en arrière. Ses yeux trahissent sa surprise, tandis que je me place à califourchon sur lui, l'emprisonnant de mes jambes et de mes bras puissants. Mes canines s'allongent quand je plante mon visage à quelques centimètres du sien.

— Regarde-moi, Lenny !

— Pousse toi, sale chienne !

Un geste vif me permet de retenir ses poignets avec une seule main. Je les serre fort, tandis que mon bras se libère et que je lui décoche une gifle qu'il n'est pas près d'oublier.

— Tu ne me parles pas comme ça, Lennox Hawk !

Il rit, mais ce son n'a rien de joyeux. Il est sinistre. Il se glisse sous ma peau et des frissons me parcourent.

— Vous vous en débarrassez ou je dois m'en charger ? l'invective Cornelius Kane, dont la silhouette nous surplombe.

Lenny ne dit rien, il me fixe de ses yeux rongés de haine.

— Reviens vers moi ! lui crié-je.

Il tente de se soustraire à mon emprise. Mes muscles encore gorgés de sang vampire l'en empêchent.

— Reviens vers moi ! répété-je.

— Dégage ! vocifère-t-il.

— Reviens-moi, Lenny ! Je ne lâcherai pas !

— Puisque c'est comme ça… soupire Kane.

Ce dernier empoigne mes cheveux et tire brutalement ma tête en arrière. Ça fait mal. Je serre les mâchoires sous l'afflux de la douleur, mais je parviens à conserver mon emprise sur Lennox. Mon regard rencontre celui de l'Amnistral de Virginie, dont la main s'approche dangereusement de mon crâne. Quand elle le touche, il dit :

— *Statim Mortem*...

Mais il n'a pas le temps de m'infliger son sortilège de mort que Lennox s'écrie aussitôt :

— *Petrifica* !

Kane relâche mes cheveux, fait un pas en arrière et se fige au beau milieu des cris, des affrontements et du chaos qui règnent autour de nous... Je baisse mes yeux sur Lennox, un sourire s'invitant sur mes lèvres. Il n'a pas laissé faire Kane. Il tient à moi !

— Tu es encore là, affirmé-je.

— Tu n'es qu'une putain de louve, lâche-t-il. Tu n'es qu'une pourriture qui s'est pervertie avec eux. Tu m'as trahi !

Je pourrais encore le gifler, mais je ne le fais pas. Au contraire, mon sourire s'élargit.

— Tu m'aimes.

— Tu n'es rien !

— Tu peux pas lutter, parce que tu m'aimes !

— Non ! Je te hais ! Je te hais !

— C'est aussi une manière de se déclarer, quelque part... Je te hais, je t'aime... Ça a toujours été comme ça, entre toi et moi, Hawk.

— Je ne t'aime plus. Tu n'es qu'une louve, que...

— Que tu désires.

Il rougit violemment, puis tente de se débattre, en vain.

— Tu as couché avec Tyler et Perry ! crache-t-il en hurlant.

— Je ne vais pas le nier !

— T'es qu'une garce !
— Reviens, Lenny.
— Tu ne m'as jamais aimé ! C'est eux que tu veux, pas moi !
— J'ai des sentiments pour eux, c'est vrai. Maintenant, reviens !
— Pour te voir te vautrer avec ces sales cabots ! Jamais. Espèce de sal…

Cette fois, ma main libre s'empare de son menton et s'en saisit avec force. Mes lèvres s'approchent de son oreille.

— Je ne sais pas ce que t'ont fait les Noctombes. Je ne sais pas non plus ce que tu t'imagines pour les Falck, mais je sais une chose, Lenny…

J'inspire, contourne son visage et place le mien au-dessus. Ses yeux s'arriment aux miens, la lueur démente qui les anime vacille.

— Il n'y a que toi pour moi. Que toi, fichu entêté que tu es. Il n'y a toujours eu que toi.
— C'est faux !
— Je ne mens pas.
— Tu me… tu me…
— Je t'aime, tu ne comprends pas ?

Sa respiration se bloque. Son regard tombe sur mes lèvres, comme s'il m'implorait de me répéter. Alors, sans hésitation, je le fais, parce que c'est vrai. Parce que ce que j'éprouve pour lui fait battre mon cœur plus vite, est incrusté sous ma peau, est présent dans chacun de mes souffles.

— Je t'aime, Lennox Hawk. Je t'ai toujours aimé. Depuis ce jour-là, dans la cour de l'école, où je t'ai rencontré. Après, aussi, quand nous avons grandi et que nous ne formions qu'un, et encore après, alors que tu m'avais abandonnée. Jamais je n'ai aimé qui que ce soit comme je t'aime, toi. J'ai de l'attachement pour les Falck, je ressens une forme d'amour instinctif pour les êtres bons, mais ça n'a rien à voir, non, rien à voir avec ce que j'éprouve pour toi ! Tu m'entends ? Je. T'aime !

Il se passe quelque chose. Je le lis dans ses yeux, comme si la brume épaisse qui les recouvrait s'en échappait. Ses traits s'adoucissent, un frémissement taquine sa bouche, mais alors que je crois que ce qui le tient sous son emprise est en train de disparaître, il se raidit.

— Lenny !

Il serre les poings, comme s'il luttait.

— Laisse-moi…

— Non !

— Va-t'en ! hurle-t-il, tandis que son corps s'agite.

Je ne sais plus quoi faire, alors je me jette sur lui et abats mes lèvres sur les siennes. Malgré la situation et le désordre, malgré le sang et les cris, c'est la seule chose qui compte. Qu'il me revienne ! Je veux qu'il me revienne ! Son corps se fige. Je relâche ses bras et place mes paumes sur son visage, applique des baisers en cascade sur sa bouche qui se réchauffe sous la mienne. Il garde les yeux ouverts, il est perdu, tiraillé, mais ses lèvres, elles, m'appartiennent. Alors je desserre mon emprise sur ses jambes et tandis que je bouge, quelque chose s'enfonce dans ma cuisse. Je me redresse sous son regard ahuri, égaré, transi et affligé. Ma main part à la recherche de l'objet dans sa poche et l'en extirpe. Quand je découvre ce que je tiens entre mes doigts, mes lèvres s'ourlent d'un sourire. Ma poitrine se gonfle, mon cœur me martèle les côtes. *La boîte.* C'est la boîte qui contient mes pouvoirs ! Je baisse mes yeux sur Lennox et lui adresse une expression attendrie.

— Ils auront beau te manipuler, tu seras toujours plus fort qu'eux. Parce que tu es tout à moi, Lennox. Parce que rien, pas même leurs foutus sorts, ne peut effacer ce que tu éprouves pour moi.

Il ne dit rien, observe la boîte sans que son visage trahisse ses pensées. Mais moi, je le connais.

— Je... commence-t-il, je l'ai pris quand... après qu'ils... ça a été... plus fort que moi.

— Et pourquoi, Lennox à ton avis ?

Il me contemple à nouveau. Le haut de son corps se redresse. Son torse se rapproche de ma poitrine, sa bouche de mes lèvres. Il pose ses doigts sur le couvercle de la boîte et déclare avant de l'ouvrir :

— Parce qu'il n'y a que toi qui comptes.

Des lueurs vertes jaillissent soudain du coffret et se projettent sur moi. Je m'accroche à Lennox, levant la tête alors que mes pouvoirs réinvestissent mon corps. La puissance envahit mon sang et m'envoie une décharge d'adrénaline si forte que mon souffle s'accélère, que mes membres tremblent dans des spasmes incontrôlables. Il me serre plus fort contre lui.

— Je suis revenu, glisse-t-il à mon oreille.

Je souris, éprouvant avec délectation son contact et mes pouvoirs retrouvés. Je baisse les yeux, me confronte aux siens et l'embrasse comme si ma vie en dépendait.

— Ça tombe bien, dis-je contre ses lèvres, car je ne te laisserai plus jamais partir.

Et c'est à son tour de sourire. Ses prunelles d'un vert translucide ne sont plus chargées de haine. Elles pétillent de larmes contenues. Les miennes aussi.

— Mais avant que je te prouve comment je compte te convaincre de rester à mes côtés pour la vie, déclaré-je, on a une bataille à remporter.

Son visage se pare d'une expression sereine, qui m'enveloppe d'un voile de bonheur. On se regarde encore un instant, le temps se suspend. Puis il hoche la tête, l'air décidé, et me prend la main. Nous nous levons et analysons la situation.

— Je m'occupe des Noctombes, dit-il avant de se téléporter.

Moi, je cours en direction d'Elinor qui s'est déjà relevé et se trouve en difficulté face aux sorciers noirs. Plus loin, Sixtine hurle :

— Saignez-les !

Les vampires se jettent sur les humains, Drake le premier.

— Sixt, arrête ça ! crié-je.

Je me rue vers Elinor et me place à côté d'elle.

— Cool que tu te ramènes ! ironise-t-elle en contrant un sort. J'ai cru que t'allais t'envoyer en l'air avec Lennox au beau milieu de ce chaos, bordel !

— Non, pas tout de suite, répliqué-je en canalisant mes pouvoirs au creux de ma paume.

— T'as retrouvé ta magie ! s'écrie Eli. Mais c'est impo… Comment ?

— Lenny.

Ses lèvres se courbent, avant que sa main ne se glisse dans la mienne.

— Sixtine, aide-nous ! hurlé-je.
— Vous aider à quoi, traîtresses ?
— Mais putain, tu vas arrêter de faire la girouette ! On est tes meilleures amies.
— Mes meilleures ennemies, tu veux dire ! contre-t-elle.

Drake lui a encore bien siphonné le cerveau. Je soupire. D'un regard, Eli et moi convenons de ce qu'il faut faire.

« *Que les faibles soient protégés,*
Que les forts soient arrêtés,
Que les bons soient sauvés,
Et que le sang cesse de couler ! »

Nous répétons en boucle ces quelques phrases. Des volutes blanches et vertes se mêlent et éclairent les cieux tandis que notre charme se répand. La puissance de la magie ancestrale des Moon et des Forest envahit les lieux, telle une aurore boréale qui se diffuse et pèse au-dessus du sol.

« *Que leurs sorts soient contrés,*
Que leurs efforts soient vains,
Que ma magie soit la seule à se manifester. »

— Sixt, arrête ! braillé-je.
Mais elle persiste à contrer notre sortilège, alors que la torpeur envahissait les esprits de chaque créature présente et nous donnait l'avantage. Mon regard effaré se tourne vers Eli. Sixt réussit à déjouer notre sort. C'est

une Shadow transformée en vampire, sa magie est décuplée.

— Sixtine ! hurle Élinor.

Mais notre amie psalmodie, tout en nous toisant d'un œil sombre.

— Sixtine ! l'interpellent deux voix.

Eli et moi faisons volte-face. Paul et Lydia Shadow, les parents de Sixt, progressent vers elle. Ils observent leur fille, folle de rage, et désarçonnée de les voir ici.

— Rentrez au manoir ! ordonne-t-elle.

— Non, ma chérie, répond sa mère, des larmes roulant sur ses joues.

Ils approchent, se serrant la main, trouvant la force de se confronter à elle par ce geste qui les unit.

— Arrête ça, Sixtine, déclare Paul Shadow, tu n'es pas cruelle.

Elle s'esclaffe, mais je sens que quelque chose se brise en elle. Je l'éprouve dans ce dépit qui sonne dans ses éclats de rire. Ce désarroi habilement caché sous son masque de froideur.

— Des dizaines d'humains y sont déjà passés, dit-elle. Un peu plus, un peu moins… Pourquoi s'en préoccuper ?

— La vie, clame sa mère. C'est la vie. Je sais que la tienne n'est plus, mon amour, que ça te ronge, et que tu es perdue. Mais la vie est autour de toi. Ce n'est pas en tentant de l'anéantir que tu seras heureuse.

— Viens avec nous, l'implore son père en lui tendant le bras. J'ai commis une erreur en ne voyant pas ce que mon frère mijotait. Je m'en veux, si tu savais… Raven est la cause de ce qu'il t'arrive, et nous n'avons rien fait pour l'en empêcher. Mais nous t'aimons, mon cœur. Vampire ou sorcière, tu es notre fille. Tu le seras toujours. Laisse tout ça derrière toi, Sixtine, et allons-nous-en tous les trois.

Je m'attends à ce qu'elle s'offusque, qu'elle s'insurge, qu'elle les raille, mais non. Elle considère ce bras, et je jurerais qu'elle hésite à s'en saisir. Puis elle lève ses yeux sur ses parents, avant de se tourner vers sa horde.

— On s'en va, maintenant !

— Ma colombe, lance Drake, il en reste beaucoup, on pourrait...

— J'ai dit : On. S'en. Va !

Le vampire peroxydé scrute Sixtine avec amertume. Sa déception non dissimulée a quelque chose d'indécent, après les mots qui viennent d'être échangés entre mon amie et sa famille. Comme je regrette que nous n'ayons pas réussi à nous débarrasser de ce nuisible... Et quand je le vois suivre Sixt, ainsi que toute la horde, je commence à redouter l'issue de cette histoire. Elle ne nous laissera jamais le tuer... Et si on ne le tue pas, alors Sixt ne sera plus jamais elle-même. Mon regard abattu parcourt le champ de ruines qu'est devenu le si distingué jardin du manoir Shadow. Les Noctombes battent en retraite. La puissance du sortilège de Lennox a contraint les sorciers noirs à emporter le corps de Kane encore pétrifié. Sans chef pour les mener et constatant que l'Amnistral de Caroline du Nord a retrouvé ses esprits, ils rebroussent chemin. Je n'ai aucun doute sur le fait qu'ils reviendront, et cette fois, avec lord Raven. Il ne prendra pas le risque de subir un nouveau revers. Une coulée de glace dévale mon dos à cette pensée. Puis je cherche Lenny. Lorsque je le trouve, ma bouche s'entrouvre. J'approche lentement, observant l'homme à genoux devant lui, le visage enserré par les deux mains de Lennox. Le procureur Simon Travers soutient son regard, et quand il détourne son attention vers moi, une lueur assassine traverse ses traits.

— Vous êtes une hérésie, vous auriez dû brûler, vous êtes...

— Mort.

C'est le seul mot que Lennox prononce, avant de lui briser la nuque. Le corps inerte de Travers s'écroule. Mes yeux s'ancrent à ceux de l'homme qui vient de me venger.

CHAPITRE 31

LENNOX

J'élève les bras, me sentant soutenu par Neeve, Elinor, et tous les sorciers qui sont arrivés sur le tard, après avoir appris ce qu'il s'était passé dans les jardins du manoir Shadow. Paul et Lydia ont joint leurs mains à celles de Derreck, Josephine et Mark Forest, à Remus et à Agatha Moon, et à quantité des nôtres venus rallier nos rangs.

Et je ressens la meute, tapie non loin, observant l'épais brouillard qui surgit de mes doigts en des milliers de filaments scintillants d'une couleur bleutée. Neeve m'a ramené, et désormais, j'éprouve l'intensité de la magie de mes pairs se mêlant à la mienne, ainsi que l'appui du clan Greystorm. Je me sens serein, apaisé, bien qu'encore chamboulé par ce que j'ai subi. Le grimoire maudit n'a plus d'emprise sur moi, mais je crains que ses sinistres enchantements puissent de nouveau s'imprégner sous ma peau, et dans mon cerveau qu'il n'a eu aucun mal à asservir. Il a failli me faire oublier… *l'oublier.* Je chasse cette pensée et rassemble tout ce qu'il me reste de puissance avant d'invoquer le sort dont seuls les Amnistrals sont dotés.

— *Obliviscatur !*

Les nébuleuses se projettent dans les cieux, se divisent encore et encore, et partent en quête des humains de cette ville. Ils en ont trop vu. *On ne se montre pas.* C'est peut-être l'unique loi valable parmi les trois qui régissent notre monde. Cette soirée l'a prouvé. Désormais, mon sort n'a plus qu'à remplir sa mission. Il effacera la mémoire des habitants, mais pas les vidéos réalisées durant l'attaque d'Elyris. Elles ont déjà circulé. Heureusement, la sorcellerie a altéré la qualité des images. Beaucoup ont cru à une mascarade, à un tournage de film de série B, à un canular. Qui pourrait imaginer que deux races magiques s'affrontent dans les rues d'une petite ville perdue de Caroline du Nord ? Personne. De toute façon, l'être humain a toujours préféré porter des œillères face à ce qu'il ne comprenait pas. Un adage qui se vérifie et qui nous arrange bien.

Dans un silence presque religieux, les loups retournent vers la tanière. Les sorciers s'apprêtent à rentrer chez eux. Ils resteront sur le qui-vive, car nous savons tous que Raven ne s'arrêtera pas là. Il avait misé sur moi dans ce combat. Grossière erreur. Il a sous-estimé une force bien plus puissante que la sienne. Celle de l'attachement, du souvenir, et… de l'amour. Cependant, il ne fait aucun doute qu'il reviendra, et quand il le fera, ce sera pour nous achever. Nous ne le laisserons pas faire, mais l'affrontement s'annonce pire que celui que nous avons vécu ce soir. Pour gagner cette guerre, je ne dois pas prendre le risque d'être de nouveau asservi. Et il y a le problème des vampires...

— Tu es prêt ? s'enquiert Josephine.

J'acquiesce. Derreck et Mark dessinent un pentacle dans la terre, à l'aide d'un bâton, puis me demandent d'approcher et de me placer à l'intérieur. J'obéis tandis qu'Elinor verse le sable qui délimitera le cercle où se cumulera la magie du sortilège de protection. Les sorciers se prennent par la main et m'entourent en fermant les yeux. Seuls ceux de Neeve restent ouverts. Les miens se baissent sur son sourire qui m'est destiné, et qui m'a sauvé. Sur cette bouche qui m'a couvert de baisers. J'inspire, empli d'un sentiment que je n'avais plus éprouvé depuis longtemps. Alors Neeve clôt les paupières à son tour, et les voix s'élèvent dans la forêt.

« Amnistral, Amnistral, que ton corps et ta volonté soient protégés,

Amnistral, Amnistral, que tu te défasses du lien qui t'a piégé,

Amnistral, Amnistral, que du mal, ton âme soit préservée,

Amnistral, Amnistral, que ta magie, jamais ne te soit ôtée,

Amnistral, Amnistral, par ce sortilège, nous te lions à nous,

Et que seule notre mort puisse rompre ce sort. »

Les paroles se répètent. Le vent se lève. Je sens une magie puissante s'infiltrer en moi. Je respire, mon cœur s'emballe, l'odeur de la forêt semble plus piquante, agréable, j'ai le vertige tandis que je suis traversé par toutes ces émotions positives et salvatrices.

Et j'ouvre mes paupières pour rencontrer une nouvelle fois le regard aimant de Neeve.

Entouré des membres de la meute, je dévore le contenu de mon assiette sous les yeux de Popeye. Enfin, celui qu'il lui reste, puisqu'un bandeau couvre le second. Il est arrivé à la fin des combats et doit sa blessure à un vampire qui voulait s'en prendre à un humain. Les cicatrices de la bataille du manoir Shadow se lisent encore sur les visages et dans la chair des survivants. Les Falck sont ici et m'observent, en compagnie de Sybil et de Mark Forest. Angus a le bras bandé, mais ses facultés de loup auront bientôt complètement guéri ses plaies. D'autres ont eu moins de chance. Leurs corps ont été brûlés dans la clairière après un discours émouvant de Karl et des Alphas des meutes de Virginie et du Maryland.

Une main imposante se pose sur mon épaule.

— Je suis heureux de te revoir parmi nous, Lennox, déclare Karl de sa voix profonde.

Je lève les yeux sur l'Alpha. À son bras, Elinor m'adresse un sourire. Il est loin le temps où cette femme m'horripilait, bien que je ne sois pas prêt à le lui avouer. J'ai dans l'idée que nous ne nous épancherons jamais sur nos sentiments l'un envers l'autre. Ils ne se manifesteront qu'au travers de nos taquineries qu'elle ne se prive jamais de formuler.

— Ton air dépressif m'avait presque manqué, dit-elle, confirmant d'une phrase cette pensée.

Une virgule se dessine au coin de mes lèvres, puis je finis le plat concocté par le cuisinier spécialement pour moi. J'avais si faim. Je ne me rappelle pas avoir mangé entre le moment où je suis entré dans la salle de ce maudit grimoire et celui où je me suis rendu malgré moi au manoir Shadow. Depuis mon « réveil » et mon retour dans la tanière, j'éprouve un sentiment que jamais je n'aurais imaginé connaître. Je me sens enfin chez moi.

Depuis petit, je vis en solitaire. À part ces quelques années passées aux côtés de Neeve, je n'ai pas vraiment grandi au sein d'une famille aimante. Mes parents n'étaient pas cruels, mais ils ne m'ont jamais prodigué cette tendresse que j'ai souvent observée chez les Forest, par exemple. La seule personne pour laquelle je comptais a toujours été Neeve. Aujourd'hui, dans cette tanière creusée dans la roche, entouré d'une multitude de loups, je ressens le lien qui nous unit. Après ce que je viens de vivre, je ne veux plus jamais le briser.

— Tiens, ça va te requinquer ! lance Tyler en m'offrant un verre de vin.

— Je ne bois pas beaucoup d'alcool, je ne suis pas sûr que…

Mais je n'ai pas le temps de protester, que chaque loup présent dans la cuisine tend son verre afin de trinquer à mon retour. Avant que j'y trempe les lèvres, l'Alpha élève la voix.

— Nous sommes un clan, nous formons un tout. Quand

nous perdons des membres de notre meute, c'est un déchirement, car nous n'en laissons jamais un derrière nous. Lorsque tu as été enlevé, Lennox Hawk, c'était le chaos, et nous n'avons pas remarqué ton absence. Du moins, nous avons pensé qu'elle était de ton fait. Cela n'arrivera plus. Tes nouveaux frères sont ici, heureux de te compter parmi eux. Si le carnage a cessé au manoir Shadow, c'est bien parce que tu es revenu et j'ose croire que notre lien aura contribué à te rendre la raison, même si j'ai tout à fait conscience qu'une louve du clan Greystorm n'est pas étrangère à ce retour.

Quelques rires fusent lorsque Karl esquisse un rictus plein de sous-entendus. Je souris.

— La guerre est loin d'être terminée, ajoute-t-il, mais ce dont je suis certain, c'est que nous la gagnerons. Les Noctombes ne peuvent pas rivaliser avec l'esprit d'une meute, et je suis fier d'être le premier Alpha à compter des sorciers parmi les miens. J'aimerais donc trinquer aux membres qui nous ont quittés et qui nous manqueront terriblement, mais je souhaite aussi qu'on rende hommage à ceux qui ont évité que nos pertes soient plus élevées. À Elinor Moon, à Neeve Forest, et bien sûr, à Lennox Hawk !

Les verres s'entrechoquent et sont sifflés à la vitesse de l'éclair. On m'en ressert un deuxième, puis un troisième, avant que je ne réalise l'absence de Neeve. Tyler s'approche, laissant Perry avec une jeune louve du clan Parker. Mon sourire ne me quitte plus, grisé que je suis par l'alcool que j'ai si peu l'habitude d'ingurgiter. Quand Tyler me tape dans le dos, je manque de tomber. Pas que je sois en état d'ébriété, mais ce Bêta bénéficie d'une force colossale que je suis encore loin de posséder.

— Huhu, Lenny ! Ça fait plaisir de te voir de si bon poil !

Je soupire d'amusement. Perry se joint à nous et plante sa main sur mon épaule.

— Ouais, surtout qu'on a tous failli crever devant ce manoir. C'était génial quand t'as invoqué le sort de... Comment t'as dit ?

— De pétrification, réponds-je. Mais tous les sorciers noirs n'ont pas pu être touchés, on aurait pu les achever si ça avait été le cas.

— Sincèrement, je préfère m'en prendre à de la chair en mouvement. D'ailleurs, en parlant de chair en mouvement...

— Cette vanne est naze, le coupe Tyler, alors que Perry jette un œil sur cette jeune louve du clan Parker, Julia.

— Je ne l'ai même pas terminée ! s'offusque-t-il.

— Elle est naze.

Je souris, tandis que mon regard embrasse la vaste cuisine où tout le monde est réuni. Je ne vois toujours pas Neeve, alors qu'elle était présente quelques minutes plus tôt.

— Je vous prie de m'excuser, dis-je aux Falck.

Perry et Tyler se mordent les lèvres comme s'ils se retenaient de rire, puis m'observent étrangement.

— Quoi ?

— D'une, énonce Perry, personne ne prie qui que ce soit de s'excuser dans cette meute, Lenny. Je dirais même chez les loups en général. En vrai, il vaut mieux que t'évites de le faire partout au risque de passer pour un mec coincé du derche ! De deux, tu la trouveras dehors.

— Hein ?

— Neeve, tu la trouveras dans la forêt. Je l'ai entendue avertir Eli qu'elle allait prendre l'air. Depuis qu'elle a retrouvé ses pouvoirs, elle veut entrer en communion avec la nature.

— Y a pas qu'avec la nature qu'elle veut entrer en communion, ricane Tyler en me donnant un solide coup d'épaule.

J'affiche un visage surpris, puis mes joues se colorent quand je saisis l'allusion.

— Mais tu... vous...

Ils me regardent avec un sourire.

— Nous voulons son bonheur et le tien, mon frère, affirme Perry. On t'aurait bien proposé de partager, mais... j'ai dans l'idée qu'un plan à quatre ne serait pas vraiment ton truc.

Une image s'infiltre dans mon esprit et mes yeux s'écarquillent.

— Clairement pas ! lâché-je, ahuri.

Les Falck éclatent de rire puis Tyler déclare :

— Qu'attends-tu pour la rejoindre ?

Durant un court instant, je détaille le visage de ces deux cousins que j'ai tant haïs par le passé. Je sais qu'ils ont des sentiments pour Neeve, alors ce qu'ils disent là me touche bien plus que je ne peux l'exprimer. Ils ont risqué leur vie pour elle et je suis persuadé qu'ils la risqueraient encore s'il le fallait. Je les gratifie d'un sourire, comprenant à l'instant que ces deux hommes, qui m'ont apporté tout leur soutien depuis ma transformation, sont devenus de vrais amis. Je pose mes mains sur leurs épaules sans un mot, puis leur adresse un clin d'œil avant de vite filer vers la sortie.

À peine ai-je passé le seuil de la tanière que je ressens la présence de Neeve. Je ne sais si c'est grâce à mes pouvoirs de sorcier ou à l'esprit de la meute, mais cette intuition me mène tout droit à un ruisseau où je la trouve, assise sur un tapis d'herbes sèches, le regard levé vers le ciel. Les couleurs safranées du crépuscule intensifient l'éclat de sa chevelure rousse qui dévale son dos. Elle prend une profonde inspiration, goûtant les effluves de la forêt, les paupières closes.

— Tu sens le vin, dit-elle, alors qu'un sourire s'empare de son visage.

J'imite cette expression en m'asseyant à côté d'elle. Sa robe longue et vaporeuse dissimule ses jambes et ne laisse que ses orteils nus à l'air libre.

— J'ai fêté mon retour avec la meute.

Elle se tourne vers moi. Sa beauté me coupe le souffle et je baisse les yeux.

— Tu fais ton timide ?

Je pouffe.

— Non, je… j'ai peut-être trop bu.

— T'as changé, Lenny.

Je relève mon regard sur elle.

— Je sais. Je le vois à présent.

— Moi aussi, j'ai changé.

J'acquiesce. Le silence qui suit est bien plus éloquent que des mots. Des mots que je n'ai jamais su véritablement exprimer. Pourtant, à cet instant, je désire lui parler. Lui dire ce que je ressens. Peut-être est-ce l'alcool qui me délie la langue, je ne pourrais l'affirmer, mais dès que je me lance, je suis décidé à aller jusqu'au bout.

— Je regrette d'avoir tout gâché entre nous, après l'agression, je veux dire…

— Ne parlons pas de ça, c'est du passé, me coupe-t-elle en posant une main rassurante sur ma cuisse.

Je place la mienne au-dessus, ancrant mes yeux dans les siens.

— Laisse-moi finir, s'il te plaît, soufflé-je.

Elle hoche la tête, sans fuir mon regard qui s'attarde sur son visage.

— J'ai été un imbécile, têtu et arrogant. J'ignore si c'est la peine, la crainte de te perdre ou la jalousie de savoir que tu vivais une existence sans moi, mais ce dont je suis certain, c'est que mes sentiments pour toi n'ont jamais faibli. Pire, ils ont… évolué, m'ont rendu fou. Je n'ai jamais eu que toi à l'esprit.

— Lenny…

— Je veux que tu partages ma vie. Je veux faire partie de la meute et passer mes journées dans cette forêt, avec la garantie de te trouver chaque nuit auprès de moi. Quand j'ai cru que tu étais morte, j'ai failli en crever. Je ne veux plus jamais prendre le risque de te perdre. Du moins, pas avant que nous devenions un vieux couple sénile.

Elle rit. Ses yeux s'embuent de larmes, tout comme les miens. Ma gorge se serre. Mon cœur se met à battre plus rapidement. J'ai du mal à respirer quand je dis :

— Épouse-moi, Neeve.

Sa bouche forme un O. La surprise fige ses traits, et

cette fois, ses larmes débordent. Je lève une main et en essuie une sur sa joue avant d'y placer ma paume.

— Je suis fou amoureux de toi. Laisse-moi te le prouver pour le reste de notre existence.

Un sourire flotte sur ses lèvres. Lèvres dont je m'empare en les recouvrant des miennes. Je peine à dissimuler ma joie de l'avoir retrouvée dans ce baiser qui s'éternise. Ma langue se fraie un chemin et danse avec la sienne. Je ferme les paupières, mon buste se gonflant de cette sensation familière et pourtant inédite. Quand mes doigts se placent sous les bretelles de sa robe, elle s'écarte, des rougeurs parant son visage. Je ne saisis pas cette expression ni cette timidité que je ne lui connais pas. Et des doutes m'envahissent.

— Tu… tu ne me désires pas.

Ses yeux se relèvent sur moi.

— Je te désire plus que tout, Lennox Hawk, mais…

— Mais, quoi ?

— Mais, après toutes ces années, c'est étrange. C'est comme si c'était…

— Notre première fois ?

Elle acquiesce, et sa pudeur me ravit. Je ne pensais pas un jour lire cette expression sur ses traits. Alors, je pose mes mains sur ses joues, l'embrasse encore et ris contre ses lèvres que je dévore. Le bonheur que j'éprouve provoque une explosion dans ma poitrine. Les doigts de Neeve s'affairent à détacher ma chemise. Les miens achèvent ce qu'ils avaient commencé en la débarrassant de sa robe, et quand ses courbes sont entièrement dévoilées à ma vue, je prends un instant pour les admirer.

— Tu es si belle.

Ses yeux pétillent. Ses lèvres retrouvent les miennes, puis je suis nu, et c'est à son tour de détailler mon anatomie. J'en suis presque gêné. Nous avons fait l'amour à de multiples reprises, pourtant, je comprends ce qu'elle signifie en parlant de « première fois ». Mon cœur me martèle les côtes, sentant le sien palpiter. Nos peaux se rencontrent. Je plante des baisers dans son cou. Son rire me transporte. Je la serre contre moi et nos corps emmêlés se roulent dans la terre. Nous nous fichons bien de nous salir, nous nous fichons bien de tout, si ce n'est de nous.

— Je t'aime.
— Je t'aime.

Ma bouche s'empare d'un téton, puis de l'autre, tandis que mes mains explorent ses formes, puis s'invitent sur son intimité. Elle gémit contre mes lèvres, et moi je peine à croire que c'est réel, qu'elle est bel et bien dans mes bras. Tout à moi. Ma langue se délecte de sa peau avant de se presser entre ses cuisses brûlantes. Ses doigts s'enfouissent dans mes cheveux quand elle se cabre sous mes assauts, alors je l'aspire et lui inflige une torture enivrante.

— Lennox...

J'embrasse son ventre, retrouve ses seins rebondis et frémissants. Je goûte sa peau de miel. Hume son odeur délicieuse et si familière. Lorsque je me place devant son entrée, je prends appui sur mes coudes qui cernent son visage. Je dépose de multiples baisers sur ses lèvres avant de doucement la pénétrer. La sensation manque de me faire venir aussitôt, mais je me retiens et amorce lentement mes coups de reins, mes yeux arrimés aux siens. La nuit tombe sur nos corps enlacés. Nos gémissements se perdent dans la forêt. Le vent emporte bientôt ses cris. Et mon sourire...

Depuis quand n'ai-je pas autant souri ? Je deviens plus ardent, et sa peau brûle contre la mienne. Si longtemps… Si longtemps que je rêvais ce moment que j'imaginais inaccessible. Plongé dans son regard noisette, je me demande si c'est possible de se sentir si heureux, moi qui ne me souvenais plus de cette émotion. Et mes à-coups s'intensifient. Neeve presse ses mains sur mes fesses et exige mes baisers, alors je rue plus vite en elle. Soudain, elle me fait basculer sur le dos. Au-dessus de moi, elle ondule. Sa chevelure cascade sur ses épaules et couvre ses seins. Je l'écarte, désireux de me repaître entièrement de la vision de son corps nu. Doucement. Lentement. Elle danse sur moi, son regard arrimé au mien, son sourire à l'image de celui que j'arbore. Elle accélère et je gronde quand je me redresse en position assise et que je la serre contre moi, réclamant ses lèvres contre ma bouche. Puis elle s'arrête, contemple un instant mon visage, et dit :

— Oui.

Submergé par le désir, le bonheur et le plaisir intense que j'éprouve, je ne comprends pas tout de suite ce que ces trois lettres signifient. Quand enfin je réalise, mon cœur explose. Mes mains se placent sous son fessier que je soulève, aidé de ma force lupine. Mon sourire est radieux alors que j'approche du ruisseau, Neeve dans mes bras, ma bouche sur la sienne. La morsure de l'eau fraîche nous arrache une grimace, mais je ne cesse de l'embrasser. Planté au creux de son ventre, je reprends mes assauts, me délectant de chaque seconde de cette union.

À nos gémissements se mêlent nos rires. À nos rires se mêlent nos sentiments. Ça déborde. C'est même si intense que je peine à croire que c'est réel. Pourtant, Neeve est bien dans mes bras. Lorsque sa tête bascule en arrière, éprouvant le point culminant de son plaisir, je contemple ses traits et ne tarde pas à la rejoindre dans son extase.

Puis je resserre mon étreinte sous le flot incontrôlable des émotions qui me traversent. Après des années loin d'elle, je la tiens enfin tout contre moi.

Aujourd'hui, je peux le dire. Je suis heureux et je ne laisserai plus jamais personne m'enlever cette femme dont je suis éperdument amoureux.

CHAPITRE 32

NEEVE

— Mon amour… je vais… je vais…

Lenny n'a pas le temps d'en dire plus que la porte de la chambre s'ouvre soudain sur Karl et Eli.

— Lennox, je dois te par…

Le spectacle lui coupe la chique. Personne n'a donc jamais inculqué à cet homme de frapper avant d'entrer ? OK, c'est l'Alpha, mais tout de même !

Mes lèvres glissent lentement sur le sexe de Lenny et l'abandonnent, avant que mon visage ne s'oriente vers celui, effaré, de Karl.

— De la javel pour mes yeux ! Je veux de la javel pour mes yeux ! s'écrie Elinor en les couvrant avec ses paumes et en s'enfuyant dans le couloir.

L'Alpha est figé. Lennox tente de me repousser, l'air affolé. Moi, je suis penchée entre ses cuisses, les fesses à l'air, pleinement exposées au regard de notre chef de meute. Je soupire en me redressant.

— Ça peut pas attendre un peu ? lancé-je en haussant le menton.

Karl opine de la tête, mais ses yeux n'ont toujours pas cligné. Quand il referme la porte, j'inspire et me tourne vers mon amant.

— On en était où ?

Il me considère avec étonnement, puis éclate de rire. Il se lève et m'attrape par la taille, avant de me faire rouler sur le lit. Son visage surplombe le mien. Son sourire précède les baisers qu'il dépose sur mes lèvres. Son corps me recouvre, et de nouveau nous nous unissons.

Une bonne demi-heure plus tard, je parcours les couloirs de la tanière en sautillant. Quand je passe la porte du bureau de Karl, je le découvre devant la fenêtre en train d'embrasser Eli, une main douce lui caressant le ventre. Je me racle la gorge pour signaler ma présence. Leurs visages s'orientent vers moi. Je crois y discerner des vestiges de la surprise qu'ils ont eue un peu plus tôt.

— J'avoue, vous faites un tableau plus chaste, me moqué-je. Au fait, t'as trouvé la javel, Eli ?

Un sourire s'immisce sur les lèvres de l'Alpha. Elinor secoue la tête, puis s'approche.

— Je pense faire appel au pouvoir d'Oublieur de l'Amnistral pour que la vision de ta raie du cul soit déracinée à jamais de mon cerveau !

— Je peux m'en occuper tout de suite, si tu le souhaites, déclare Lennox qui apparaît derrière moi.

— Je t'en supplie, fais-le, dit-elle.

Je m'esclaffe, puis attrape Eli par la main.

— Salut, les gars, bonne réunion. Nous, on y va !

lancé-je, avant de la tirer à l'extérieur du bureau, direction la cuisine.

Quelques minutes plus tard, Popeye nous gratifie d'une accolade et dresse nos assiettes.

— Ah, mes chouchoutes !

— Ce look de pirate lui va super bien, tu ne trouves pas, Neeve ? me consulte Elinor.

— Carrément ! réponds-je, la bouche pleine de la salade que le cuisinier m'a servie.

— Ça lui donne l'air plus dangereux que celui du papy roublard qu'il se traîne depuis des lustres, commente son neveu, Clarence Parker, assis à table devant nous.

Popeye lui balance une tape derrière la tête. Parker manque de finir le nez collé sur son steak saignant. Eli coupe sa viande en morceaux, puis réprime un haut-le-cœur.

— Encore ces nausées matinales de grossesse ? m'enquiers-je.

— Hum… répond-elle, ou alors c'est parce que je t'ai vue entre les cuisses de Lennox, ch'ai pas.

Clarence ricane. Son oncle aussi.

— Ça vous apprendra, à ton mec et à toi, à ne pas vous annoncer, bordel !

— J'étais pas prête, Neeve. Pas prête du tout.

Je m'esclaffe.

— Mais ça fait du bien de te voir sourire, ajoute-t-elle.

— Je suis bien d'accord, approuve Popeye.

Dans leurs regards, je lis toutes leurs inquiétudes passées. Mes yeux se plantent dans ceux d'Eli. Je lui dois tout, comme à Lenny.

Justement, ce dernier nous rejoint en compagnie de

Karl. Je sais que leur discussion avait pour sujet la menace qui plane sur la meute. Après son échec au manoir, il ne fait aucun doute que Raven déchaînera sa colère sous peu. Désormais, il ne peut plus contraindre Lennox ou le priver de ses pouvoirs d'Amnistral, puisque nombre de sorciers ont invoqué un sort de protection. Le Witchcraft de Virginie doit donc fomenter un nouveau plan, avec cette donnée à l'esprit. Lenny réfléchit à une manière de détruire le grimoire. Son envoûtement coûte la vie à de nombreuses louves. L'information a d'ailleurs largement circulé, et les meutes de tout le pays commencent à se rallier au clan Greystorm. De la même façon, la résistance des sorciers ne fait que grandir. J'ai bon espoir qu'on pourra battre cet enfoiré de Raven, mais il reste le problème Sixtine. Elinor doit deviner où me mènent mes réflexions puisqu'elle pose une main sur la mienne.

— On trouvera un moyen.

J'acquiesce, mais je ne suis pas convaincue. Drake doit crever. C'est la première étape. Cette fois, on ne le fera pas dans le dos de Karl, par contre, parce que j'ai encore en tête la soufflante qu'on s'est prise, avec Eli, après notre tentative avortée de tuer cet enfoiré. Mais les vampires ont disparu de la circulation depuis que les Shadow sont intervenus. Je songe à Sixt et imagine sa solitude, alors que je suis tout près d'Elinor, et toujours plus proche de Lenny. Ce dernier chasse cette pensée en posant ses doigts sur ma cuisse, avant de lentement la remonter, un rictus au coin des lèvres. Je souris et m'échauffe.

— Lennox... gronde Karl.

Mon amant se redresse d'un coup, ahuri. Popeye rigole, imité par Clarence.

— J'en ai déjà assez vu tout à l'heure, commente l'Alpha d'une voix sombre, et je te rappelle que tous les membres de la meute ne forment qu'un. Ce que tu ressens, je le ressens aussi, putain ! Apprends à cloisonner, merde !

Je pince les lèvres pour ne pas rire. Eli en fait autant, puis m'adresse un clin d'œil. C'est alors que Perry et Tyler se pointent, accompagnés de Julia, la louve du clan Parker.

— Popeye, c'est quoi, cette odeur ? lance Perry. Ça sent pas la bouffe, mais le sexe, ici !

Meeerde… J'aurais sans doute dû prendre une douche, après nos ébats avec Lenny, mais… j'avais faim ! Les loups et leur foutu odorat…

Il ne faut pas longtemps avant que les cousins s'orientent vers Lennox et moi.

— Oh, oh… je comprends mieux, déclare Tyler.

J'aurais pu redouter leur aigreur, mais je crois qu'ils ont saisi depuis un moment ce que mon cœur a toujours désiré, et cela même avant que je ne finisse sur un bûcher. J'aime ces deux hommes, de cela je suis certaine, car je n'aspire qu'à leur bonheur, comme ils souhaitent le mien. Un clin d'œil de Tyler ne fait que confirmer cette pensée. Il s'attable en donnant un coup de coude à Lennox.

— Dis, j'espère que t'as de la ressource ! Neeve du Nord est plutôt endurante, dans son genre.

Un grondement s'élève de la gorge de Lennox. Un vrai grondement. De celui qui remonte de loin. Celui d'un loup. *So sexy…*

— Enfin, Tyler, si elle l'a choisi, c'est qu'il assure, notre petit Lenny, lâche Perry, hilare.

— On ne vous a jamais dit de la fermer ? les interroge mon amant en réprimant un sourire.

— Non, disent-ils de concert.

Et je ris.

L'ambiance légère qui plane dans les cuisines de la tanière est agréable après les jours si sombres que nous venons de vivre. Je suis heureuse quand je découvre Elinor serrant Karl dans ses bras. Quand Perry déploie tout son charme sur Julia. Quand Clarence taquine son oncle. Quand mes parents et mon frère se joignent à nous. Quand Mark glisse sa main dans celle de Sybil. Quand Tyler charrie encore Lennox. Lui qui se moque de ce qu'a dit l'Alpha et caresse ma cuisse, avant de dangereusement remonter vers mes dessous. Et quand je contemple mon futur mari avec un sourire que je ne lui avais jamais vu.

— J'ai une annonce à faire ! clamé-je en me levant, ne remarquant pas que les manœuvres lascives de Lenny ont coincé ma robe à l'intérieur de ma culotte.

Ce sont les éclats de rire qui m'enjoignent à baisser le regard et à le constater. Lenny tire aussitôt sur le tissu, puis me fusille des yeux, me signifiant ainsi : « T'aurais pu attendre un peu que j'ôte mes doigts de ton string ! ». Ma mère soupire. Mon père se racle la gorge. Mon frère se tape le front avec sa main. *Bref*...

Une fois que les rires se tarissent et que j'ai toute leur attention, je peux enfin m'exprimer. Mais comme je ne suis pas douée pour tourner autour du pot, je dis simplement :

— Lennox et moi allons nous marier.

Les cris qui suivent cette annonce démontrent tout l'enthousiasme qu'elle leur inspire. Ma mère en a les yeux qui pétillent lorsqu'elle me serre dans ses bras. Mon père et Mark pleurent et essuient leurs larmes d'un revers de manche viril, avant de l'imiter. Lennox subit le même traitement. Eli me saute dessus et imagine déjà ma robe, mes chaussures, « *pourquoi pas une cérémonie dans l'antre ?* », elle parle de demoiselles d'honneur, tout ça… Elle me fait flipper.

Puis c'est à Perry et à Tyler de présenter leurs hommages. D'abord, ils serrent Lennox dans leurs bras. J'entends Tyler souffler « *T'as intérêt à la rendre heureuse ou je t'arrache la bite avec mes crocs.* ». Les yeux de Lenny sont écarquillés. Perry lui offre une accolade touchante et des tapes dans le dos. Quand ils se présentent à moi, leurs sourires en coin me rappellent avec émotion les souvenirs que nous partageons.

— Cet enfoiré a de la chance, lâche Tyler.

— L'enfoiré est juste derrière toi ! s'insurge Lennox.

Je pouffe. Perry glisse ses doigts dans ma main.

— On est heureux pour toi, Guenille. T'auras moins chaud avec Lenny qu'avec nous, mais bon…

— Je suis toujours là !

Cette fois, j'éclate de rire. Puis mon hilarité disparaît au profit d'une expression plus reconnaissante. Alors je m'approche et me fonds dans leur bras.

— T'es sûre de ton choix ? murmure Tyler.

— Absolument certaine, dis-je.

Ils s'écartent et j'ajoute :

— Et je suppute que vous avez aussi fait le vôtre. Surtout toi, Perry.

Mon regard coule vers Julia qui observe ce spectacle

avec amusement. Si la jolie peau de Perry n'était pas si sombre, son visage serait écarlate.

— Il a eu un crush pour elle, lorsque nous sommes partis dans le Maryland.

— Je l'avais deviné, commenté-je. Mais, c'est... une imprégnation, un truc du genre ?

— Je l'ignore, dit Perry en la couvant de son attention pénétrante, je sais juste qu'elle... enfin... puis elle plaît à Tyler, alors...

Un sourire fleurit sur ma bouche. Il s'amplifie quand Lennox me prend la main que tenait plus tôt Perry. D'une légère impulsion, il m'intime de me reculer. Perry et Tyler secouent la tête, le taquinent encore un peu et s'en retournent vers Julia. Mon futur mari et moi nous contemplons un instant, et sa bouche effleure la mienne. Ses doigts parcourent mon dos, puis il me soulève, n'ayant cure de la présence des autres, et me porte vers la sortie. Désireux de profiter de chaque seconde ensemble avant que l'ultime bataille n'éclate, nous rejoignons notre cocon. Notre chambre et tout ce qu'elle promet pour notre couple enfin réuni.

CHAPITRE 33

SIXTINE

J'ai bien essayé de me distraire sur notre terrain de chasse pour oublier les récents événements, mais mes interrogations me hantent et se déploient dans un tourbillon qui me file un mal de crâne insupportable. Que venaient faire les Noctombes au manoir ? Pourquoi ont-ils attaqué des vampires au lieu de se cantonner aux loups ? Il me semble que c'était le deal avec Elyris, pourtant : se débarrasser des cabots avec notre aide pour nous hisser à la tête d'un duo de communautés toutes-puissantes. À croire que je me suis fourvoyée, ou que la malencontreuse disparition de notre souveraine a changé la donne aux yeux de ces sorciers de pacotille.

Pourquoi a-t-il fallu que mes parents s'en mêlent ? Pourquoi leurs mots refusent-ils de s'extirper de ma tête ? Pourquoi cela fait-il si mal… ? En quoi mon existence d'immortelle les regarde-t-elle ? Pourquoi me jugent-ils au lieu de me soutenir ?

Ils m'ont abandonnée...

Mon décès n'aura finalement pas changé grand-chose, personne ne me comprend.

Sauf Drake. Drake, qui occupe toutes mes pensées.

Il est le seul à m'accepter. Il respecte ma différence et l'apprécie quand les autres la dénigrent et s'en offusquent. Peut-être est-ce parce qu'il est lui-même atypique. Méconnu. Méjugé. Manipulateur...

Nul doute que le destin n'est pas étranger à notre rencontre. Nous devions nous lier pour profiter de notre nature et ouvrir le monde à une plus grande tolérance. À une justice moins partiale qui échappera aux craintes infondées vis-à-vis de notre engeance. Nous sommes des prédateurs, c'est un fait. Qui oserait blâmer le lion de dévorer la gazelle ? En un subtil équilibre, notre communauté est essentielle à celle des humains qui prolifèrent sans limites et sans conscience. Sans nous, ils seraient déjà trop nombreux, telle une nuée de sauterelles dévastatrices.

— Est-ce que tout va bien, ma colombe ? me demande Drake en se glissant derrière moi pour m'étreindre.

La proximité de son corps contre mon dos me provoque un frisson délicieux.

— C'est étrange de se retrouver ici, tu ne trouves pas ? C'est comme... une régression.

— La Fang House est à toi dorénavant. Il ne s'agit pas d'une régression, mais d'une évolution.

Il me fait pivoter face à lui et glisse ses doigts entre les miens. Son regard bleu glacier pétille d'une lueur nouvelle, accompagnée d'un sourire qui étire à peine la commissure de ses lèvres. Malgré la situation, il semble enjoué, comme si ma qualité de reine autoproclamée n'était pas usurpée. Comme s'il parvenait à éluder le carnage de la guerre qui fait rage pour ne voir scintiller que les joyaux de ma couronne.

— Ça se défend, je lui réponds évasive.

Je ne peux plus me passer de toi...

— Arrête.

Je détourne mon regard de son emprise hypnotique. C'est une des rares choses à propos de laquelle Eli et Neeve ne s'étaient pas trompées : il s'insinue dans mon esprit, je le décèle à présent. Ce n'est cependant pas nécessaire, je sais qui il est, je le connais mieux que lui-même et la sincérité de ses sentiments pour moi ne fait aucun doute. Pourquoi dès lors s'acharner à altérer ma perception ? Quelques bribes m'échappent, mais je sais ce qui est vraiment important. Pourquoi s'encombrer de détails ? Nous nous aimons et l'éternité s'offre à nous. Aucune entrave ne s'interposera entre nous, ni sorcier, ni loup, ni humain. Aucune créature ne pourra nous atteindre. Et tant que nous serons ensemble, tout ira bien...

— Sixt, regarde-moi, insiste-t-il de sa voix chaude.

Sa main se glisse sous mon menton, me contraignant à redresser la tête. Il fond soudain sur mes lèvres et y dépose un baiser passionné que je lui rends avec fougue.

— Viens !

Il m'entraîne en courant dans les couloirs déserts de notre palais. Dehors, il fait jour ; les nôtres se perdent dans leurs songes, à cette heure. Sans personne sur notre chemin, je me sens privilégiée, véritable souveraine des lieux qui, ce matin, n'appartiennent qu'à nous.

— Attends-moi ici.

Lorsqu'il délie ses doigts des miens, le vide m'étreint. Même pour quelques secondes, je ne supporte plus la moindre distance entre nous. Derrière la porte qu'il a pris soin de refermer, je trépigne d'impatience. Je m'apprête à le rejoindre malgré ses instructions quand soudain, le battant s'ouvre à la volée sur la salle de bal. Une musique chaude et entraînante s'élève sous les voûtes sculptées : une valse tournoyante. Drake me tend la main, pour que j'y dépose la mienne.

— Attends une seconde. Je dois...

Je me suspends, inutile de parler, il va vite comprendre.

Je murmure quelques mots, ferme les paupières et entends le tissu se froisser autour de moi. Cette fois, je suis prête !

— Cette robe, mon hirondelle ! Fabuleuse ! s'extasie-t-il.

Il me dévore des yeux, consumé par l'envie.

Je baisse mon regard et avise cette tenue choisie spécialement pour ce moment : une robe dont le bustier de satin rehausse ma poitrine et dont les volants asymétriques traînent derrière moi tandis qu'ils dévoilent mes cuisses à mon cavalier. Un bijou de la mode. Des escarpins moirés et une rivière de diamants viennent compléter l'ensemble. Je m'améliore en formule fashion !

Je glisse finalement ma main dans la sienne et le suis au centre de la pièce. D'un geste désinvolte, je fais claquer les lourdes portes dans l'espoir de rendre cette bulle totalement hermétique.

— M'accorderiez-vous cette danse, Votre Majesté ? m'invite-t-il avec dévotion.

Je me plonge dans la contemplation de cet homme que j'aime éperdument. Le seul qui s'affranchisse des circonstances pour me chérir sans retenue. Sa chemise entrouverte dévoile ses tatouages ondulants et ses muscles saillants, ce corps qui épouse si bien le mien.

J'acquiesce, le sourire niais d'une adolescente qui vit sa première passion accroché sur mon visage. D'un pas expert, il m'entraîne. Au rythme de la musique qui grésille, je virevolte, gonflant les volants de ma robe divine. J'ignore combien de morceaux défilent, le temps file dans sa course effrénée, nous rendant plus avides encore de ce moment éphémère. Nos souffles se mêlent, nos gestes se coordonnent dans une symbiose parfaite. Plus que tout le reste, cet instant nous lie à jamais.

Lorsque la musique s'arrête, nous nous affalons, étreints par un sentiment de satisfaction, sur le tabouret du piano. Drake saisit un petit objet et l'éteint.

— Tu veux dire que la musique… ?
— Un MP4, pourquoi ?
— Moi qui trouvais le charme désuet du gramophone parfait pour rythmer ce bal !

Je ris. Comme je n'ai plus ri depuis longtemps.

— N'est-ce pas ? Mais disons que c'est moins fiable et plus contraignant. Qu'est-ce que tu croyais, j'ai beau avoir traversé les siècles, je vis avec mon époque !

Je presse mes lèvres contre les siennes et me délecte de sa peau tandis qu'il me dévore et plonge ses mains sous les plis de ma robe. Le jour est à nous !

Sa bouche chemine sur ma gorge tandis que ses doigts explorent mes formes fuselées. À l'envie irrépressible de ne plus faire qu'un avec lui s'ajoute celle de lui appartenir, et qu'il m'appartienne en retour.

— Mords-moi.

— Sixtine, tente-t-il de résister d'une voix enivrée par nos ébats.

Je repousse ma tête en arrière, offrant mon cou à ses baisers torrides.

— Mords-moi, supplié-je.

— Tu me rends fou !

Il presse mes seins sous ses paumes et fond sur ma jugulaire. Ses crocs s'enfoncent dans ma chair tendre, et bien que mon cœur ait cessé de battre, mon sang coule dans un petit bouillon de mon corps à sa bouche. Lorsqu'il s'écarte, ses lèvres plongent sur les miennes. Le goût de fer envahit ma bouche quand, de sa langue, il caresse la mienne. Dans la précipitation, nous chutons du tabouret, et je me retrouve à califourchon sur lui, mon intimité pressée contre son membre raide.

— Sixtine… gémit-il encore, souffrant visiblement que je le fasse attendre.

Le sang ruisselle dans mon cou. Il se faufile entre mes seins toujours compressés par mon bustier sur lequel il louche avec intérêt. Je me penche, lui offrant un instant une vue plongeante, lèche sa lèvre maculée d'hémoglobine, embrasse sa mâchoire et, à mon tour, le mords.

Le flot écarlate jaillit et coule dans un jet tiède. Dans mes veines, je sens la puissance se déployer, l'envie aussi. Quand, lassé d'attendre, Drake me retourne pour me dominer, mes crocs s'arrachent douloureusement de sa peau. J'en veux encore ! Mais lorsqu'il me pénètre, ma dépendance se reporte sur son corps qui complète si bien le

mien. Prétendre que nous ne sommes pas faits l'un pour l'autre serait une pure hérésie…
    Je ne saurais plus me passer de lui.
    Je ne veux plus me passer de lui.
    Mon éternité, c'est avec lui que je choisis de la vivre.
    Pour toujours, à jamais.

CHAPITRE 34

ELINOR

On est bien là. On est bien comme on ne l'a pas été depuis… Eh bien, depuis je ne sais plus combien de temps.

Enfin, si on fait abstraction des catastrophes imminentes qui peuvent nous tomber sur le coin du museau sans prévenir, on passe vraiment de bons moments, et ça a le goût – et l'odeur – du bonheur.

D'un pas guilleret, je quitte la classe des louveteaux. Et pour une fois, ce n'est pas pour courir vomir aux toilettes. À mesure que mon ventre s'arrondit, mes nausées matinales s'apaisent. Et Popeye, notre pirate cuisinier qui se remet merveilleusement bien de ses blessures, veille à me faire bien manger au petit-déjeuner pour éviter que je ne sois malade.

Je me dirige donc vers le bureau de Karl. Mon lié ne s'attend pas à ma visite, mais j'ai envie de lui faire une surprise. Envie de partager avec lui un peu de douceur, parce que je sais bien que tout cela ne durera pas.

Arrivée devant sa porte, je toque selon notre petit code à nous. J'y suis bien obligée, mon pauvre Alpha est sans cesse dérangé pour les affaires courantes de la meute.

— Entre, Eli, me répond sa voix chaude et grave qui fait déjà courir un frisson sur ma peau.

Je ne me fais pas prier, ouvre le battant, et me jette dans les bras de mon amour en riant. Il me serre fort contre lui, lui aussi ravi de me voir alors que nous nous sommes quittés il y a peu. Mais c'est comme ça, chez les loups, on est tactiles, on adore être proches de ceux qui nous sont chers.

— Qu'est-ce qui me vaut le bonheur de ta venue, mon cœur ? chuchote-t-il dans mes cheveux dénoués, et je sens le sourire qui perce dans sa voix.

— Absolument rien. J'avais juste envie de te faire une petite surprise.

Je m'écarte un peu pour rejoindre cette fameuse baie vitrée qui me fascine depuis ma première visite dans la tanière, alors que les filles et moi avions décidé de nous changer en louves sous le coup de la panique – et pour échapper à un triple homicide, accessoirement. Comme cette époque me paraît lointaine ! Et pourtant, j'ai la sensation que tout, dans ma vie présente, découle de cet instant fatidique.

Karl s'approche dans mon dos, niche son visage dans mon cou et pose ses deux mains sur mon ventre. Je sais ce qu'il attend. Si moi je sens de temps à autre notre bébé bouger, ce n'est pas encore son cas. Petit loup – ou petite louve – est timide et a décidé de rendre chèvre son père.

— Ça va venir, grogné-je gentiment.

— Je suis au courant. Je ne m'avoue pas vaincu et je mets toutes les chances de mon... Oh !

J'éclate de rire. Et voilà ! Notre futur Alpha s'est manifesté ! Et vigoureusement, en plus. Un bon kick pour Papa, bim !

Les doigts de Karl dessinent des arabesques lentes et douces sous mon tee-shirt, et je frémis à ce contact. Je ne suis pas la seule à apprécier, car le bébé s'en donne soudain à cœur joie.

— Je crois que ça valait la peine d'attendre un peu, non ?

— Oui, et cette idée de venir me rendre visite était excellente.

Il me fait pivoter face à lui. Quand je lève les yeux vers lui, je m'aperçois que des larmes brillent au bord de ses paupières. Je brandis une main, essuie ses joues humides et l'embrasse tendrement.

— On a de la chance, dans notre malheur, lui dis-je.

— Je trouve que tu vas un peu trop loin en parlant de « chance », sourit-il.

— Mais si, regarde ! Il faut voir le côté positif des choses. Le bébé se porte super bien, Neeve est avec nous, elle a retrouvé Lennox et ils vont se marier, et pour le moment, Sixt se tient à carreau !

— Alors je suis d'accord pour nous, pour Neeve et Lennox, mais pour le reste... Ça ne pourra pas durer.

Oui, bon, ça va, je le sais. Je suis folle de mon lié, mais il peut être rabat-joie, parfois. J'ouvre la bouche pour le lui faire remarquer, mais soudain, on toque à sa porte. Quand je disais que nous étions sans cesse dérangés...

Karl m'embrasse sur le front, mettant un tout petit peu

de distance entre nous – à moins que ça ne soit à cause de mon ventre qui ne cesse de prendre de l'ampleur au fil des jours –, et crie :

— Entrez !

Angus. Et il a sa tête des mauvais jours. Enfin, de presque tous les jours, quoi. Je l'apprécie beaucoup, je suis consciente qu'il est d'une loyauté à toute épreuve et sait se montrer bien plus tolérant que beaucoup de loups. Néanmoins, il faut reconnaître que c'est toujours lui qui se coltine les pires nouvelles.

— Karl...

Ah, bah, comme d'hab, j'ai raison. Il a un sale truc à annoncer, je le vois dans ses yeux noirs, et à la façon dont il balaie la mèche blonde qui lui retombe devant le visage.

— Parle, Angus.

Mon lié s'assoit dans son fauteuil. À ses mâchoires serrées, je comprends qu'il s'attend à tout. Et sans doute a-t-il raison.

— On a perdu des loups, cette nuit.

— Quoi ? nous exclamons-nous en même temps.

— Des loups hors tanière. Ils auraient été... assassinés sur le terrain de chasse des vampires.

Non !

Putain, Sixt...

— Comment l'a-t-on appris et qui est mort ? demande Karl qui ne laisse rien paraître.

— Grâce à un rescapé. On l'a emmené à l'infirmerie, il est dans un sale état. Honnêtement, je ne sais même pas s'il passera la journée.

Karl se frotte le visage d'une main fébrile tandis qu'Angus lui cite les noms des loups disparus. J'en reste muette de stupéfaction. C'est quoi, ce bordel ? Pourquoi Sixtine a-t-elle tué ou fait tuer des loups ?

— Angus, donne-moi la carte de la Caroline.

Le Bêta s'exécute. D'une armoire, il sort une immense carte roulée, et vient la poser sur le bureau de Karl, qui l'a dégagé de tout ce qui l'encombrait. En silence, les deux loups observent le document. Je vois des zones de couleur s'y déployer, mais ça ne m'évoque rien. Pour moi, les choses sont simples. Les vampires à la Fang House, les loups dans la forêt, les sorciers à Fallen Creek, et les humains… eh bien, partout, en ce qui les concerne.

Karl et Angus n'ont manifestement besoin que d'un regard pour se comprendre. Quant à moi, je suis perdue… Qu'est-ce que tout cela signifie ?

— Angus, va chercher Clarence et Noah, s'il te plaît.

Sans un mot, le loup aux yeux noirs s'exécute. Quand il quitte la pièce, Karl et moi restons quelques secondes dans un silence pesant, tendu.

— Karl… Tu peux m'expliquer ?

Mon lié soupire, passe une main dans ses cheveux d'un roux sombre.

— Je crois que tu t'es réjoui un peu trop vite, Eli. Sixtine ne se tient pas à carreau. Loin de là, même.

— Qu'est-ce que…

Je n'ose aller plus loin. J'ai peur de ce qu'il va m'annoncer. Des loups sont morts, cette nuit… À cause de Sixtine. La bulle de douceur dans laquelle je m'étais réfugiée depuis notre dernier combat se fissure de toutes parts.

Karl se penche sur la carte, me désigne une vaste zone qui correspond à notre forêt.

— Tu vois, là… Eh bien, c'est chez nous. Sauf que ta

copine, avec son nouveau terrain de chasse, a largement empiété dessus.

Les loups et leur territoire... Mais il n'empêche qu'aujourd'hui, il s'agit aussi de mon territoire, et de celui de mon enfant à naître. Je comprends Karl, il est hors de question qu'une race hostile s'amuse dans nos bois, et surtout, tue les nôtres.

J'en suis là de mes réflexions quand Clarence Parker et Noah Lormont, précédés d'Angus, entrent en trombe dans le bureau. Super, on ne prend même plus la peine de frapper, maintenant.

— Karl... commence Clarence, qui pour une fois a perdu son air débonnaire, Angus nous a tout expliqué en chemin. Je suis désolé pour les tiens.

— Moi aussi, ajoute Noah, dont l'expression sombre en dit long sur le contenu de ses pensées. Que s'est-il passé exactement ?

— Notre nouvelle cheffe des vampires, ou reine, ou peu importe la façon dont elle veut se faire appeler, est venue jouer dans notre forêt. Regardez là, et là.

Du doigt, Karl désigne un endroit sur la carte. Il s'empare d'un marqueur rouge et entoure une zone.

— Le terrain qu'elle a récupéré empiète sur notre territoire. Dans sa tête de suceuse de sang, ça doit signifier qu'elle peut chasser tout le gibier dont elle a envie. Y compris mes loups.

Clarence grimace, et Noah se rembrunit encore, si cela était possible. Angus, lui, se tient un pas en retrait, stoïque.

— Karl, ça peut créer un précédent, s'inquiète le neveu de Popeye.

— Comment ça ? me permets-je d'intervenir.

— Si les vampires de Caroline tuent des loups sur leur propre territoire et que cela se sait, toutes les hordes pourront se croire autorisées à en faire autant. Sixtine devient un danger de plus en plus préoccupant.

Mon sang se glace. Les paroles de Sixtine me reviennent en tête. Elle a menacé de m'arracher mon bébé… Le pensait-elle vraiment ? Jusqu'où est-elle prête à aller ? Non, jusqu'où son connard de mec est-il capable de lui retourner le cerveau ?

Jusqu'à présent, je gardais l'espoir de retrouver mon amie. Soit avec le temps, soit en éliminant cet imbécile arrogant de Drake. Et si j'avais tort ? Et s'il n'y avait absolument aucun moyen de récupérer l'ancienne Sixtine, tout simplement parce qu'elle n'existe plus ?

Oui, je dois peut-être me faire à cette idée. Sixtine est morte. Elle est morte en même temps que Robin, et tout ça est la faute de Drake.

En pensées, tandis que Clarence, Noah et Karl discutent de la conduite à tenir, je me repasse les derniers événements. Tout ce que Sixtine a fait… Elle a ordonné de tuer des humains ! Et maintenant, des loups…

Une étrange certitude se fait peu à peu jour en moi. Une certitude glaçante. Certes, il faut éliminer Drake. Mais il faut aussi que l'on se débarrasse de Sixtine. Elle est allée tellement loin… Plus rien ne pourra la faire revenir à la raison, même pas les vestiges de notre amitié.

De toute façon, mon idée de buter Drake pour la libérer est vaine. Je le sais, tout au fond de moi. Si nous assassinons son compagnon, elle nous en voudra encore plus. Elle ne verra pas que c'est pour son bien. Ces deux-là sont liés dans la mort, c'est inéluctable. Et qui peut prédire la façon dont elle se vengera ?

Je frémis, pose une main sur mon ventre. M'arracher mon enfant... ou exercer des représailles sur la meute Greystorm. Dans les deux cas, c'est inacceptable. J'ai longtemps aimé Sixtine plus que moi-même. Mais aujourd'hui, j'ai une famille, et je la ferai passer avant tout le reste.

— Eli ? Eli ?

Karl tente d'attirer mon attention. Je relève la tête pour le fixer du regard.

— Qu'est-ce que tu as ? Tu es blafarde !

J'acquiesce. Oui, on peut être blafarde quand on projette d'éliminer sa meilleure amie. Mais je ne dis rien de plus.

— Écoute, Eli... commence-t-il, je suis désolé, mais...

Et je comprends. Je comprends que les trois Alphas en sont arrivés aux mêmes conclusions que moi. Et ça me fait encore plus mal. J'aurais aimé que mon lié me détrompe, qu'il trouve une autre voie, mais il n'y en a pas. Il n'y en a jamais eu...

— Tais-toi, soufflé-je. Je sais.

Il me fixe un long moment en silence. Il doit comprendre à mon regard perdu que je ne souhaite pas en dire plus. Alors, il reprend ses discussions avec Clarence et Noah. Plus tard, dans quelques heures, ou demain, nous en reparlerons tous les deux. Je pourrai pleurer dans ses bras et m'épancher librement sur cette blessure qui ne se refermera jamais.

— Nous ne pouvons tolérer une nouvelle attaque, Karl, assène Noah.

— Je sais. Nous allons devoir faire face, et rapidement.

— En revanche, nous ne sommes que trois meutes, objecte Clarence. Certes, trois meutes d'importance, mais contre tout un nid de vampires galvanisés par une reine-sorcière…

— J'ai peut-être une nouvelle intéressante, intervient Angus avec déférence.

Je me fais la réflexion, comme détachée de moi-même, que l'atmosphère dans le bureau est écrasante. Cela ne doit pas être facile pour le Bêta de résister à l'envie de s'aplatir au sol.

— Parle, Angus, l'enjoint Karl.

— Deux autres meutes ont répondu à l'appel. Ils n'ont pas prévenu, mais leurs éclaireurs sont arrivés ce matin. Ils attendent pour pénétrer dans la forêt.

— Quelles meutes ?

— Une de l'ouest, et une qui vient du nord.

Je sursaute. Merde, quand je vais annoncer à Neeve qu'on s'allie avec une meute venue du nord…

Karl se redresse. Sa puissance emplit tout l'espace.

— Cela tombe à point, lâche-t-il. Dis-leur de nous rejoindre et contacte les Forest. Nous allons leur expliquer la situation, et nous interviendrons dès cette nuit.

CHAPITRE 35

KARL

La nuit est tombée, et la lune est pleine.

Quand j'émerge de la tanière, accompagné de mes trois Bêtas, je marque un temps d'arrêt. Aurais-je imaginé un jour que tant de loups étrangers à ma meute se présenteraient à ma porte ? Non, jamais. Mais les circonstances sont exceptionnelles.

Ce soir, nous allons nous attaquer aux vampires de Caroline du Nord. Ce soir, cette guerre qui n'était que larvée va prendre toute son ampleur. Toute son horreur. Race magique contre race magique. Mais une chose est sûre : les loups ne sont pas à l'origine de tout ce gâchis. Non, notre seul objectif, c'est de nous protéger, et de préserver notre avenir.

Clarence et Noah s'avancent vers moi. Je ne connais pas les deux Alphas qui les flanquent, j'ai simplement appris leurs noms. Jonas Mallory, tout droit venu de contrées glaciales, et Giles Steel, de la côte ouest des États-Unis. Tous deux me paraissent fiables, ne serait-ce que parce qu'ils ont répondu à mon appel. J'espère juste que l'issue de la bataille qui s'annonce nous offrira la possibilité de faire plus ample connaissance.

Les quatre Alphas qui me font face inclinent légèrement leur tête. Après tout, nous sommes sur mon territoire. Je sais que chacun d'entre eux a fait le point avec sa meute, comme je l'ai fait un peu plus tôt dans l'antre Greystorm. La consigne est simple : aucune pitié pour les suceurs de sang qui s'en sont pris aux nôtres. C'est un véritable carnage qui s'annonce, mais nous avons deux avantages. Celui de la surprise, car je ne pense pas que ce Drake Butcher s'attende à ce que nous réagissions si vite à leur affront. Et celui du nombre. Les vampires ne savent pas que nous avons noué de telles alliances. D'autant plus que, sur place, d'autres amis, et pas des moindres, seront présents.

Nous n'échangeons pas un mot, mais sur un dernier regard, nous nous transformons en loups. Quand toutes les meutes se mettent à hurler, une joie sauvage s'empare de mon cœur. Près de moi, je sens ma liée qui est venue coller son flanc rebondi au mien. Je n'étais évidemment pas d'accord pour qu'elle nous accompagne, mais face à son entêtement, j'ai cédé. De toute façon, même si je l'avais enfermée dans un cachot, je suis à peu près certain qu'elle aurait trouvé le moyen d'en sortir. Ou alors, elle aurait fait de ma vie un enfer jusqu'à la fin de mes jours. Et surtout, ses pouvoirs sont primordiaux si nous voulons gagner. Elle est une louve alpha. Sa place est avec le clan, quel que soit son combat.

Quand les hurlements cessent, les cinq meutes s'enfoncent dans les bois. On pourrait croire que tant d'animaux réunis feraient un bruit d'enfer, mais non. Nous sommes silencieux comme des ombres. Nos pattes effleurent à peine le sol, nous nous coulons entre les arbres telle une marée vivante et mortelle.

Nous prenons nos précautions pour passer inaperçus. Nous nous sommes pourtant déjà montrés, et ce, dans les rues de Fallen Creek, bafouant ainsi la dernière loi. Dorénavant, tous nos codes sont brisés. Il ne reste plus qu'à reconstruire sur ces ruines.

Tandis que je cours, aussi rapide que le vent, l'ironie de la situation me frappe. Oui, il ne reste plus qu'à reconstruire. Mais avant, il nous faut faire œuvre de mort. Tuer Drake et Sixtine, éliminer Raven et ses Noctombes. Ainsi, toutes les communautés seront libérées.

Je jette un regard à Eli, qui file à mes côtés. Elle donne tout ce qu'elle a, mais je perçois tout de même sa fatigue. Nous n'avons pas reparlé de cette conversation dans mon bureau, ce matin. Je sais que nous en sommes arrivés aux mêmes conclusions sur ce qu'il convenait de faire, mais comment réagira-t-elle, le moment venu ? Et son amie Neeve ? Elle aussi, je la sens qui court près de Lennox, son pelage d'un roux flamboyant accrochant les rayons de la lune.

Nous parvenons rapidement à l'orée du nouveau terrain de chasse des vampires, qui empiète sur notre territoire. Nous ralentissons l'allure, avançons tapis au sol. Certes, nous sommes nombreux, mais inutile de prendre des risques.

Et nous faisons bien, car ce que j'aperçois me coupe le souffle. Ce ne sont pas des vampires qui occupent le terrain. Ce sont ces putains de sorciers noirs !

Angus se faufile à mes côtés. Je comprends sa demande et l'autorise à aller prévenir les autres Alphas d'un mouvement d'oreille. Je hume l'air. Ça pue la magie noire. Ça pue la traîtrise. Mais je sens autre chose. Je sens de la peur. Une peur insidieuse, de celle qui paralyse.

Les sorciers que nous allons affronter ne sont pas tous des fanatiques. Ils ne soutiennent pas tous les théories racistes du Witchcraft de Virginie. Certains d'entre eux n'ont juste pas eu le choix, ou le courage de s'opposer à Raven. Peut-être aussi que ce sorcier de mes deux les tient sous sa coupe par sa magie. Plus rien ne m'étonne, le concernant.

Je chasse ces pensées parasites. De toute façon, cela ne change rien. Quand la bataille débutera, nous ne pourrons pas faire le tri. Ce sera eux contre nous. Leur vie contre notre survie. Et pour les loups, le choix est déjà fait.

La seule chance pour que certains sorciers s'en sortent, ce serait de tuer Raven dès les premiers instants. S'il crève, combien de ses sbires continueront la lutte sans lui ? Bien peu, j'en suis persuadé.

Angus revient et me signifie que les autres meutes sont prêtes. Je frotte rapidement mon museau contre celui de ma louve blanche. J'espère qu'elle saisit que je veux qu'elle fasse attention à elle et à notre enfant. Son regard d'or pâle me prouve que l'on s'est compris. Nous devons nous retrouver après tout ça. Coûte que coûte.

Je lève ma truffe vers le ciel étoilé et hurle. Aussitôt, mon cri est repris par des centaines de loups. La forêt résonne de ce chant de mort. C'est alors que, soudain, se dressent nos alliés sorciers. Les familles Shadow, Forest et Moon, ainsi que tous ceux qu'ils ont pu rallier ces dernières semaines, s'avancent pour contrer les premières incantations jetées par les Noctombes.

Nous nous élançons à notre tour. Je me rue sur un premier sorcier, le happe à la gorge avant qu'il n'ait eu le temps de finir son sortilège. Son sang gicle dans ma gueule, chaud et épais, décuplant ma rage et ma détermination.

Du coin de l'œil, j'aperçois Neeve. Elle fait des ravages avec sa magie fraîchement retrouvée. De longues volutes vertes s'échappent de son corps flamboyant pour s'emparer de nos ennemis, les pendant aux branches des arbres qui bordent la clairière en un interminable chapelet funèbre, ou les enfouissant entre leurs racines.

Quant à Eli, à quelques mètres de moi, elle n'est pas en reste. Elle découpe du Noctombe à tout va, à l'aide de ses filets de lune. C'est moins propre, mais diablement efficace. Et cela me rassure : pour le moment, elle n'est pas en difficulté.

Un sort me heurte et brûle un peu de mon pelage. Merde, il faut que je sois plus attentif ! Je me retourne d'un mouvement souple et décapite d'un coup de dents la sorcière qui m'a attaqué. Autour de moi, ce n'est que cris, grognements et éclairs de magie. Difficile de s'y retrouver, mais je tente d'avancer tout de même. En moi-même, je prie pour que Raven soit présent. Il est temps d'en finir.

Un nouveau sortilège se dirige vers moi, un loup me dégage d'un coup d'épaule violent. Lennox ! Lui aussi utilise sa magie et me permet de progresser. Certains sorts n'ont pas besoin d'être prononcés, m'a-t-il plus tôt expliqué. Les incantations formulées à haute voix ne font que renforcer leur puissance. Ainsi, même en loup, la magie ne quitte jamais Eli, Neeve et Lennox. Et c'est une aubaine, car même si nous sommes nombreux et efficaces, que dire des sorciers noirs que nous affrontons ? Il ne cesse d'en arriver de nouveaux ! Moi qui pensais que la multitude jouerait en notre faveur, il se pourrait que je me sois planté dans les grandes largeurs.

Et soudain, je le vois ! Lui ! Le traître, l'usurpateur, celui à qui nous devons la perte de tant des nôtres... Raven !

Une aura sombre l'entoure comme une muraille infranchissable. Lennox l'aperçoit aussi, et dans un hurlement de rage, projette sa magie sur lui, encore et encore. En vain. Cela fait même rire notre ennemi, qui paraît se gausser de notre faiblesse. La fureur m'envahit à nouveau, et un voile rouge s'abat devant mon regard. Je dois le tuer. Aujourd'hui et maintenant !

Est-ce que Raven lit dans mes pensées ? Toujours est-il qu'il cesse soudain de rire et me fixe de ses prunelles où brûlent les feux de l'enfer. Puis il détourne la tête, et je comprends ce qu'il observe.

Popeye.

Non !

Mais j'ai à peine le temps de m'élancer que Raven projette son sort sur mon vieil ami. Je le vois voler et retomber brutalement au sol, dans un gémissement déchirant. Raven s'avance vers lui, prêt à l'achever.

Fou de rage et de chagrin, je me précipite à son secours. Je ne le laisserai pas faire. Dans un glissement, je m'interpose entre eux. Mes babines sont douloureusement retroussées, la bave me coule sur le poitrail.

Tu ne toucheras pas à Popeye !

Mais Raven rit encore, et ce son sinistre me foudroie. Quand il brandit une main dont s'échappe un filet de pures ténèbres, je me sens décoller du sol. Le vil sorcier me ramène à lui, et lorsqu'il resserre ses doigts en un poing triomphant, ma colonne vertébrale se brise.

CHAPITRE 36

ELINOR

*J*e hurle si fort que j'ai la sensation que mes cordes vocales vont se rompre. Là, sous mes yeux, le corps de mon lié s'élève dans les airs, tandis qu'autour de nous, les combats font rage.

Mais pourquoi a-t-il fallu qu'il se précipite ainsi sur Raven, au mépris de tout danger, sans attendre du renfort ?

Et puis, j'aperçois Popeye, échoué sur le sol, et je comprends. Karl Greystorm, mon amour, le loup de ma vie, n'aurait jamais laissé l'un des siens se faire martyriser sans réagir.

Alors, quand le corps de mon lié retombe à terre, le dos brisé, la colère s'empare de moi. Non, pas la colère. Une froide détermination. Une certitude glacée. C'est moi qui vais en finir avec cette ordure de lord Raven. Il ne parviendra pas à m'atteindre, il ne se rend pas compte du pouvoir qui coule en moi. Celui d'une longue lignée de sorciers unis à la lune, celui d'une louve alpha, et celui, plus récent, que me confère ma grossesse.

Je vais venger nos morts, je vais venger Karl, je vais reprendre tout ce qu'il nous a enlevé, notre vie, notre futur tout tracé, nos espérances, et plus encore. Je vais lui arracher la certitude d'un avenir glorieux, et j'irai la chercher jusque dans ses entrailles s'il le faut.

Le sombre sorcier se penche sur le corps brisé de Karl, prêt à en finir pour de bon avec cet Alpha trop déterminé. Oh non, mon mignon, c'est à moi que tu vas avoir affaire à présent. Et je t'assure que t'as rien vu, encore.

Avec morgue, Raven se redresse, drapé dans son aura de noirceur. S'il croit m'impressionner... Sous son regard méprisant, je reprends forme humaine. Je suis nue, comme au premier jour de ma vie, et je n'en ai rien à faire que cela puisse le choquer. J'avance d'un pas lent, sûre de moi et de ma force. Je ne sais d'où me vient la certitude que je vais lui faire la peau. Peut-être est-ce un jeu de mon esprit pour m'éviter de m'effondrer de peur devant le duel qui s'annonce.

— Elinor Moon, dit-il en parcourant mon corps du regard. Quel plaisir de vous revoir en ces circonstances.

Puis il baisse les yeux sur Karl.

— Vous pensez que la meute vous acceptera encore quand il mourra ? Elle vous tolère pour l'instant, mais s'il disparaît...

N'ayant cure de ses paroles, je lève la main droite, et un orbe argenté pare mes doigts. Mes cheveux d'un blond sélène me fouettent le visage, retombant parfois sur mon ventre rond. Ma volonté d'Alpha me grise.

— Couché ! hurlé-je.

Et ça marche. Presque. Les genoux de Raven ploient sous la force de mon ordre, sa tête s'incline... mais il résiste. J'ai tout de même le temps de libérer l'énergie lunaire qui m'enveloppe, de longs filaments de lumière pure et blanche se heurtent à la carapace ténébreuse dont il s'est entouré in extremis. Lorsque les deux pouvoirs se percutent, l'air grésille, et tout l'oxygène semble absorbé. Ma gorge se serre. Je n'ai pas dit mon dernier mot.

Raven m'adresse un sourire de mépris absolu. Je sais ce qu'il pense. Il doit me revoir gamine, avec mes tresses blondes et mes genoux écorchés, quand je venais jouer avec sa nièce au manoir des Shadow, à présent reine des vampires. Curieux destin… Mais il ne se rend pas compte que tout a changé. Aujourd'hui, je représente tout ce qu'il hait le plus au monde, tout comme Sixtine ou Neeve.

Et une compréhension soudaine me coupe le souffle. Il nous hait. Il nous hait parce que nous lui faisons peur. Nous menaçons sa suprématie, son pouvoir, sa domination sur sa communauté, ses rêves expansionnistes…

Mais je ne dois pas m'appesantir sur ces pensées. Pas maintenant. Raven projette sur moi un filet sombre, que j'évite de justesse grâce à ma souplesse lupine. J'entame une course folle. Oui, je peux le battre, même s'il œuvre à nous faire déchoir depuis trois décennies. Il est prêt depuis tant d'années. Il a eu le temps de tout prévoir, de tout anticiper. Je le vois lever les mains, et du champ de bataille autour de nous s'élèvent les pouvoirs en suspens des sorciers tombés au combat. Cette pourriture absorbe la magie de ses congénères, et cette magie vient gonfler sa puissance déjà colossale !

Je continue à courir. Hors de question que je m'arrête, que je cède. Il en serait fini de nous, de ma famille, de ma meute, de mes amis, de Karl et de mon bébé… De toute la force de mon esprit, j'invoque la lune, qui trône dans le velours nocturne, juste au-dessus de nous. Je sens sa lumière me baigner, me purifier, me galvaniser. Cette fois, c'est moi qui me gorge de pouvoir. Je deviens le fer de lance de tous nos espoirs, de tous ceux qui résistent à la tyrannie, le réceptacle de la vie qui ne recule jamais.

Enfin, alors que je ne suis plus qu'à deux mètres du chef des Noctombes, je bondis. Dans un saut formidable, je libère toute la magie en moi. Pourvu que cela suffise... Les yeux de mon ennemi s'écarquillent un instant, sa bouche bée, et je crois que tout va se dérouler selon mes plans. Mais non. Non. Des volutes d'ombre l'entourent soudain et me repoussent violemment. Sous le choc, je tombe lourdement au sol. Raven émet un rire dédaigneux et fait mine de se retourner vers Karl, qui gît toujours non loin de là. Je vois ses yeux grands ouverts, qui me fixent, suppliants. Il veut que je fuie. « Jamais », articulé-je en silence. Jamais je ne renoncerai.

Mais pour le moment, Karl ne peut pas bouger. Ses os finiront par se remettre, mais le processus, dans le cas des blessures les plus graves, est lent, et le temps nous est compté.

Du regard, je cherche une solution. Quelque chose, n'importe quoi, qui puisse me permettre de faire face. Mais autour de moi, ce n'est que violence, mort et désolation. À quelques dizaines de mètres de nous, je vois Neeve et Lennox affronter, sous leurs formes lupines, des hordes de sorciers noirs. Ils ne pourront me venir en aide.

Au même instant, une rumeur enfle. Je relève la tête, Raven aussi. Ses paupières se plissent, et je suis son regard. Là, à l'orée des bois, de sombres silhouettes se dessinent. Les vampires. Les vampires sont arrivés. Enfin, mes yeux se figent sur un couple, quelques pas en avant des autres. Un grand type aux cheveux peroxydés, et une minuscule brune incendiaire. Drake et Sixtine.

Ma meilleure amie brandit un bras mince, et c'est alors qu'une vague de suceurs de sang déferle sur la clairière pour participer à notre petite sauterie. Mais quel parti vont-ils prendre ? Je comprends soudain que tout peut se jouer sur leur intervention.

— Sixtine ! crié-je pour attirer l'attention de la nouvelle cheffe des vampires.

Avec lenteur, la nièce de Raven tourne la tête vers moi. Son visage est dénué de toute expression, son regard est froid, et un frisson me remonte l'échine quand je le vois s'attarder sur mon ventre nu. Mais elle ne bouge pas, n'ouvre pas la bouche. Sur son épaule parée de dentelle fine et hors de prix, les doigts de Drake se serrent. Il la tient sous son emprise, je le devine au sourire de pure malveillance qui vient déformer ses traits hiératiques.

— Sixtine ! hurlé-je encore, au désespoir.

Je m'aperçois en cet instant que nous avons besoin d'elle, de son soutien, si nous voulons l'emporter. Pourquoi ne le comprend-elle pas ?

Enfin, mon amie entrouvre ses lèvres laquées de rouge. Que va-t-elle dire ? Va-t-elle prononcer une sentence de vie ou de mort ?

— Ne compte pas sur moi, Eli.

Quoi ? Qu'a-t-elle... Ce n'est pas possible !

— Sixtine, il faut que...

— J'ai dit NON ! Vous êtes tous ici sur mon nouveau terrain de chasse. Je vous demande d'en finir avec vos petits jeux et de déguerpir. En attendant, les miens vont vous aider à tout ranger.

Et, en effet, je vois ces putains de suceurs de sang s'en donner à cœur joie et épancher leur soif au cou de leurs victimes. Qui sur des sorciers, qui sur des loups, peu importe le flacon pourvu qu'on ait l'ivresse.

Du coin de l'œil, j'observe Raven. S'il bouge, il aura affaire à moi. Mais non, il se contente de sourire, apparemment ravi de la tournure prise par les événements. Karl, gémissant à ses pieds, ne semble même plus l'intéresser.

— Sixtine, je t'en prie... tenté-je une nouvelle fois.

Mais elle ne me laisse pas argumenter et se borne à secouer la tête en un signe de dénégation.

C'est alors que son oncle se met à applaudir. Ce bruit est tellement incongru dans ce contexte... Sixtine, imperturbable, tourne ses prunelles rougeoyantes vers lui. Je crois qu'elle me fait plus peur que lui, malgré sa puissance accumulée. Lui au moins semble ressentir des émotions, tandis que ce soir, j'ai le sentiment que Sixtine est si détachée...

— Bravo, ma très chère nièce. J'avoue que tu m'impressionnes. Tu n'étais qu'une faible sorcière, talentueuse, certes, mais toujours à geindre pour tout et pour rien... Mais alors, depuis que tu es vampire, c'est tout à fait autre chose, je dois le reconnaître ! Chacun de tes actes est une surprise, et il en faut pour me surprendre, depuis tout ce temps... Même si je ne puis laisser exister les êtres magiques issus de mélanges interraciaux, j'admets que dans ton cas, je pourrais être tenté... Elyris, avec la pureté de son sang, ne t'arrivait pas à la cheville.

Malgré ces étranges compliments, Sixtine ne bronche

pas. En revanche, à ses côtés, ce connard de Drake Butcher se rengorge de satisfaction, comme si c'était lui que l'on félicitait.

— Ce que tu penses de moi n'a aucune importance, mon oncle, finit par dire Sixtine. Vraiment aucune. Veux-tu bien activer le mouvement et me débarrasser le plancher, s'il te plaît ? Nous avons tous mieux à faire, cette nuit. Enfin, *j'ai* mieux à faire, ajoute-t-elle en mettant une main aux fesses de Drake.

Mes yeux s'arrondissent sous l'effet de la surprise. Elle est sérieuse, là ? Mais lord Raven sourit largement avant de répondre :

— Ne t'inquiète pas, ma nièce. Laisse-moi quelques minutes encore, et ces sales chiens ne seront plus qu'un mauvais souvenir. C'est toute la forêt qui deviendra ton terrain de chasse... Ton royaume !

Les yeux de Sixtine flamboient, une nouvelle désillusion me serre la gorge. Comment Sixtine ne peut-elle voir que son oncle lui ment ? Croit-elle vraiment qu'il la laissera faire ce qu'elle veut ? Lui, le sombre archange de la pureté des races ? Quand il aura éliminé les loups, ce seront les vampires qui se placeront en haut de sa liste.

Soudain, un contact sur mon bras nu me fait sursauter.

Josephine Forrest. Elle a profité de ce que Sixtine et son oncle étaient en train de papoter pour m'approcher. Quelle folie !

— Elinor, souffle-t-elle avec l'un de ses sourires rayonnants dont elle a le secret, mais que je trouve quelque peu incongru en ces circonstances dramatiques.

Je me tourne vers elle. Que me veut-elle ? J'ai la sensation d'être totalement anesthésiée, indifférente aux combats qui font rage autour de nous. Et Karl qui ne se relève toujours pas... Les larmes menacent de rouler sur mon visage défait. J'ai presque froid, tout à coup.

— Non, pas de ça, ma petite, me réprimande Josephine en prenant mes joues en coupe tandis qu'elle déploie un bouclier protecteur autour de nous deux. Écoute-moi bien, quelques familles de sorciers sont là, ce soir, dont la tienne et celle de Sixtine. Nous allons t'aider.

— Mais...

— Écoute, je te dis. Nous sommes les descendants de lignées anciennes et puissantes. Si nous nous allions les uns aux autres, et que nous sacrifions nos pouvoirs pour toi, alors tu auras une chance de vaincre ce sorcier qui fait honte à notre race. Tu es notre meilleur espoir, grâce à tes pouvoirs d'Alpha, et parce que tu as déjà presque réussi à contraindre cette ordure de Raven.

Sacrifier leurs pouvoirs ? J'en ai le souffle coupé. C'est... impensable ! C'est de la folie furieuse ! D'un autre côté, si Raven s'en sort ce soir, je ne donne pas cher de la peau des sorciers dissidents. C'est donc ça, ou mourir...

Lentement, je hoche la tête, et Josephine me sourit de nouveau. Ses yeux brillent d'un éclat presque insoutenable, juste avant que ses paupières ne se ferment. Des bois derrière elle s'élèvent des filaments de magie de toutes les couleurs imaginables. C'est un spectacle magnifique, digne des plus belles aurores boréales. L'émotion me broie le cœur. Tous ces êtres magiques, que ce soient les loups ou les sorciers, prêts à tout sacrifier pour préserver leur liberté... Non, Raven ne peut pas gagner.

Josephine, à présent en transe tandis qu'elle sert de relais entre les sorciers et moi, lâche mes joues. Son corps lévite à quelques centimètres du sol et tremble légèrement sous l'afflux de la magie. Je la contemple un instant, puis me retourne vers Raven. Je crois qu'il a compris ce qui se préparait. Cette fois, il me regarde avec appréhension, mais cette émotion disparaît bien vite. Lui aussi est déterminé. Il a dédié sa vie à la réussite de ce plan, il ne se laissera pas faire si facilement.

Je brandis mes deux bras bien haut au-dessus de ma tête. Je sens que dans mon corps se mêlent les pouvoirs de tous les sorciers amis et l'influence sereine de la lune. Une question fulgurante me traverse. Et si c'était dangereux pour mon bébé ? Et si la magie était trop forte ? Mais je chasse cette crainte. La puissance que m'offre ma communauté de naissance n'est qu'amour, ce soir. Cela ne pourra me faire de mal.

« Par le pouvoir des anciens,
Laissez la magie des éléments se déployer,
Que de notre union et de notre sacrifice,
Moi, Elinor, fille de la Lune, je devienne le réceptacle de votre offrande,
Que cette magie millénaire déploie notre volonté,
Qu'elle nous protège selon notre volonté,
Qu'elle œuvre en faveur des justes,
Qu'elle irradie afin de protéger la vie dans toute sa diversité ! »

Mon sort, puissant, indomptable, heurte Raven de plein fouet, et il vacille. Je ne relâche pas mes efforts pour autant, fais appel à la lune, mon éternel soutien. Entre mes mains, des éclairs de lumière pure. Je les projette sur l'odieux sorcier. Mais, horrifiée, je le vois éviter cette lumière assassine. De sous sa cape noire, il extrait une dague à la lame d'argent, puis il recule d'un pas, deux pas, se penche sur Karl… Il m'adresse un regard fou, démoniaque, et reporte son attention sur mon aimé.

— Nooooooon !

Je bondis en avant, m'extirpant du bouclier que Josephine maintenait autour de nous. Le temps se suspend. Mais avant même que mes pieds ne retouchent le sol, les doigts de Raven me prennent à la gorge et serrent mon cou. Je suffoque. J'ai beau battre des jambes, il ne défait pas son étreinte. Comme à travers un épais brouillard, j'entends mon loup hurler de désespoir et de rage.

Alors, tandis que l'horreur me glace et que mon sang semble se figer dans mes veines, je sens la main rêche de lord Raven se poser sur mon ventre ; je perçois la chaleur dévastatrice qui émane de ses doigts. Mon visage est tourné vers le ciel sombre, à présent voilé de nuages. Malgré le manque d'oxygène, je rue encore plus fort. Cette crevure n'aura pas mon bébé !

Rien n'y fait. Des points noirs envahissent ma vision. Mes doigts crispés sur la main de Raven se desserrent, je n'ai plus de force. Personne ne me viendra en aide, c'est terminé. J'ai échoué.

À mon oreille, le Witchcraft de Virginie, cet homme que je côtoie depuis que je suis enfant, me murmure :

— Tu vas crever, chienne impure. Et ton bâtard avec toi.

Au prix d'un effort terrible, j'ouvre les yeux, je veux partir avec la vision de la lune ronde imprimée sur mes rétines. Mais même cela, Raven va me le prendre. Sa magie noire s'élève en longues volutes qui viennent me boucher la vue. Il dit :

*« Par la magie cachée,
Annihile cette engeance démoniaque…*

Soudain, mon corps s'arque brutalement en arrière, la douleur dans mes entrailles, comme une brûlure au fer rouge, est intenable. Je hurle, et je réalise que Raven a à peine desserré sa prise pour avoir le plaisir de m'entendre crier. L'enfoiré.

*Que la mort creuse ses entrailles,
Et que sa magie me revienne !* »

Une ombre passe devant moi à une vitesse fulgurante. Je tente de me libérer de l'étreinte mortifère de Raven, mais un choc terrible me projette à quelques mètres. Je heurte le sol avec une violence inouïe. Mes mains se portent à ma gorge, je n'arrive pas à reprendre mon souffle. Que vient-il de se produire ? Pourquoi suis-je toujours en vie ?
Et là, je relève les yeux.
Debout devant lord Raven nimbé d'obscurité se tient la flamboyante reine des vampires.
Mais une nébuleuse enténébrée, parcourue d'éclairs scintillants, s'empare de sa silhouette menue, et tourne, tourne, de plus en plus vite. Je crie, tends les mains, refuse l'évidence. Non, il ne peut pas faire ça, pas à son propre sang, aussi impur soit-il ! Piégée dans la tornade sombre qui ne connaît aucun répit, Sixtine oriente son visage vers

moi et, contre toute attente, elle me sourit. J'entends Drake hurler au loin. Paul et Lydia l'imitent, puis Neeve, mais il n'y a plus rien à faire. Sixtine a choisi. Elle m'a sauvée de ce sort qui va lui prendre sa dernière étincelle de vie. Je lui murmure « merci » et m'apprête à évoquer une formule qui pourrait l'aider à se protéger. Mais le pouvoir de Raven s'abat déjà sur elle, impitoyable. Inexorable. Et me brise le cœur à jamais.

Sous mon regard noyé de larmes, Sixtine se désintègre en un milliard de flocons de noirceur pure.

CHAPITRE 37

DRAKE

Je ne comprends pas...
Ai-je bien vu ? Tout est allé si vite, je n'ai pas eu le temps de réagir. Je ne suis même pas certain de saisir ce qui vient de se passer... Je...

Non... Non... NON !

Elle est là quelque part. Elle n'a pas disparu. Elle et moi, c'est pour l'éternité. On... On a prévu d'être ensemble à jamais. De faire l'amour chaque nuit, de... s'enivrer de sang jusqu'à la fin des temps. Alors, non, bon sang, elle est ici ! Encore là ! C'est pas possible !

SIXTINE !

Je hurle de nouveau. Mes poings se serrent. Des larmes carmin baignent mes yeux et m'ôtent la vue. Je les essuie rageusement, cherchant ma colombe dans le moindre fourré.

Tu es là, mon petit oiseau, hein ?

Tu te caches ?

Tu me fais une blague, c'est ça ?

Mon amour, où es-tu ?

Mes larmes coulent tandis que je fais quelques pas. Hagard, tremblant, ahuri, seul... Pathétique.

Non...

Ce mot se répète à l'infini dans mon esprit et se mêle aux souvenirs qui m'assaillent. Je nous revois tourbillonner dans la salle de bal du manoir Shadow ; j'avais naïvement imaginé que cette danse durerait pour l'éternité. Depuis notre rencontre au *Kiddy Hurricane*, et même avant, lors des négociations entre Vlad et ces foutus cabots, j'avais la conviction qu'elle et moi serions liés à jamais. Sa transformation n'a été qu'une formalité et nous avons aussitôt tissé un lien inaltérable. Invincible pour peu que l'on occulte la mort, puisque nous étions techniquement déjà trépassés. Nous étions promis à un avenir radieux, et c'est en fait une fin tragique et pitoyable qui nous tend à présent les bras...

Sixtine, ne danseras-tu donc plus jamais avec moi ?

Assommé et fou de chagrin, je scrute de nouveau les alentours, refusant la vérité. C'est impossible. Elle ne peut pas s'être simplement désintégrée. Pas si facilement. Pas de la main même d'un sorcier de *sa* famille. Elle est trop puissante. Elle est trop puissante !

Je ne la vois toujours pas.

JE NE LA VOIS TOUJOURS PAS !

Mais je la vois, elle. *Elinor...*

De ses yeux perlent des larmes qui ne trompent pas, et le couperet tombe sur mes derniers espoirs. Mon regard se tourne vers Raven, puis encore sur cette maudite sorcière aux cheveux blancs. Il a exécuté Sixtine, alors que c'était cette louve qu'il avait en ligne de mire !

Il ne reste plus de mon phœnix que quelques flocons en

suspension. Des bribes d'obscurité un peu moins ternes que cette nuit qui nous cerne.

Elle n'est plus là !

Par *sa* faute ! À elle !

— SIXTINE !

Ma rage retentit sur la clairière et ricoche entre les arbres. Un instant, le temps semble s'accrocher à ce cri, entre déchirement et promesse létale. Voilà ce qu'il en coûte de s'adonner à la solidarité… Mais ils paieront !

La louve lunaire, encore sonnée par sa chute, son regard embué qui ne trompe personne, et surtout pas moi, demeure étalée sur le sol. Elle est parvenue à ses fins, pourquoi feindre la tristesse ? La seule personne à qui Sixtine manque ici, c'est moi ! Pourquoi a-t-il fallu qu'elle se sacrifie pour cette fausse amie qui a toujours fait passer ses intérêts avant elle ? Pourquoi souhaitait-elle tant entretenir cette relation périmée, pourquoi s'efforçait-elle de lui plaire puisqu'elle m'avait, moi ? Pourquoi sauver l'abomination recluse dans ce ventre blanchoyant quand elle n'éprouvait à son égard que douleur et envie ? Nous aurions enfin été débarrassés d'Elinor et de sa progéniture inutile. Pourquoi s'être ainsi interposée ?

Je me précipite vers la sorcière, enjambant le corps inerte de Taylor, tué en tentant d'épater Nancy afin de la reconquérir. Cette putain de guerre n'aura épargné personne.

— C'est de ta faute ! lui asséné-je en me jetant sur elle.

D'un geste ferme, j'interromps lord Raven qui allait s'approcher.

— Ne te mêle pas de ça ! C'est entre elle et moi ! lui hurlé-je. Je m'occupe de toi plus tard…

Il affiche une mine étonnée, puis tend ses paumes devant lui en signe d'apaisement.

— Comme vous voudrez, me répond-il d'un grincement rauque.

Que je fasse la peau à cette chienne semble lui convenir. À elle aussi d'ailleurs, puisqu'elle demeure immobile, une main plaquée sur son ventre. À ses côtés gît son fidèle cabot, témoin impuissant de ma vengeance. Lorsqu'Elinor rendra son dernier souffle, il comprendra ce que je ressens. Et ensuite, je l'achèverai à son tour, tout comme ce Raven de malheur !

Karl esquisse quelques mouvements fébriles des pattes arrière, rien d'inquiétant, mais il n'est plus temps de tergiverser. Je dois détruire la sorcière avant qu'il ne devienne un problème plus difficile à maîtriser. Cela étant, je doute qu'il soit en mesure de danser la gigue dans les prochaines minutes…

Les lèvres d'Elinor remuent bien qu'aucun son ne sorte de sa bouche pâle. À moins que ses mots ne soient avalés par le tumulte qui règne autour de nous. Je ne sais plus trop, malgré mes sens aiguisés, c'est le néant qui m'étreint. Le manque, déjà…

Le rire de lord Raven éclate, comme un coup de tonnerre sinistre tandis qu'il déploie, aidé de ses disciples, des sorts destinés à me protéger des inaudibles formules d'Elinor. Elle ne peut rien contre moi !

Soudain, dans un hurlement qui me fait vriller les tympans, elle se métamorphose en une louve d'un blanc immaculé. Ses os craquent tandis que sa chair se contorsionne et se déforme. C'est dégueulasse !

Elle fond sur moi. Si elle croit m'impressionner, elle se touche, la pauvre !

Campé sur mes deux pieds, je l'attends. Après quelques foulées, ses antérieurs s'écrasent sur mes pectoraux et je manque de tomber en arrière : elle a de la force, la chienne ! Je m'écarte sur le côté pour parer son attaque et la projette plus loin. Elle couine à peine et revient aussitôt à la charge, ses babines si retroussées qu'elles laissent apparaître ses crocs acérés et dégoulinants de bave gluante.

Si je veux lui faire la peau, je ne peux me contenter d'esquiver.

Je me précipite à sa rencontre et lui assène un violent coup sur la truffe. Elle secoue sa tête monstrueuse et, d'un mouvement leste, referme sa mâchoire sur mon cou. Je sens ma chair se détacher avant d'en apercevoir les lambeaux dans sa gueule rougie.

La garce !

Qu'importe, les loups ne sont pas les seuls à pouvoir se régénérer ! D'ici quelques secondes, il n'y paraîtra plus ! Je cours dans sa direction. Trop pressée de savourer ce coup bas, elle s'est réfugiée auprès de son Alpha désarticulé. Soudain, je ne ressens plus mes pas. Le sol se dérobe. Mes foulées se font plus lentes, ma perception plus floue. Un puissant sortilège ! C'est elle, cette chienne !

Je m'effondre sans parvenir à me rattraper. J'entends pourtant toujours lord Raven et ses disciples psalmodier, sans que leurs voix censées me protéger aient un quelconque effet sur mon état : je m'enfonce dans un néant cotonneux. La louve, dotée des pouvoirs que d'autres lui ont sacrifiés, se rapproche. Son odeur nauséabonde s'infiltre dans mes narines tandis que sa fourrure humide frôle ma joue. Ses dents s'arriment douloureusement à la chair de mon épaule. Elle me tire en arrière, me traîne sur les dépouilles agonisantes ou glacées. Je perds tout contrôle. Mon corps ne répond plus. Mes sens non plus.

Où me conduit-elle ?

— Laisse-le-moi, intime une voix rauque. Il doit payer pour Robin !

Karl Greystorm. L'Alpha est de retour, et elle lui offre ce qu'il reste de moi. Dans une posture qui confine au ridicule, il se traîne difficilement, en appui sur ses bras, avec la ferme intention de se hisser sur moi.

Dans un grognement guttural, il se rue sur ma gorge et m'administre une morsure que je devine fatale. Malgré ma vue troublée, je jette un regard fébrile autour de moi. Plus loin, à l'orée de la forêt, j'aperçois la silhouette de Nancy dont les boucles blondes tranchent singulièrement avec les ténèbres qui nous entourent.

C'est à peine si je ressens la douleur lorsque Karl arrache de nouveaux lambeaux de ma chair.

Les cris de ma nièce me parviennent avant qu'un bourdonnement ne me happe.

Un tumulte effroyable, puis le silence.

Je ferme les yeux et me laisse aller.

Sixtine…

Nous aurions pu jouir ensemble de l'éternité.

On me l'a arrachée…

Et c'est à présent mon tour de quitter cette existence. C'est aussi bien ainsi, je n'aurais pas supporté l'immortalité sans elle à mes côtés… Tout n'aurait été qu'errance, doutes et beuveries. Interminable… Abominable…

Il m'aurait manqué l'essentiel…

Lorsque j'ouvre une ultime fois les paupières, je ne distingue même plus les arbres. Seulement la pénombre. Mais je sais que Nancy est là, quelque part, et qu'avec moi disparaîtront ses repères. Je suis son créateur, j'ai toujours été son guide, se passer de ma sagesse et de mon expérience sera une épreuve que je la crois capable de surmonter. Alors, je lui adresse un sourire rassurant, qu'elle ne voit sûrement pas, secoué que je suis par les assauts de Karl qui me déchiquette avec rage. Dans mon délire, je trouve enfin ma colombe. Elle est là devant moi, portant une de ses magnifiques robes de bal, telle une ombre pâle qui lévite dans mes songes.

Mon amour…

Elle tend la main pour que je la rejoigne.

J'élève mon bras face au néant.

Je quitte ces rivalités et cette guerre insensée.

La sérénité m'appelle.

Sixtine.

Mon petit oiseau.

J'arrive.

CHAPITRE 38

LENNOX

Mon souffle s'est coupé au moment où Sixtine s'est désintégrée. Le sort funeste de Raven aura conduit son compagnon à se sacrifier. Drake n'avait aucune chance. Je n'aimais pas cet homme, mais lorsque mes yeux se tournent sur Neeve, je peux comprendre son geste suicidaire. Je m'approche d'elle, mes muscles roulant sous mon pelage, et me transforme. Cette fois, je me moque de ma nudité. Celle de Neeve qui s'est métamorphosée en hurlant le nom de Sixtine, semble tout aussi irréelle. Elle est figée, son regard vide fixé sur Karl qui déchiquette la gorge du vampire qui ne se débat même pas, las de son existence. Les jambes de l'Alpha sont inertes, pas sa mâchoire qui se délecte de sa revanche. Son frère est vengé. Lorsque le visage de Neeve s'oriente vers lord Raven, paré d'une colère qui la fait trembler de tous ses membres, je sais qu'elle songe qu'il est temps d'accomplir ses propres représailles. Pour le bûcher qui lui a causé tant de souffrance, mais surtout pour Sixtine, sa meilleure amie, qui vient de disparaître sous ses yeux, en mille éclats de ténèbres.

Sixtine…

Des souvenirs me reviennent. Ceux de la cour d'école, alors qu'elle ne quittait jamais Neeve et Eli. Ceux d'une jeune fille accro aux Magic Marshmallows goût barbe à papa. Ceux d'une femme prête à se battre pour les causes perdues. Ceux d'une reine vampire qui n'aura jamais été couronnée.

Neeve reporte son regard sur moi. Nos yeux se soudent et je lui prends la main. Des sorts nous sont jetés, mais la barrière protectrice que j'ai érigée nous en préserve. Les prunelles de ma fiancée sont baignées de larmes. Le choc se lit encore sur ses traits.

— Elle s'est sacrifiée pour Eli, souffle-t-elle, la voix chevrotante.

Je hoche la tête. Que dire… Le constat est là. Alors que beaucoup envisageaient de mettre un terme à ses folies dominatrices, voilà que nous pleurons la perte de Sixtine. Aucun pouvoir, même le plus ultime, n'aura surpassé celui de l'amour. L'amour qu'elle portait à ses amies. Mon cœur est broyé quand les premières larmes de Neeve dévalent ses joues.

— Je veux qu'il crève ! lâche-t-elle au comble du chagrin.

Je resserre mon emprise sur sa main.

— Hawk ! m'interpelle une voix forte. Alors, tu as définitivement choisi ta chienne ! Quelle déception !

Je fais volte-face et me confronte à mon homologue, Cornelius Kane. Neeve fait un pas en avant, je porte mon bras devant elle pour l'arrêter. Il est à moi !

— Remarque, dit-il en parcourant du regard l'anatomie de ma compagne, c'est vrai qu'elle est bonne, sans ses poils.

Mes canines me percent la lèvre inférieure. Je sens une goutte de sang perler sur mon menton au moment où je me téléporte. Puis je me matérialise derrière lui, mais l'Amnistral de Virginie a anticipé mon action et apparaît à son tour dans mon dos. Son bras se place sous ma gorge. Il murmure :

— Enfin, Hawk, t'as pas honte d'appartenir à une meute aussi stupide ? À ton avis, qui a tué des loups sur ce terrain la nuit dernière pour vous attirer ici ? Un loup qui tombe dans la gueule d'un sorcier. Avoue que l'ironie est belle !

Le sang déserte mon visage. Le rire de Kane à mon oreille me glace. Il resserre son emprise sur ma gorge et j'étouffe. Je peine à me téléporter de nouveau et apparais à quelques mètres. Mais Kane anticipe et se matérialise avec moi, son étreinte mortifère résistant à ma force.

— Lenny ! hurle Neeve.

Saisi par la rapidité étonnante de Kane, je n'ai pas le temps de m'en défaire et cherche de l'air tandis que je bascule en arrière. Emporté par mon poids, Kane tombe à terre sans me lâcher.

— *Fixum* ! lance-t-il.

Je me raidis, les membres paralysés, la respiration bloquée. Mon visage devient rouge, je ne peux plus émettre un souffle et constate sans pouvoir rien faire que Neeve s'approche.

Ses cheveux roux se déploient dans le vent tandis

qu'elle lève les bras et tourne son visage vers le sol humide de la forêt.

« Que son corps te soit offert,
Que son âme soit ensevelie sous terre,
Que la nature exige son dû,
Qu'elle l'emporte jusqu'à ce qu'il devienne poussière... »

Kane pousse un cri. Des racines surgissent du sol et s'enroulent autour de ses jambes.
— Non ! hurle-t-il.
Un sort s'abat sur le bouclier magique de Neeve, mais elle ne cille pas. Derrière elle, des sorciers psalmodient. Des sorciers qui n'étaient pas là quelques minutes plus tôt. Si je n'étais pas en train d'étouffer, je pourrais exprimer ma joie de découvrir des membres du coven nous prêter main-forte. Je reconnais Anne-Lise Flemming, cette harpie qui se la joue Bree Van de Kamp dans *Desperate Housewives* lors des réunions des parents d'élèves, avec ses cookies et son sourire factice. Pourtant, ils sont ici et projettent des sorts sur le bouclier de Neeve pour le renforcer, et sur moi pour me délivrer. Cela attire l'attention de Raven qui délaisse Elinor un instant pour nous observer. Mes jambes sont les premières à bouger. Malgré l'emprise de Kane, de l'air réinvestit mes poumons.

Alors, je ferme les yeux et murmure :

« Amnistral, Amnistral, libère-toi de ta magie obscure et lègue-la-moi.

Amnistral, Amnistral, que ta vie s'achève sans ce pouvoir que tu ne mérites pas. »

Un halo sombre se diffuse autour de nos corps. Je me sens partir en arrière tandis que les racines tirent Kane pour l'ensevelir. Ma formule fonctionne. L'énergie du sorcier noir se répand en moi. Mais il serre encore ma gorge et je peine à respirer. Neeve est proche et tend sa main. Une liane remonte le long du bras de Kane et l'oblige à me lâcher. Quand il n'a plus rien à quoi s'accrocher, l'humus le recouvre après un dernier cri étouffé.

Neeve observe Raven, déterminée à fondre sur lui. Fort de mes pouvoirs désormais décuplés, je suis prêt à l'aider, mais un hurlement de ma fiancée me désarçonne. Je suis alors son regard et constate que Raven s'est de nouveau emparé d'Elinor. Karl est immobilisé au sol et émet un cri déchirant. La meute entière se tourne vers son Alpha, car la détresse de notre chef s'est infiltrée sous notre peau. Neeve court en direction du Witchcraft. Elle est tout prêt de lui. Je panique et me téléporte pour l'arrêter, mais elle me repousse. C'est alors qu'une ombre nous survole.

— Perry !

J'ai reconnu la voix étranglée de Tyler. Je pivote et découvre Perry sous sa forme de loup ; il se jette violemment sur Raven. Les Forest et les Moon débitent une formule qui fissure son bouclier. Les crocs de Perry se plantent dans la chair de Raven qui hurle et relâche Elinor, puis il abat un sort sur son assaillant, qui chute lourdement sur le sol. Eli invoque un sortilège. Des fils d'argent se diffusent autour d'elle et s'élancent vers Raven. Soudain, les fils retombent devant elle, avant de disparaître.

Un silence profond pèse sur la forêt. Perry vient d'être tué, son cousin crie à s'en éclater les poumons. Neeve se fige. Une jeune femme du clan Parker s'effondre dans les bras de Tyler, mais je n'ai d'yeux que pour mon aimée. Je connais tout l'attachement qu'elle ressent pour les Falck. Après la perte de Sixtine, comment va-t-elle gérer cela ? Je veux l'enlacer, mais elle se dégage, le regard fixé sur Raven. Ses crocs poussent. Des flammes se répandent dans ses iris. La haine brûle en elle, et je la sens prête à faire quelque chose d'inconsidéré, comme se charger seule de Raven qui rit à présent à gorge déployée.

— Vous auriez dû laisser ce cabot crever sur le bûcher, lâche-t-il.

— Putain, mais c'est toi qui vas crever !

— Neeve ! s'exclame Josephine Forest quand elle devine ce que sa fille s'apprête à faire.

Mark se porte aux côtés de sa mère et clôt les paupières pour renforcer ses protections. Mais Neeve n'en a cure et fonce tête baissée.

— Non ! lâché-je en agrippant son bras.

— Laisse-moi, Lenny !

— Tu n'as pas les idées claires, il va en profiter !

— Il doit mourir ! hurle-t-elle, le visage ravagé de larmes.

Tyler s'élance à son tour. Je l'immobilise d'un sort, puis me tourne vers Eli. Cette femme m'a longtemps rendu chèvre, mais c'est bien la seule ici à avoir conservé son sang-froid. Elle porte un bébé, mais elle n'a pas le choix, malgré la mort de Sixtine et l'état de Karl. Je me téléporte et me place à côté d'elle.

— Lenny ! hurle Neeve. S'il vous arrive… je ne le supporterai pas. Reviens là !

Mes doigts se glissent dans ceux d'Elinor. Elle est puissante. Plus puissante que moi. Je le sens à travers l'énergie qui se diffuse dans ma main.

On s'observe, notre accord silencieux se conclut d'un regard. Nous nous tournons tous deux vers Raven.

— Croyez-vous que des chiens puissent quelque chose contre moi ? Sincèrement, je suis déçu, Hawk. N'avez-vous pas encore compris ?

— C'est vous qui n'avez pas compris, Raven. Ce mélange que vous honnissez a fait de nous bien plus que des chiens, et même bien plus que des sorciers.

Elinor serre ma main. Je clos les paupières.

« Que la magie obscure dont cet homme s'est abreuvé lui soit ôtée,

Que la magie qu'il a volée soit rendue aux âmes qu'il a tourmentées,

Que son ambition s'effrite comme son bouclier,

Que nos pouvoirs hérités des Wiccan l'emportent sur sa soif démesurée. »

Nous répétons la formule tandis que des halos noir et argenté sont emportés par une brise qui s'enroule lentement autour de nous. Nos pieds quittent le sol. Le vent se renforce. De mes yeux, je constate que la barrière magique de Raven s'effrite. De petits éclats qui ressemblent à du verre brisé se multiplient sur sa protection.

Encore… Encore…

Notre don télépathique hérité des loups n'a jamais été aussi intense.

Encore… Encore…

Nous psalmodions inlassablement, lévitant, nus, au-dessus du sol. D'autres sorciers se joignent à notre incantation. La couleur de notre sortilège se ternit quand notre magie s'abat sur le bouclier de Raven. Puis elle revient, s'enroule de nouveau autour de nos corps, et repart, une fois, dix fois, cent fois… Ce n'est que lorsque les traits de Raven se tordent que je comprends que nous touchons au but. Du coin de l'œil, je vois Neeve s'élancer, mais elle n'a pas le temps de parvenir jusqu'à Raven que Nancy, la créature de la nuit aux boucles blondes, se jette dans son dos. Raven pousse un cri quand les jambes puissantes de la vampire encerclent sa taille et que ses mains se placent sur sa gorge. Neeve se plante alors face à lui, un rictus féroce sur ses lèvres.

— Vas-y ! souffle-t-elle à son amie.

Nancy lui adresse un clin d'œil, avant d'arracher la tête de notre ennemi.

CHAPITRE 39

NEEVE

*L*e corps de Raven tombe comme une pierre. Nancy tient sa tête à bout de bras. De l'hémoglobine macule son visage. Elle passe sa langue sur sa lèvre et en recueille le goût.

— Je suis déçue, clame-t-elle de sa voix haut perchée. Sincèrement, le Magic Blood parfum caramel est bien meilleur que le sang périmé de cet enfoiré.

Je l'observe et la gratifie d'un sourire. Un sourire qui sonne la victoire, mais un sourire triste, aussi. Le silence retombe sur la forêt. Les derniers Noctombes encore en vie se rendent aux sorciers qui sont venus nous prêter main-forte. Des loups des meutes alliées se jettent sur le cadavre de Raven et le déchiquettent à coups de crocs furieux.

Moi, je suis figée. Un bras se place sur mon ventre. Le front de Lennox se pose sur l'arrière de mon crâne.

— C'est fini, murmure-t-il.

Oui, c'est fini, mais à quel prix ? Mes membres acceptent enfin de se mouvoir. Je vérifie d'un regard que ma famille va bien, puis mes yeux se reportent sur le carnage. De nombreux sorciers des deux camps ont trouvé la mort. Quelques loups n'ont malheureusement pas survécu. Des vampires gisent sur la terre ensanglantée, des pieux plantés dans leur corps, pour qu'ils ne puissent jamais se réveiller. Il ne reste plus grand-chose de Drake, mais Karl s'est assuré de son trépas définitif en fichant une branche aiguisée dans son buste.

Et Sixtine... Il ne demeure rien de Sixtine. Uniquement son souvenir...

Et Perry... Seigneur, Perry... Julia est penchée sur sa dépouille. Tyler pleure en la serrant dans ses bras.

Je lutte, mais mes larmes redoublent. Je ne peux y croire...

Lennox resserre son étreinte autour de moi. Son corps chaud se plaque contre mon dos. Et nous restons là. Eli s'approche et se love contre moi. Mon frère tient la main de Sybil en nous rejoignant. Ma mère, mon père et les Moon l'imitent. Nous nous enlaçons, ne formant qu'un tout uni face au chagrin qui nous terrasse. Sans un mot. À l'image du silence lugubre qui règne sur ces lieux à jamais maudits.

— Je peux me permettre une remarque ? lance mon frère, la tête fourrée dans mon cou.

Personne ne lui répond, nous savons tous qu'il se fiche de notre consentement.

— Serait-ce possible d'amener une valise pleine de vêtements, la prochaine fois ?

Ma mère lui assène un coup de coude.

— Quoi ? dit-il. Je fais un câlin à ma sœur et à mon beau-frère à poil. Y a que moi que ça choque ?

— Eli l'est aussi ! murmuré-je.

Mes mots sont sortis sans que je puisse les retenir. Alors que j'aimerais glisser dans le désarroi le plus pur, je ne commande pas mes paroles. Seul mon frère a le pouvoir de m'extirper de ma torpeur. Eli me regarde et place ses mains sur mon visage. Un sourire s'immisce sur le sien.

— Elle m'a sauvée.

— C'était la meilleure.

Les yeux d'Eli contiennent leurs larmes.

— Elle était si têtue.

— Une vraie tête de mule, soupiré-je en reniflant.

Mon cœur se serre. Puis les perles salées coulent sur les joues de mon amie.

— Neeve… Je… J'envisageais de la tuer, je veux dire, elle… elle a menacé… Et maintenant…

— Et maintenant, elle a rejoint Robin. Et Perry, aussi… C'était son choix. Pas celui de Drake. C'était la vraie Sixtine. La nôtre, Eli.

Ma gorge se noue. On se serre fort l'une contre l'autre. Et mon frère dit :

— OK, j'ai conscience que ce n'est pas le bon moment, mais vraiment, personne n'a de quoi les couvrir ?

Pour la première fois de mémoire de sorciers, de loups et de vampires, des commémorations ont rassemblé les trois races. Un hommage à Sixtine a été prononcé, le corps de Perry ainsi que ceux d'une dizaine d'autres ont brûlé sous les chants des loups et des sorciers. Même les vampires ont eu droit à leur moment de recueillement.

Après ce que l'on peut qualifier d'événement historique, nous sommes nombreux à nous réunir dans le jardin des Forest. Je tiens la main de Tyler dont le bras cerne la taille de Julia. Tous deux pleurent la disparition de Perry et se soutiennent dans leur chagrin. Tout à l'heure, j'ai surpris un baiser entre eux. Aujourd'hui, quelque chose les unit. La perte rend ce lien aussi tangible que celui qui soude Eli à notre Alpha. La mort a ce pouvoir. Celui de renforcer l'attachement entre ceux qui restent. Tandis que Lennox me rejoint aux côtés de Nancy, c'est à cela que je pense. Ses lèvres effleurent les miennes un court instant. Tyler relâche ma main et m'embrasse sur la joue avant de se retirer avec Julia.

— Les vampires ont élu Nancy comme nouvelle reine, m'explique l'Amnistral.

— Ils sont barges, si vous voulez mon avis, lâche l'intéressée.

Je souris.

— Tu seras parfaite, Nancy.

Je le pense vraiment. D'autant que Drake n'est plus là pour la maintenir sous sa coupe. Certes, elle est un peu fantasque, mais même si son apparence juvénile ne trahit pas son âge, elle reste l'une des plus anciennes créatures de ce monde.

— On va juste avoir un problème de taille, dit-elle. Les réserves de Magic Blood sont à sec. Moi, je veux bien contenir la communauté pour qu'elle n'attaque pas les sorciers et les loups, mais pour les humains, ça va être une autre paire de manches.

— On devrait pouvoir trouver une solution à ce problème, lui répond Lennox.

Alors que j'étais vampire, Sixtine m'a livré la formule qui lui a permis de créer le sang artificiel que Nancy chérit tant. Avec le soutien d'autres sorciers, il ne sera pas difficile d'en fabriquer à plus grande échelle.

— Parfait, alors ! lance-t-elle. Mais je vous préviens, il faudra proposer des goûts plus variés. J'ai le souvenir d'avoir aimé la saveur des mûres durant mon enfance. Tu crois que tu pourrais en créer, Neeve ?

— Les mûres, je les préfère dans le kir, mais pour toi, j'en ferai du sang.

Nancy tape dans ses mains. Ses boucles rebondissent sur ses épaules lorsque Angus se plante à côté d'elle. Il lui tend un document qu'elle s'empresse de lire avant de poser ses yeux sur lui.

— T'es le loup qui s'est placé devant moi quand Cornelius Kane m'a jeté un sort de mutisme ?

Angus s'empourpre et hoche timidement la tête. Nancy esquisse un sourire face à sa réaction spontanée.

— T'as l'air d'aller mieux, dit-elle.

— J'ai… Je… hésite Angus. Oui, ça va.

Je serre les mâchoires pour ne pas rire. Lenny observe ces deux-là avec des yeux circonspects.

— Et du coup, tu me files ça pour… ? souffle Nancy en penchant la tête et en secouant le bout de papier.

— C'est… mon numéro de téléphone, si jamais…

J'en reste bouche bée.

— Si jamais quoi ? l'interroge Nancy en passant sa langue sur sa lèvre.

La coquine…

— Si… enfin, c'est l'Alpha de la meute qui m'a dit de vous le donner. Je suis son Bêta en second, je dois compiler les informations et... Par contre, on ne capte pas toujours très bien dans la tanière, alors... c'est pas sûr que...

Nancy éclate de rire et place un doigt sous le menton d'Angus pour le relever.

— Mon chéri, si toutefois je devais faire appel à Karl Greystorm, il ne me faudrait que quelques minutes pour me rendre chez lui.

— Oh.

— Mais je garde ton numéro, dit-elle alors que son regard remonte le long du corps d'Angus. Après tout, une nouvelle ère s'ouvre à nous, et j'en sais si peu, sur les loups...

Mais quelle menteuse, je lui ai tout raconté quand je vivais au manoir !

— Oui, bien sûr, affirme Angus, hypnotisé.

— D'ailleurs, on pourrait commencer mon éducation maintenant, qu'en dis-tu ?

Un sourire niais flotte sur le visage du Bêta. Il lui tend son bras, et les voici qui s'enfoncent tous deux sous les frondaisons. *Bah ça, alors !*

Je n'ai pas le temps de m'attarder sur cette découverte que ma mère interpelle les convives. Tous les sorciers du coven sont présents et se taisent dès qu'elle ouvre la bouche.

— Merci à tous d'avoir répondu à mon invitation.

Les têtes s'inclinent devant Josephine Forest, prouvant ainsi la solidarité qui règne dans nos rangs. Une solidarité renforcée après que les derniers Noctombes se sont fait confisquer leurs pouvoirs. Certains des plus fidèles de Raven croupissent dans les geôles de la Wiccard. D'autres sont interrogés et en sursis. Nous les soupçonnons d'avoir rejoint l'ex-Witchcraft de Virginie par crainte des représailles. Il ne serait pas juste de leur réserver le même sort que ceux qui ont tout fomenté et qui nous ont infligé de si lourdes pertes.

— Je ne suis ni Witchcraft, ni Amnistral, ni reine vampire et encore moins l'Alpha d'une meute de loups. Je suis ici en tant que sorcière, mère et amie, déclare-t-elle. C'est Remus Moon, notre chef de coven en Caroline, Nancy, la nouvelle reine vampire et Karl, l'Alpha des Greystorm, qui m'ont demandé d'intervenir, puisque j'ai milité en faveur de notre rapprochement à tous. Alors, voilà ce que je dis…

Les yeux de ma mère se portent sur moi, puis sur Eli qui vient de me rejoindre. Elle et moi nous observons. Nous nous tenons la main, conscientes qu'il nous manque notre meilleure amie dont nous chérirons le souvenir toute notre vie.

— Nous devons à Sixtine Shadow, Elinor Moon et Neeve Forest ce qu'il se passe aujourd'hui, poursuit Josephine haut et fort. Un espoir de paix entre nos races. La possibilité de vivre différemment et les yeux grands ouverts. Dorénavant, nos lois sont abrogées. Les mélanges sont autorisés entre toutes les communautés à condition qu'ils soient consentis, et ils ne seront plus considérés comme une trahison. Le Magic Blood sera produit à grande échelle et se nommera désormais le Sixt'Blood, en hommage à sa créatrice. Le grimoire des Noctombes sera détruit, nous cherchons un sortilège puissant pour nous assurer que ses malédictions ne puissent jamais plus nous atteindre. Le lieu de la dernière bataille deviendra un sanctuaire pour nos trois races. Une fois par an, nous nous y réunirons afin de préserver la paix. Lennox Hawk reprend les rênes de la Wiccard et sera assisté de Sybil du clan Greystorm dans sa tâche. L'école mythique des sorciers sera désormais ouverte aux autres races magiques. Il ne subsistera qu'une seule règle, celle de rester discrets. Les humains ne doivent pas savoir que nous existons. Les derniers événements nous ont montré qu'il faut les protéger, aussi nous devrons nous assurer que rien ne les menace. Dépourvus de pouvoirs, ils sont fragiles. Un poste sera créé pour que cette loi unique soit respectée...

— Tu te rends compte, Neeve, me souffle Eli à l'oreille, alors que ma mère prolonge son discours.

— C'est incroyable, conviens-je, subjuguée par les paroles qui viennent d'être prononcées devant les trois races. C'est nous... C'est nous qui avons fait ça...

— Sixt serait si fière.

— Elle dirait sûrement que ton idée de merde de nous cacher chez les loups aura eu le mérite de faire bouger les choses.

— Elle aurait dit pire que ça.

Je ris.

— Sans doute...

Le discours terminé, Nancy vient à notre rencontre et nous demande de la suivre à l'écart. Nous obtempérons, curieuses de découvrir ce que de telles précautions signifient. Nos yeux s'écarquillent lorsqu'elle extirpe de sa poche une enveloppe froissée.

— Je... J'ai trouvé ça dans... ses affaires. Je suppose qu'elle a dû l'écrire juste après la mort d'Elyris. Enfin, je ne sais pas trop... mais vous devriez la lire.

Elinor s'empare de l'enveloppe et en retire la feuille de papier où quelques mots sont inscrits. Je reconnais aussitôt l'écriture de Sixtine. Des gouttes de sang séché parsèment la lettre. Seraient-ce ses larmes ? Nancy s'éloigne. Eli reste un instant bouche bée devant ce qu'elle tient dans les mains, avant de lire à haute voix, contenant à grand-peine son émotion.

« Neeve, Elinor,
C'est dans un élan de lucidité que je couche ces quelques mots sur le papier. Je sais que Drake me manipule. Pas tout le temps, mais cette conviction revient plus forte à chaque fois que je m'éveille. Il fait en sorte d'entretenir cette folie dominatrice qui m'a envahie depuis le jour où mon cœur a cessé de battre. Je devrais lui en vouloir. Je devrais le tuer pour ça. Mais je ne le peux pas. Il m'aime. Il est mon salut dans les ténèbres. Car ma vie n'est plus que cela. Une éternité d'obscurité. Une existence sans fin loin de vous, et je ne l'accepte pas.

Je ne veux plus être seule. Sans lui, ce serait le néant, car vous n'êtes plus là.

J'aimerais que l'on revienne en arrière. J'aimerais tant vous rejoindre au Kiddy et boire jusqu'à m'écrouler. Plaider pour toi Neeve ou te relever les cheveux quand tu ne te sens pas bien, Elinor. Et rire avec vous… encore et encore. Seigneur, comme vous me manquez…

Vous êtes les seules qui comptent.
Je vous aime.
Malgré ce que je suis devenue, n'en doutez jamais.

Sixt"

Elinor s'écroule à genoux, les larmes dévalant ses joues. Je m'accroupis près d'elle et la prends dans mes bras.
— J'ai voulu la tuer, Neeve ! pleure-t-elle, la voix étouffée.
Je place mes paumes sur son visage humide. Ma gorge se serre quand je dis :
— Tu ne l'as pas fait. Tu ne l'aurais jamais fait, Eli. Et tu veux que je te dise, je crois que tu aurais agi exactement comme elle si les rôles avaient été inversés. Parce que toutes les trois, c'était sacré.

Mes larmes me brouillent la vue. Eli hoquette sous ses sanglots. Nous nous étreignons en nous rappelant notre sœur perdue. Au bout de quelques minutes, nos tremblements s'apaisent. Nous nous contemplons, le cœur chargé de l'émotion dévastatrice que la mort de notre meilleure amie a suscitée. Puis c'est un petit sourire qui s'inscrit sur nos lèvres. Un regard empli de reconnaissance que nous échangeons. Nous sommes encore ensemble, toutes les deux, pour partager ce chagrin que personne ne peut éprouver autant que nous, à l'exception des parents de Sixt qui ont déménagé loin de tout. D'une certaine manière, Sixtine nous a dit adieu avec ces quelques mots. D'une certaine manière, c'est ce qu'il nous fallait pour poursuivre notre deuil.

Je me lève et aide Eli à se relever. Mes yeux se portent vers le ciel.

On se retrouvera toutes les trois un jour, Sixt. Prépare les vodkas. Mais pas tout de suite, hein ?

Karl nous rejoint, enroule son bras autour de la taille d'Eli, une main protectrice se plaçant sur son ventre. Tous les deux se considèrent d'un regard aimant. Karl essuie une larme sur le visage de mon amie. Plus tard, nous les suivons jusqu'à la tanière. Dans la cuisine de Popeye, nous buvons un dernier verre. Clarence Parker et Noah Lormont nous font leurs adieux. L'Alpha Greystorm y va de son accolade, ému de les voir partir. Ce sont les seuls à comprendre ses responsabilités, alors je ne m'étonne pas de lire ce sentiment contenu sur ses traits.

J'enlace Popeye et Eli avant de me retirer. Tyler me rejoint.

— Neeve !

Je me tourne vers mon ancien amant, qui ne s'est toujours pas remis de la disparition de son presque jumeau, son double, son ombre joyeuse. Perry nous manque tant…

— Je vais partir avec Julia, dit-il. Karl m'a mandaté pour passer le message aux autres meutes. Elles doivent être tenues au courant des événements qui ont eu lieu ici et de l'accord qui lie aujourd'hui les trois races.

— Ça va prendre un peu de temps avant que tous s'y conforment.

— Ils n'auront pas le choix. Plusieurs clans ont combattu à nos côtés. Des meutes respectées et puissantes, comme l'est celle des Greystorm.

J'opine du chef et passe une main sur sa joue.

— Et ça te permettra de fuir un peu cet endroit, n'est-ce pas ?

— Je… Je n'arrive pas à croire qu'il n'est plus là.

Des larmes brouillent ma vue quand je pense à Perry. Ma mémoire me ramène aux souvenirs que je partage avec Tyler. Ma main glisse dans son cou et se porte sur son cœur.

— Il sera toujours ici.

Un léger sourire fend le visage ému du grand loup. Ses doigts attrapent les miens. Il dépose un baiser sur ma paume.

— Prends soin de toi, Neeve du Nord.

Je l'enlace en réponse, puis il me quitte et disparaît dans la pénombre d'un couloir de la tanière. Je file en direction de ma chambre quand on m'agrippe par le bras.

— Attends, me lance Lennox.

J'affiche une mine perplexe lorsqu'il retire tous ses vêtements. Ma tête bifurque à gauche et à droite, puis je me dis que ce n'est pas la première fois qu'on verra l'Amnistral à poil. C'est d'ailleurs à se demander si notre anatomie est encore un secret pour un seul membre de nos communautés.

— Viens ! m'ordonne-t-il avant de se transformer.

J'étais partie pour faire un somme réparateur, mais puisqu'il insiste et que son attitude est étrange, j'obéis, intriguée. Je me déshabille à mon tour et me métamorphose dans des craquements sonores. Dès que je suis dehors, l'odeur de la forêt percute mes narines, je m'élance derrière Lennox d'un pas souple, l'air frais me revigorant. Après ces dernières heures éprouvantes, la sensation est salvatrice.

Nous courons quelques kilomètres dans les fourrés avant d'atteindre un coin où la végétation est très dense et bordée d'un cours d'eau. Derrière des arbustes, je discerne le toit d'une maison délabrée. Je freine ma progression et découvre les planches abîmées qui le soutiennent ainsi qu'une porte entrouverte à laquelle il manque des gonds. Je reprends forme humaine devant le seuil, rapidement imitée par Lennox.

— C'est quoi, cette vieille baraque ? m'enquiers-je, circonspecte.

Lenny glisse ses doigts dans les miens et m'invite à entrer. À l'intérieur, la poussière a élu domicile, mais la lueur d'une bougie dont la chandelle vacille aux côtés d'une épaisse couverture suscite mon étonnement. Lennox relâche ma main et s'assied dessus.

— Qu'est-ce que tu fous ? dis-je, le surplombant de toute ma hauteur.

Il me sourit tandis que je cale mes poings sur mes hanches.

— J'ai eu l'assentiment de Karl, tout à l'heure.

— L'assentiment pour quoi ?

— C'est Nancy qui nous a légué cette maison. Elle est implantée sur le terrain que les vampires s'étaient octroyé. Ce sanctuaire où auront lieu les réunions annuelles des trois races magiques. Toi et moi en serons les gardiens.

— Légué ? Mais…

— Je vais t'épouser, Neeve, ajoute-t-il, ses yeux si clairs errant sur mon corps nu. Je vais t'épouser et je veux vivre avec toi.

— On vit déjà ensemble, remarqué-je.

Il glisse sur la couverture. Son visage se rapproche de mon ventre.

— Tu es une sorcière de la nature, avant d'être louve,

avant même d'être ma femme. Je veux te rendre heureux, et c'est ici que je m'y emploierai.

Mes lèvres s'entrouvrent. Puis mes yeux émus parcourent l'endroit.

— Bah, va falloir que tu te retrousses les manches, Lenny, car c'est un taudis, cette...

Je suis coupée dans mon élan quand sa bouche se pose entre mes cuisses.

— Han ! lâché-je, ahurie.

Je sens son sourire contre ma chair avant que sa langue entame une danse qui me force à jeter ma tête en arrière. Mes doigts s'enfouissent dans sa chevelure.

— Je... Je...

— Chut...

Ses mains se glissent dans les miennes, m'intimant de le rejoindre. Je l'embrasse et m'étends près de lui. Son corps me recouvre. Son visage est tout près du mien. Son regard me caresse.

— Je t'aime, dit-il.

Une lueur éclaire mes traits, tandis que la pulpe de ses phalanges sinue sur mes côtes. Et je ris...

Je ris du bonheur retrouvé. Je ris parce que c'est aussi un moyen d'accepter mon chagrin. Je ris de mes souvenirs que je chéris. Je ris du futur que Lennox m'a promis.

Je suis heureuse... Et c'est grâce à Sixt et à Eli.

ÉPILOGUE

ELINOR

Je me sens bien, là, allongée dans mon lit, entourée de plaids et soutenue par des coussins moelleux.

Oui, vraiment. Tellement bien, même, que je peux laisser mon esprit vagabonder au gré de mes souvenirs et de mes espoirs.

Oh, je suis bien consciente que tout n'est pas parfait, mais c'est peut-être pour le mieux, il nous reste ainsi des choses à améliorer et des ambitions pour notre avenir et celui de nos enfants, quelle que soit leur race.

Article 1 : Le secret doit demeurer.

Article 2 : Les mélanges entre les trois races magiques sont autorisés, si consentis.

Article 3 : Aucune race magique n'aura le monopole sur le Sixt'Blood.

Il était illusoire d'espérer vivre sans lois. Toute communauté a besoin d'un cadre pour s'épanouir. C'est une phrase que Sixtine aimait à nous répéter, durant ses longues études de droit, quand rien ne laissait entrevoir l'avenir qui nous attendait. Si elle savait, aujourd'hui, à quel point elle avait raison… Nous devons rester discrets pour protéger les humains de notre puissance, nous devons remémorer à tous les conservateurs que non, la pureté ne se mesure pas aux gènes d'une lignée, et enfin, que personne ne peut s'approprier le Sixt'Blood. Car évidemment, les vampires auraient aimé s'approvisionner seuls, et cela peut se comprendre. Mais ils ont besoin des membres des covens pour le fabriquer, et certains sorciers n'étaient pas ravis de devoir les aider. Il a bien fallu les rappeler à l'ordre… tâche dont les loups ont été enchantés de s'acquitter. Jouer les arbitres leur va plutôt bien, en fin de compte.

Mon esprit dérive alors vers Angus, et je souris. Angus a été le premier à souhaiter faire le lien entre la communauté lupine et le nid de vampires de Caroline du Nord… et il n'y a pas à en chercher longtemps la raison. Son idylle avec Nancy, pourtant improbable, semble pour eux une source de bonheur inépuisable, et avec le soutien de son loup, la reine des vampires s'emploie avec enthousiasme à développer et à promouvoir le Sixt'Blood dans le monde entier. Avec de nouveaux parfums à la clé : pomme d'amour, châtaigne grillée ou… wasabi et céleri. Comme quoi, tous les goûts sont dans la nature. Et c'est bien grâce à ces différents parfums que le Sixt'Blood a de l'avenir. Certes, il y aura encore longtemps des récalcitrants. Accepter le changement prendra du temps pour toutes les races magiques. Mais des siècles cantonnés à l'unique saveur du sang auront convaincu de nombreux vampires à accepter de tester un régime inédit.

Nancy et Angus ne sont pas les seuls amoureux à nous avoir emboîté le pas, à Karl et moi. Il y a aussi Sybil et Mark, qui vivent une relation passionnée qui me réchauffe chaque jour le cœur. J'ai demandé à Mark s'il songeait à rejoindre définitivement la meute, mais sa réponse a été formelle : ils ont tous deux trouvé leur équilibre dans leurs différences, et ils ne changeraient cela pour rien au monde.

Un bruit m'extirpe de mes pensées un peu cotonneuses. Le battant de ma porte s'est entrouvert, et j'ai vu, une seconde, le visage de Neeve s'y encadrer, mais elle est repartie aussitôt, de peur de me déranger. C'est dommage, j'aurais aimé lui proposer de rester avec moi. Mais je suis contente de savoir qu'elle est là, qu'elle attend aussi le grand moment. Elle est venue de sa maison au cœur de la forêt, cette maison où Lennox et elle ont construit leur nid, doucement, avec patience, humilité et amour. Ils veillent tous deux sur cette clairière devenue un sanctuaire pour nos trois races, l'entretiennent et accueillent tous ceux qui souhaitent en apprendre plus, ou tout simplement rendre un hommage à nos morts.

Neeve, aujourd'hui, est comme moi. Elle n'a plus rien d'une vampire. Elle m'a dit qu'elle le regrettait, parfois, parce qu'elle se serait sentie plus proche du souvenir de Sixtine. Mais c'est ainsi. Nous formons un nouveau trio, elle, Lenny et moi. Et même que mon ancien patron et moi avons appris à nous apprécier, enfin. Il m'a demandé si je souhaitais reprendre mon poste, quand lui a réintégré ses fonctions à la Wiccard, avec celles d'Amnistral. Mais je lui ai dit qu'il allait beaucoup trop loin, et que la simple idée de redevenir prof là-bas me filait la gerbe. Il m'a crue sans peine, étrange, non ? Mais je dois dire que j'ai un peu exagéré. Lorsque je vois ce qu'est devenue l'ancienne école élitiste des sorciers... La Wiccard a bien changé. Aujourd'hui, on y trouve autant de louveteaux que de petits sorciers, et même quelques vampires en reconversion. D'ailleurs, leur nombre ne cesse de croître, et personne ne s'est encore fait boulotter, malgré quelques rixes. Sixt'Blood pour tous les vamps à la cantine de nuit ! Dans ces conditions, peut-être qu'un jour, j'y retournerai, d'autant plus que Sybil y travaille aussi. Mais d'abord, j'ai tellement d'autres choses à faire...

Je bouge un peu, gagnée par l'inconfort. Ça ne pouvait pas durer. Je le sais, je suis déjà passée par là. Je gémis, serre les dents. La porte s'ouvre à nouveau. Sur Julia, cette fois, mais elle repart aussitôt. Tyler ne doit pas être loin. Je suis contente qu'ils soient présents, tous les deux. Ils voyagent beaucoup, prenant très à cœur leur rôle d'ambassadeurs des loups, mais Karl a dû leur rappeler l'échéance... Contre toute attente, ils sont heureux aussi. Le souvenir de Perry est le lien qui les unit, mais ce n'est pas le seul. Ils ont réussi à bâtir un amour comme on en voit peu, un amour fondé sur le respect et la résilience.

Je gémis encore. Le moment approche, et à présent, je me sens pressée. Impatiente.

— Karl ! crié-je.

La porte s'ouvre si vite et si fort que le battant percute le mur dans un bruit fracassant. Voilà qu'il va nous démonter la tanière.

— Donne-moi ta main, ça va te passer l'envie de tout casser.

Il se précipite à mes côtés, je m'empare de ses doigts et

serre quand une nouvelle contraction me plie en deux. Bordel, j'avais oublié l'effet que ça faisait.

— Je te préviens. Deux, mais certainement pas trois…

— On avait dit qu'on y réfléchirait, mon amour… balbutie mon lié, blafard sous la torture que j'impose à ses doigts.

— C'est mort. C'est mort, OK ? Plus jamais ! T'as compris ?

Ma question se finit dans un hurlement de souffrance.

— D'accord, acquiesce Karl, que je ne me souviens pas avoir vu aussi tremblant depuis… eh bien, depuis mon dernier accouchement.

Ah, c'est ça ! Bouffer du vampire peroxydé, pas de souci, mais soutenir sa compagne dans les affres de l'enfantement, hein, c'est pas la même !

— AAAAAHHHH ! crié-je encore. Appelle les filles ! TOUT DE SUITE !

Karl tente de partir, mais ne parvient pas à se défaire de ma poigne.

— Eli…

Avec effort, je desserre mes doigts un à un, et il se précipite pour aller chercher Neeve, Sybil et Julia. C'est Sybil qui va m'accoucher, mais j'ai tenu à ce que mes deux autres amies soient aussi présentes.

Tandis que Sybil s'installe, les mains gantées et un air très pro sur le visage, j'aperçois Neeve qui reste en retrait. Je ne sais même pas si elle a conscience d'afficher cette expression vaguement écœurée.

— Tu vas pas me refaire le coup de la première fois ? je lui lance, un tout petit peu trop agressive, mais le déferlement d'hormones et de souffrance dans mon corps est une excuse tout à fait valable à ce léger débordement.

— De quoi tu parles, Eli ? me demande-t-elle, arrimant ses yeux noisette aux miens pour ne surtout rien voir d'autre.

— T'es tombée dans les pommes, Neeve. Pour une putain de sorcière de la nature, ça la fout mal, tu crois pas ?

J'entends Julia pouffer, et Neeve sourit.

— Ouais, mais grâce à toi, je suis sûre de ne pas vouloir d'enfant moi-même. Cela dit, je trouve que tu restes super classe, même quand tu pousses.

Connasse.

Mais Sybil ne me laisse pas le temps de répliquer :

— En parlant de pousser... C'est le moment, Eli.

Alors, je donne tout ce que j'ai. Et étonnamment, mon fils est là en quelques minutes. C'est vrai que c'est un peu plus facile pour le second, mais il est hors de question que je l'avoue à Karl, sinon, il me tannera pour un petit troisième.

Essoufflée, mais enfin délivrée, le cœur débordant de joie, j'entends s'élever le cri de mon nourrisson. Fort, vigoureux. Déjà fier. Et je souris. Mon regard se tourne vers Neeve, qui n'a plus d'yeux que pour mon fils. Elle avance d'un pas, étire les bras en direction de Sybil.

— Je peux le prendre ?

Sybil le lui tend, et moi, je suis heureuse de les voir entourer ce nouveau-né de tout leur amour. Et mon bonheur est à son comble quand j'entends Sybil chuchoter à sa belle-sœur :

— Entraîne-toi, car tu seras encore bientôt tatie.

Sybil tapote son ventre pour qu'enfin Neeve comprenne où elle veut en venir. À présent, des larmes coulent sur le visage de ma meilleure amie. Je crois qu'elle est vraiment sur le point de tourner de l'œil, mais plus pour les mêmes raisons.

Je réalise soudain qu'il manque quelqu'un.

— Karl ? Où est Karl ?

Il entre à nouveau dans la pièce, se précipite à mes côtés, balaie les mèches blondes de mon front transpirant. Il s'est inquiété pour moi, comme d'habitude.

— Regarde-le, Karl. Regarde comme il est beau.

Alors, il se lève et vient prendre son fils des bras de mon amie. Le sourire sur ses lèvres vaut toutes les aubes du monde. Aujourd'hui, d'ailleurs, c'est l'aube d'une nouvelle vie que nous célébrons.

— Robin, mon fils.

Puis il se tourne vers moi.

— Je crois que quelqu'un d'autre aimerait le rencontrer.

Son regard pétille, tout comme le mien. Comment pourrait-on oublier notre merveilleuse petite fille ?

Julia nous lance :

— Ne bougez pas, je vais la chercher.

Quelques minutes plus tard, elle entre avec l'héritière du clan Greystorm, si sérieuse sous sa frange blonde. Alors, je l'appelle auprès de moi pour pouvoir la serrer fort dans mes bras.

— Viens, ma chérie. Ton petit frère est né. Nous sommes tous ensemble, à présent. Pour toujours, ma Sixtine.

FIN DE

LA TRILOGIE WITCH

REMERCIEMENTS

Merci à tous d'avoir suivi les aventures d'Elinor, de Neeve et de Sixtine. C'est le cœur gros que nous quittons nos trois sorcières…

Quelle histoire, ce six mains ! Une histoire qui aura vu trois autrices vivre une expérience hors du commun. Avec des hauts, des bas, des rires et des débats, des vocaux plus fous les uns que les autres, des idées qui fusent sans arrêt et des délires qui resteront gravés dans nos mémoires.

Merci à celles et ceux qui nous ont soutenues dans ce projet incroyable.
Nos bêta-lectrices, Émilie, Yaya, Charlie, Steph, Doudou et Ana.
Hannah Sternjakob pour les couvertures.
Nicolas Jamonneau pour les illustrations.
Et vous, lecteurices, pour vos partages, vos commentaires et vos messages.

À bientôt dans nos histoires, écrites à deux, quatre ou six mains ;)

Émilie, Sienna et Laurence

AVIS LECTURE

Vous avez aimé WITCH WAR ?

Laissez un joli commentaire pour motiver d'autres lecteurs !

Vous souhaitez être informé de nos prochaines sorties ?

N'hésitez pas à cliquer sur le bouton « Suivi » de nos pages auteur Amazon.

À très vite dans vos lectures,

Laurence, Émilie et Sienna

À PROPOS DE SIENNA PRATT

Retrouvez toute mon actualité sur

Instagram :
sienna_pratt_over_dark

Facebook :
Sienna Pratt

TikTok :
@sienna_pratt_over_dark

Blog :
https://siennapratt.art.blog/

À PROPOS D'ÉMILIE CHEVALLIER

Retrouvez toute mon actualité sur

Instagram :
emiliechevallier.autrice

Facebook :
Émilie Chevallier Autrice

Tiktok :
@emiliechevallierautrice

Actus et newsletter :
https://emilie-chevallier.com

À PROPOS DE LAURENCE CHEVALLIER

Retrouvez toute mon actualité sur

Instagram
laurencechevallier_

Facebook
Laurence Chevallier Autrice

Groupe privé Facebook
Laurence Chevallier Multiverse

TikTok :
@laurencechevallier_

Actus, boutique et newsletter :
www.laurencechevallier.com